KB043099

# 버드

# 버드

크리스털 챈 지음 강나은 옮김

도서출판 또하나의문화

내 이야기를 나눌 수 있도록

스스로를 내어 준

나무와 물, 흙, 하늘에게 바칩니다.

— 크리스털 챈

# 1

존 오빠를 죽인 날, 할아버지는 말문을 닫았다. 오빠 이름은 원래 존이었지만, 이곳저곳에서 자꾸 뛰어내리는 오빠 모습이 새(bird) 같다고 할아버지가 말한 뒤부터 버드라고 불렸다. 할아버지는 굵고 까맣고 사방으로 삐죽삐죽 솟은 버드의 머리카락이 검은지빠귀 머리 깃털 같다며, 언젠가는 버드도 검은지빠귀처럼 날 거라고 했다. 할아버지가 자주 그런 얘길 해도 다들 예사로 들었다. 어느 날 긴 풀들이 무성한 초원의 가장자리, 족히 수십 미터는 솟아오른 절벽에서 바짝 마른 강바닥으로 버드가 뛰어내리기 전까지는. 날개 역할을 한 작은 푸른색 목욕 수건이 오빠의 몸에서 그리 멀지 않은 수풀에 걸려 찢겨 있었다. 그날 이후로 할아버지는 말을 하지 않았다. 단 한마디도.

버드가 날아오르려 했던 그날, 어른들은 모두 나가서 오빠를 찾아 헤맸지만 엄마와 할머니는 그러지 못했다. 바로 그날 내가 태어났기 때문이다. 그때부터 나는 줄곧 주얼이라는 이름으로만 불린다. 가끔 별명으로도 불려 보고 싶은데. 엄마, 아빠는 내가 소중한 아이라서 보석이라는 뜻의 이름을 지었다고 설명하지만, 오빠 이름처럼 'J'로 시작해서, 오빠가 보고 싶어서, 그리고 제니나 재키같이 평범한 이름을 붙이고 싶지 않아서 주얼을 고른 게 아닐까, 가끔 생각한다. 존이라는, 이름이 평범했던 오빠는 죽어 버렸으니까.

오늘은 열세 번째 내 생일, 그러니 모두가 기분 좋게 보내야 하는 날이다. 하지만 해마다 그렇듯 이날이면 종일 방에 틀어박히는 할아버지를 두고 기분 좋게 보내기란 어렵다. 엄마, 아빠는 바닐라 크림에다 알록달록한 알갱이로 장식해서 손수 만든 생일 케이크와 선물(1달러 상점에서 산 양말이지만 귀엽고 괜찮았다.)을 내게 주었고 셋이 함께 묘지로 가서 버드와 할머니에게 인사도 하고 왔다. 영화 속에서는 음악에 파티 모자에 커다란 생일 선물에, 때론 조랑말까지 있는 성대한 생일 파티가 나오곤 하는데, 나도 한번쯤은 그런 멋진 생일 파티를 해 보고 싶다. 특히 조랑말이 있는 파티. 단 한 번이라도 좋으니. 하지만 지금까지 내 특별한 날에는 닫힌 할아버지 방문 너머를, 묘지를, 그리고 엄마, 아빠가 서로에게 건네는 말들 사이를 짙게 채우는 고요함만이 함께했다.

엄마와 아빠는 생일 케이크를 담은 접시들을 치우고 잠자리에 들었지만 나는 생일이면 늘 그랬듯, 버드는 어땠을지, 살아 있다면 어떤 오빠일지, 절벽 아래로 몸을 던진 여섯 살짜리는 무슨 생각을 했을지 등을 상상하느라 잠을 이루지 못했다.

그래서 잠들지 못할 때면 종종 하는 일을 했다. 청바지와 긴팔 윗옷으로 갈아입고 해충 방지제를 뿌린 다음, 살금살금 집을 나와 별들이 총총히 박힌 밤 한가운데로 들어서는 것. 조금 걷다 보면 맥라렌 아저씨네 들판에 솟아 있는 거대한 오크나무를 만난다. 나는 자주 이 나무에 올라갈 수 있는 만큼 높이 올라가서 따뜻하고 굵은 줄기에 등을 기대곤 한다. 밤하늘에서 활 모양으로 빛나는 달도 보고 귀뚜라미가 우는 소리며 오크나무 잎사귀가 서로 부딪히며 바스락거리는 소리, 올빼미가 허허롭게 우는 소리도 듣는다.

오빠가 날았던 절벽으로 갈까, 하고도 잠깐 생각했다. 하지만 밤에는 가지 않는 것이 낫다는 걸 알고 있다.

아이오와 주의 조그만 동네 칼레도니아 카운티는, 수지라는 계산원 혼자 가게를 지키는 식료품점 하나, 교회 셋, 시간 근무제로 일하는 청장이 있는 자치관청 겸 우체국 하나, 똑같은 특별 메뉴를 서로 다른 요일에 파는 식당 둘, 그 밖에 사업장 열네 군데가 전부인 곳이다. 이곳의 하루하루는 대지처럼 안정적이고 사람들은 그런 삶을 좋아하는 것 같다. 누구도 내게 절벽에 가는 일을 비밀로 해야 한다고 말하진 않았지만, 어른들이란 원래 그렇다. 어른들이 가장 중요하게 여기는 규칙들은, 그게 무엇인지 말해 주지는 않으면서 어기면 가장 화를 내는 규칙들이다.

어차피 내가 절벽을 찾는다는 걸 어른들에게 얘기할 마음이 없다. 어른들은 아이들이 하려는 말에 귀 기울이지 않기 때문이다. 진심으로 귀를 기울인다면 말할 때 나를 제대로 바라볼 것이다. 다정하고 깊은 관심을 보이며 내 입에서 어떤 이야기가 나오건 들을 준비가 되어 있다는 열린 눈빛으로 나를 볼 것이다. 어떤 어른도 그런 눈빛으로 나를 봐 준 적이 없다. 엄마, 아빠조차도. 그래서 중요한 것들, 그러니까 절벽에 관한 것처럼 내가 보고 겪은 진짜 이야기들을 나는 모두 마음속에만 간직한다. 가족은 거기에 어울리지 않는다. 적어도 지금은.

아무튼, 테니스화를 신고 낮의 열기가 식지 않은 카운티 라인 로드의 자갈들을 밟으며 걷는데, 불현듯 뭔가 이상하다는 느낌을 받았다. 뭔가 다르다. 오싹한 기분이 덮쳤다. 걸음을 멈추고 오크나무를 보았다. 달은 우윳빛으로 천천히 차오르고 있었다. 빛나면서도 어두운 오크나무의 가지들은 하늘을 향해 뻗은 신부님의 팔 같았다. 달빛 속에서 가슴을 졸이며 눈을 가늘게 뜨고 살펴보다가, 비로소 알아차렸다.

누군가 이미 올라가 있다는 것을.

"안녕?"

남자아이 목소리다. 나는 바짝 긴장했다. 어른이든 아이든 이 시간엔 아무도 밖에 나오지 않는다. 어쩌면 이 아이는 아빠가 항상 염려하던 자메이카 귀신, 더피인지도 모른다. 더피들은 밤에 가장 강하고 주로 나무에 산다고 아빠는 말했다. 더피가 사는 나무는 바람 한 점 없는 날씨에도 잎사귀가 미친 듯이 흔들린다고도 했다. 별 이유 없이 나뭇가지가 부러져 떨어지거나 하면 바로 그게 더피가 사는 나무라고. 종잡을 수 없이 불쑥 나타나곤 해서 이전까지 더피가 없던 나무에도 나타날지 모른다고.

하지만 밤공기 속에서 멀리, 외롭게 울려 퍼지는 소년의 목소리가 더피 목소리일 리는 없을 것 같았다. 가지마다 매달린 나뭇잎 하나하나도 가만히 달빛 속에 정지해 있었다. 여느 날이라면 위험을 감수하는 대신 뒤돌아 집으로 내달렸을 테지만 내 생일, 이 특별한 날을 더피를 피해 달아나느라 망치기는 싫다.

"어, 안녕."

그렇게 대답하고는 맥라렌 아저씨네 마르고 단단한 밭에 난 옥수수 싹을 밟으며 걸어갔다. 소년은 나무의 세 번째 가지, 바로 내가 올라가려던 가지에 있었다. 그늘진 두 다리는 말 타듯 가지를 감싼 채 앞뒤로 자꾸만 흔들리고 있었다.

나무에 있는 아이 앞에서 나는 어찌할 바를 몰라, 어쩐지 멍청한 기분마저 들었다.

"이 밤에 여기서 뭐 해?"

아이가 내게 물었다. 올려다보았지만 얼굴은 보이지 않았다. 나는 아무렇지 않은 척 어깨를 으쓱했다.

"잠이 안 오면 가끔씩 내 나무에 올라가."

"아, 정말?"

아이는 놀라서 물었지만, 딱히 대답을 바라는 것 같지는 않아 아무런 대답도 하지 않았다. 아이는 말했다.

"그런데 이제 네 나무가 아니네."

"네 나무도 아니야."

나를 내려다보는 모양인지 나뭇가지에서 끼익, 소리가 났다. 달빛 속에서 나는 조금 민망한 기분으로 몸을 꼼지락거렸다.

"내 나무 맞아. 난 존이라고 해. 여기는 우리 삼촌 농장이니까 이건 내 나무야. 내가 원할 때면 언제든 올라올 수 있어."

분명히 다른 말도 들었건만 "**난 존이라고 해.**"라는 말 이후로 두뇌 회전이 멈춰 버렸다. 당황스러움이 확연히 얼굴에 드러났는지, 조금 더 친절한 목소리로 아이는 말했다.

"너도 알다시피 이 시골 동네 한복판에는 아이들이 별로 없어. 특히 밤에 나무를 타는 아이는 없지."

나무에 올라와 함께 앉자는 그의 말에, 어느새 나는 묶어 두었던 밧줄을 쥐고 있었다. 따뜻하고 거친 나무껍질을 두 손, 두 다리로 짚으며 한참 타고 올라, 그 아이 바로 아래 가지에 앉았다. 서늘한 그늘 속으로 고개를 젖히고 올려다보았지만, 어둠에 가려진 존의 얼굴은 여전히 보이지 않았다.

내가 앉은 곳에는 달빛 한 줄기가 떨어져, 존은 내 얼굴을 잘 볼 수 있었다.

"근데, 넌 누구야? 여기 사람 아니지?"

그의 목소리에는 장난기가 아닌 호기심이 어려 있었다.

이런 질문을 받으면 늘 그렇듯 뭔가가 마음을 옭아매었지만, 이제는 익숙해졌다. 거의.

"절반은 자메이카인이고 4분의 1은 백인, 4분의 1은 멕시코인이야."

"우와, 그런 경우도 있다는 거 처음 알았어."

나는 귀뚜라미 소리에 묻히지 않게 분명한 목소리로 말했다.

"그리고 나 여기 사람 맞아. 저 길 조금만 가면 우리 집인데, 거기서 태어났어."

"기분 나쁘게 하려거나 그런 거 아니야. 그냥 너 같은 아이를 전에 만나 본 적이 없어서."

나는 굵은 곱슬머리를 손가락에 감았다 풀었다 하기를 되풀이했다. 대화가 이렇게 흘러갈 때는 좀 더 흥미로운 주제로 넘어가는 편이 낫다.

"뭐, 이제 만나 봤으니 됐네. 내 이름은 주얼이야."

존은 고개를 끄덕였다. 마치 이미 알고 있었던 것처럼.

"주얼."

존의 목소리가 내 이름에 오래 머물렀다.

"이름, 마음에 든다."

"내 마음에는 안 들어."

"기억에 잘 남는 이름이잖아. 보석이라는 이름의 아이를 만나면 누구나 기억할 거야. 그에 비해 존? 쌔고 쌘 이름이지."

"아니, 안 그래."

너무 빨리, 그리고 매섭게 튀어나온 내 대답에는 미처 감추지 못한 아픔이 잔뜩 묻어 있었다.

세 번째 나뭇가지 위 어둠 속에서, 존은 잠시 말이 없었다. 그러다 조심스럽게 말했다.

"그래, 그 정도까진 아니지, 뭐. 어쨌든 주얼이란 이름은 좋은 것 같아."

차오르는 달 아래, 들판 한가운데 있는 나무 위에서 우리는 얼마 동안 말없이 앉아 있었다.

"있잖아, 별도 보석하고 비슷해."

존이 말했다.

"다만 별들은 흔히 생각하듯 반짝이지 않아. 우리 눈에 반짝이는 것처럼 보이는 건 대기층을 통과하면서 빛의 파동이 굴절되기 때문이야."

존의 말투가 꼭 선생님 같다. 그중에서도 좋은 선생님. 그래서인지 나는 학교에서와 달리 질문을 하기로 마음먹었다.

"굴절이 뭔데?"

"빛이 꺾인다는 말이야. 대기의 각 층에서, 여러 다른 각도로. 빛의 굴절 때문에 우리 눈에 보이는 별의 위치와 크기가 다 달라지는 거지."

머리 위 허공에 존의 목소리가 퍼지고 있다.

"별을 있는 그대로 보는 유일한 방법은 대기 너머로 나가는 거야. 우주 속으로."

산들바람조차 불지 않고 촉촉한 공기만 우리를 엷게 감싸는 밤이었다. 지구 전체가 우리 이야기에 귀를 기울이는 것처럼.

"별에 대해서 그런 식으로 생각해 본 적 없는데."

내 말에 존은 웃었다. 짧고 기분 좋은 웃음이었다.

"페르세우스자리 유성우를 꼭 봐."

"페…… 뭐?"

"페르세우스자리 유성우. 8월에 일어나는 건데, 별똥별들이 엄청나게 떨어져."

페르세우스자리 유성우는 본 적도 들은 적도 없다고 말했다.

"괜찮아. 사람들은 원래 자기가 모르는 건 눈앞에 나타나도 알아채지 못하니까. 그렇지만 뭘 봐야 하는지 알게 되면, 그동안 어떻게 그걸 **못 봤는지**가 더 신기해지지. 기다려 봐. 페르세우스자리 유성우를 한번 보면 앞으로 매년 기다리게 될걸."

"별에 대해서 어쩜 그렇게 많이 알아?"

나는 불쑥 내뱉었다. 대답하는 존의 목소리에 미소가 담긴 것 같았다.

"나는 크면 우주 비행사가 될 거거든."

존은 다른 칼레도니아 아이들과 무척이나 다르다. 이곳 아이들은 대부분 정비공이나 간호사가 되려고 하거나 가업을 물려받고 싶어 한다. 나는 어른이 되면 지질학자가 될 거라고 존에게 말할 뻔했지만, 하지 않았다. 그저 조용히 있었다. 자신에 대해 성급히 너무 많은 것을 주어 버리면, 어떤 이들은 그걸 가지고 휙 떠나 버리기도 한다. 나처럼 밑천이 얼마 안 되는 사람은 가진 것을 잘 지켜야 한다.

얼마 동안 나무에 앉아 있었는지 모르겠지만, 여느 때와 다른 느낌이었다. 나무를 타기엔 내가 너무 커 버린 걸까? 아니면 그저 그 나무 위에 다른 사람과 함께 앉은 것이 이상해서일까?

얼마 후, 나는 나무에서 내려왔고 존도 나를 따라 내려왔다. 달빛 속에서 처음으로 존의 얼굴을 또렷이 본 나는, 왜 얼굴을 보기 어려웠는지 깨달았다. 존의 피부는 마치 밤하늘만큼이나 까맣고 또 까맸던 것이다.

"네가 맥라렌 아저씨 조카라고?"

실례인지 아닌지 생각할 틈도 없이 입에서 물음이 튀어 나왔다. 맥라렌 아저씨는 어디로 보나 백인인데.

존이 미소 짓자, 치아가 마치 한 줄로 늘어선 조그만 달들처럼 빛났다.

"응, 맞아. 나 입양됐어. 백인 부모님한테. 생각처럼 그렇게 나쁘지 않아."

그렇게 나쁘지 않다는 것이 입양된 일인지, 백인 부모님에게서 자라는 일인지는 확실하지 않았지만, 나는 이해한 것처럼 고개를 끄덕였다. 존은 손을 내밀었고, 나는 그 손을 잡고 흔들었다. 벌써 어른이 된 기분으로. 우리가 곧 세상을 정복하기라도 할 듯 존이 어찌나 힘주어 손을 잡던지, 나는 놀라고 말았다.

내가 해 본 최고의 악수였다.

악수는 둘째치고, 하필이면 오늘 같은 밤 존이라는 이름의 아이를 만난 것이 정말 신기하다고 생각하며, 나는 집으로 향하는 자갈길을 걸었다. 아빠는 삶에 우연이란 없다고 했다. 아무리 기이하거나 말이 안 되거나 불가능해 보여도, 일어나기로 되어 있는 일은 결국 일어나고야 만다는 이야기를 좀 더 멋있게 표현한 것이다. 나는 그 말이 맞다고 생각한다.

# 2

다음 날, 하늘이 아직 스테인드글라스 같은 이른 새벽에 절벽으로 갔다. 그곳에 가려면 카운티 라인 로드로 가다가 왼쪽으로 꺾어, 비가 올 때 물이 고이는 습지 주변으로 굽어진 이름 없는 흙길로 들어서야 한다. 100미터 정도 끝에는, 나처럼 이른 아침에 걸으면 긴 풀잎에 맺힌 이슬에 다리가 흠뻑 젖는 오솔길이 나온다. 절벽 가까이에는 단단하고 거대한 화강암 바위가 높이 솟아 먼 들판과 집들과 언덕을 바라보고 있다. 그 바위 뒤에서 갑작스럽게 절벽이 펼쳐진다.

이름이 존이라는 소년을 만났으며, 그 아이와 어느 나무에서 마주쳤다는 이야기는 엄마, 아빠에게 하지 않기로 했다. 어차피 대체로 신나하지 않는 두 사람이라, 오래전부터 멋진 일들을 이야기하지 않는 데에 익숙하다. 언젠가 뒷마당에서 굉장한 화살촉을 발견하고는 집 안으로 달려 들어가 자랑했지만, 엄마는 그것이 얼마나 오래된 화살촉인지, 어느 부족이 만들었는지 궁금해하거나 혹시 고고학자가 되고 싶지는 않냐고 묻기는커녕, 굳은 표정으로 나를 보았다.

"내다 버려. 그리고 신발에 흙 묻혀서 집 안에 들어오면 안 된다고 했잖아."

늘 그런 식이었다. 뭔가 신나는 일이 일어나도 엄마, 아빠는 받아들이지 않는다. 마치 버드만이 세상에서 유일하게 신나는 일이었고, 그가 떠나 버렸으니 이제 멋지거나 훌륭하거나 신비로운 것 따위는 없다는 듯이.

화강암 바위를 보고 나는 걸음을 늦췄다. 공기는 촉촉했고 흔들림이 없었다. 움직이는 것이라곤 나뿐이었다. 오늘 돌 하나를 더한다고 생각하자 뿌듯함이 가슴속에서 휘돌았다. 풀 사이를 헤치다가 땅에서 나오고 싶어 하는 돌 한 덩이를 발견했고, 그 돌을 앞뒤로 흔들고 주변 흙을 파내어 결국 내 품에 안았다. 다른 돌보다 크다는 점도 기분 좋았다. 나는 강해지고 있었다.

절벽 가장자리, 거대한 화강암 바위 옆에는 열두 개의 돌로 만든 동그라미가 있다. 빵 덩이만큼 커다란 돌들이 둥글게 배열되어 있다. 그 안에서 옆으로 재주넘기할 수도 있을 만큼 넓다. 나는 다가가서 이미 그곳에 놓인 열두 개의 돌들에게 새로운 돌이 하나 들어올 테니 사이좋게 지내라고 당부하고는, 돌들이 원하는 대로 배열해 주었다.

열세 개다. 열세 살인 나처럼.

편애는 좋지 않지만 그래도 내 마음이 좀 더 가는 돌이 있다. 우연히 발견한 일곱 살 생일 기념 돌처럼. 그해 초여름, 아무 생각 없이 발가락에 끈만 걸치는 샌들을 신었다가 그 돌에 발가락을 부딪었다. 돌이 더 상처 입지 않도록 안전한 곳으로 옮겨 주려다가, 그러려면 그 주변 땅을 파야 한다는 것을 깨달았다. 얼핏 보이는 것보다 훨씬 큰 돌이었던 것이다. 특이한 분홍색 소용돌이무늬도 있어 마음에 쏙 들었다.

열 살 기념 돌도 그렇다. 그 돌은 마치 땅이 자, 여기 있다, 하고 끌어올려 품에 안겨 준 선물 같았다. 새롭고 근사하고 예쁜 선물. 가까이에서 보면 온 방향으로 석영이 솟아올라서 모서리에 손이 벨지도 몰라 세게 쥘 수는 없지만, 바로 그 점이 좋았다.

열세 번째 생일을 기념하는 돌이 더해지니 동그라미가 확연히 달라 보여 자랑스러웠다. 동그라미에서 좀 떨어진, 다른 곳보다 흙이 더 풍부하고 비옥한 땅에는 작년 여름에 씨앗을 심고 비가 올 때면 곁에 앉아 지켰던 어린 나무들이 줄지어 자라고 있다. 동그라미의 다른 한쪽에는 흙이 뒤섞인 흔적이 있다.

동그라미 속은 비어 있다.

태양이 조금씩 언덕을 따라 올라오다 동쪽 하늘에 떠올랐다. 나는 동그라미 앞에 서서 신발을 벗고 그 안으로 발을 디뎠다. 푹신하고 시원한 흙이 발바닥 아래에서 속삭였다. 떠오르는 해를 마주 보며, 그 불덩어리를 땅에서 끌어내어 하늘로 올려 보내

듯 두 팔을 들었다. 그렇게 돌에 둘러싸여 우주 한가운데에 서 있었다. 마른 강바닥이며 맞은편 석회암 절벽에 드러난 광석들, 빛나는 하늘까지 모든 것들이 나를 지켜보았다.

눈을 감았다. 등 근육의 긴장을 풀고 두 팔은 펼쳐, 탁 트인 이곳에 온몸을 내맡긴 채. 얼마나 서 있었는지 모를 시간 동안, 가능한 모든 소리를 들었다. 나뭇잎 사이를 바스락거리는 생쥐들 소리, 몸을 숙이는 풀잎들 소리, 절벽 너머 텅 빈 공기의 소리.

바로 이곳, 내 집의 소리들이다.

한참 동그라미 속에 있다가 나오자 몸은 한결 가벼웠다. 나는 평소처럼 조약돌을 찾으려고 바닥을 훑어보았다. 이미 오래전에 동그라미 근처에 있는 돌들은 모두 찾아내었기에 조금 멀리 가야 했다. 풀 사이 흙을 뒤져 돌 다섯 개를 찾아냈다. 화강암 바위틈에 꽂아 둔 짧고 굵은 막대를 쥐고 동그라미 바깥쪽, 흙이 뒤섞인 데로 가서 무릎을 꿇고 앉았다. 그동안 조약돌들을 묻어 놓은 곳이다.

작은 구덩이 다섯 개를 판 다음, 첫 번째 조약돌을 감싸 쥔 손을 입 가까이에 가져다 댔다.

"어제 내 생일은 끔찍했어."

소리 내어 말하자 목이 메어 왔다.

"내 생일은 항상 끔찍해."

조약돌을 구멍 속에 놓고 흙으로 덮어 가볍게 두드렸다.

두 번째로 분홍빛이 도는 돌멩이를 쥐었다.

"나는 그 이상을 원해."

돌에 속삭였다. 잠시 그대로 있었다. 내가 원하는 그 이상이란 물건을 사고도 또 사고 싶어 하는 일 따위가 아니라, 뭔가 다른 것이다. 그 다음에 할 말이 생각나지 않아, 말없이 그 돌멩이를 땅에 묻었다.

예전에 조랑말을 갖고 싶다는 소망을 담아 조약돌을 꽤 여러 개 묻었다. 음, 정확히 말하면 조랑말과 향기 스티커와 불꽃놀이에 대한 소망을 담아서 말이다. 이렇게 흙을 파기 시작하던 시절, 가장 처음 원했던 것이 바로 그런 것들이었다. 땅에다 조약돌을 하나씩 묻을 때마다, 마음속 어딘가가 후련해지는 것 같았다. 마치 땅이 내 질문이나 걱정이나 비밀을 품속에 받아서 꼬옥 안아 주는 것 같았다. 땅은 아무리 많은 돌도 받아줄 수 있다. 그걸 생각하면 기분이 정말로 좋아져서 이곳에 올 때마다 조약돌을 묻었다. 그만두기 어려웠다.

내가 이 절벽에 온다는 사실을 사람들이 알면 미쳤다고 하리라는 것을 안다. 엄마, 아빠는 화내고 실망하고 걱정할 것이다. 오지 않으려고 해도 이곳에는 마치 내게만 들리는 목소리라도 있는지 자꾸만 나를 부른다.

이곳에는 뭔가 있다.

아빠는 이곳에 더피가 있다고 생각한다. 어쩌면 버드의 더피가 천국 대신 이곳에 있는지도 모른다. 하지만 4년 내내 이곳을 찾으면서, 이제 세상에는 그 누구도, 아빠나 엄마, 청장이나 신부님도 설명하지 못하는 것이 있다고 생각하게 되었다. 사람들은 다 안다고 생각하지만, 실은 모른다.

세 번째 돌멩이를 손에 쥐고 속삭였다.

"이름이 존이라는 남자아이가 있어. 이전까지 난 개를 이 동네에서 한 번도 본 적이 없어."

말을 멈추었다. 목 뒤의 털이 곤두섰다. 뭔가 잘못되었다는 느낌이다.

끔찍한 일이 일어나고 있다. 아주, 아주 나쁜 일이.

어떤 나쁜 일일지는 생각하지 않았다. 나는 박차고 일어나 집을 향해 오솔길을 내달렸다.

거실 바닥에 할아버지가 쓰러져 있고, 티브이는 퀴즈 쇼 방송으로 요란했다. 엄마, 아빠는 집에 없었다. 엄마는 칼레도니아 자치관청에서 시간제 사무원으로 일했고, 아빠는 100킬로미터 반경에서 유일한 전기상이자 세 마을 너머에 있는 맥스 가전에 기기를 팔러 나갔다.

"할아버지!"

할아버지 몸을 흔들었다. 몸이 차갑다. 반응이 없다. 나도 모르게 눈이 점점 커졌다.

"안 돼."

작게 내뱉고는 할아버지 목숨을 구할 포도당액 병이 든 구급 상자를 찾아 집안을 뛰어다녔다. 화장실로 뛰어 들어가 약 캐비닛을 열어젖혔다. 없었다. 들어가면 안 되는 할아버지 방으로 달려 들어가 침대 옆 탁자를 뒤지고 서랍장을 뒤지고 옷장까지 뒤졌다. 두려움으로 가슴이 터질 것 같았다. 지금 아빠나 엄마에게 전화를 한다고 해도 차로 여기까지 오려면 30분은 걸릴 것이다. 구급차도 마찬가지다.

제자리에서 한 바퀴 빙 돌며 상자를 찾아 미친 듯 두리번거렸다. 그때 보았다. 주사기와 약병이 든 작고 투명한 상자. 내가 찾아 헤매던 것보다 훨씬 작은, 필통 정도 크기였다. 겁에 질린 손으로 용케 떨어뜨리지 않고 탁자 위의 상자를 집어 들었다.

그걸 꼭 쥐고 거실로 달렸다. 아빠가 할아버지에게 주사 놓는 모습을 오래전에 딱 한 번, 몰래 본 적이 있다. 아빠는 포도당액이 든 주사기를 할아버지의 팔 근육 깊숙이 꽂았다. 나는 이를 악물고 상자에서 꺼낸 주사기를 포도당 병에 꽂아 맑은 액체를 뽑아냈다. 그러고는 할아버지 팔에 주사 바늘을 찔러 포도당을 주입했다. 요란한 박수 소리가 방 안에 울려 퍼졌다. 흠칫 놀라 뒤를 돌아보았다. 한 퀴즈 쇼 참가자가 상금을 세 배로 불려서 버뮤다로 가는 여행권을 타냈다. 그녀는 비명을 지르고 눈물을 흘리며 공중에 손을 흔들어댔다.

부엌으로 달려가 전화기를 들고 119번을 눌렀다.

구급차가 집에 도착했을 때 할아버지는 이미 조금씩 몸을 움직일 수 있을 정도로 회복되고 있었다. 나는 동네 시간제 응급대원 윌리엄슨, 브렌들 선생님 두 분을 거실로 안내했다. 그들은 할아버지를 바퀴 달린 침대에 옮겨 구급차에 실었다. 새하얀 침대보와 할아버지 피부가 극명한 대조를 이루었다. 평소에는 절대 할아버지를 쳐다보지 않으려고 하는데 이렇게 계속 바라보고 있자니 기분이 이상했다. 야위었지만 힘세 보이는 체격에 턱은 단단하고, 뾰족한 광대뼈는 진지하면서도 단호해 보였다. 짧고 뻣뻣한 머리카락에는 은은한 회색이 감돌았다. 구급차에 실려서도 할아버지가 어찌나 강해 보이는지, 나는 놀라고 말았다. 어쩌면 할아버지는 혈당 따위 염려하지 않아도 될 정도로 당신이 강하다고 생각했는지도 모르겠다. 혈당이 그 정도로 떨어지면 목숨이 위험하다는 사실을 분명 알 텐데도.

"주얼?"

윌리엄슨 선생님이 푸른 셔츠의 소맷부리를 당기며 나를 보고 있었다. 나는 깜짝 놀라 대답했다.

"네?"

"할아버지가 언제부터 의식이 없으셨냐고 물었다."

"모르겠어요. 제가 집에 없었거든요."

윌리엄슨 선생님이 의아하다는 표정을 지었다.

"집에 없었어?"

"네, 절벽에 있었어요."

해일이 밀려나오듯 입에서 말이 흘러나왔다. 윌리엄슨 선생님은 허리를 세웠고 얼굴은 굳어졌다.

"그 절벽에?"

내가 말한 절벽이 어느 절벽인지는 둘 다 알고 있다. 나는 입술을 꼭 붙이고 더는 비밀을 드러내지 않았다. 팽팽한 침묵이 우릴 감쌌다. 영원히 이어질 것만 같던 그 짧은 순간, 질문과 질책과 비판의 무게가 느껴졌다. 견디기 어려웠다.

"할아버지는 괜찮으실까요?"

윌리엄슨 선생님은 내게 고개를 끄덕이고 인슐린이니 뭐니 이해하기 어려운 의학적인 이야기들을 하기 시작했다. 필요 이상으로 많은 이야기를 했고, 우리 집에 들어오기가 꺼림칙해 얼굴에 패인 주름들이 아침 햇살을 받아 천천히 옅어졌다. 선생님은 거의 편안해진 것처럼 보였다.

하지만 그렇지 않다는 걸 안다.

"주얼."

그는 코에 걸친 안경을 밀어 올리며 물었다.

"우리와 같이 병원으로 가겠니? 통역을 좀……"

말꼬리를 흐리며 집 앞 자갈길로 나서는 커다란 두 발은 안절부절못했다. 할아버지가 말을 하지 못한다는 것, 혹은 말을 하지 않는다는 것은 온 마을 사람들이 안다. 교회에는 할아버지가 오빠에게 버드라는 별명을 붙여 준 대가로 저주에 걸렸다고 쑥덕대는 사람들도 있었다. 나는 고개를 저었다.

"아빠한테 전화했는데, 병원으로 갈 거라고 하셨어요."

어차피 할아버지도 내가 구급차에 타서 바짝 붙어 있는 것을 원하지 않을 것이다. 목숨을 구해 주어서 고맙다는 말도 물론 하지 않을 것이다. 하지만 솔직히, 고맙다는 눈빛 정도는 보여 줘도 큰일 나지 않을 텐데.

윌리엄슨 선생님이 고개를 끄덕이고 구급차에 오르자, 차는 탈탈거리는 소리를 내며 자갈길을 달려 나갔다. 집으로 들어가며 숨을 깊이 들이쉬면서 두근거리는 가슴을 진정시키려 노력했다. 무엇보다도, 의료인답게 고개를 끄덕이기 전 우리 집과 나를 보던 윌리엄슨 선생님의 두려움에 가깝도록 이상한 눈빛을, 그 흔들리던 시선을 머릿속에서 떨쳐내려 애썼다. 엄마나 아빠와 함께 시내에 나가면 철물점 발랜틴 아주머니나 식료품 가게 스튜어트 아저씨에게서 비슷한 눈빛을 보곤 한다. 나는 사람들이 우리를, 내가 태어나고 오빠가 죽은 날의 상황을, 섞어서는 안 될 문화와 이야기와 마법을 섞어 버린 것을 두려워하는지도 모르겠다고 가끔 생각한다. 똑같은 눈빛을 윌리엄슨 선생님에게서 보는 순간, 새삼스레 마음이 술렁였다. 물론 도움이 필요할 땐 선생님이 우리를 도와주겠지만.

적어도 나는 그렇게 생각하기로 했다.

# 3

화장실에 꺼내 놓은 병이며 잡동사니를 전부 집어넣는 데 시간이 한참 걸렸다. 할아버지 방에도 들어가서 정리를 해야 할지 고민하며 머뭇거렸다. 할아버지가 집에 돌아오면 당신 방이 엉망진창일 때 더 기분이 나쁠까, 아니면 내가 또 손을 대어 엉터리로 정리돼 있을 때 더 기분이 나쁠까? 결국 정리를 해보기로 했다. 사실 할아버지가 나한테 소리를 지를 것도 아니고 말이다.

할아버지 방은 내가 이제까지 알던 모습에서 변한 것이 없었다. 오늘 이전에 할아버지 방에 들어가 본 거라곤 네 살 때인가 다섯 살 때인가 딱 한 번, 토끼 인형 푸푸를 찾던 때였다. 엄마와 아빠는 평소에 할아버지 방에 들어가지 말라고 했지만, 사실 그런 말도 필요 없었다. 할아버지가 방에 들어가고 나올 때마다 들리는 얼음 같은 철컥, 소리에 그 방을 멀리하게 되었으니. 당시

나는 할아버지 방에 들어가면 안 된다는 걸 알고 있었지만, 집 안 다른 곳은 모두 찾아본 후였고 푸푸를 영원히 잃어버릴까 봐 두려웠다. 결국 할아버지 방에 들어가 푸푸를 불렀는데, 그때 할아버지가 방에 들어왔다. 나는 할아버지를 보았다기보다는 느꼈고, 뒤를 돌아보고는 숨이 탁 막혔다.

정말 두려웠던 것은 나를 바라보던 할아버지의 표정이었다. 분노가 차오르던 검은 얼굴. 나는 할아버지 방에서 있는 힘껏 빠르게 뛰쳐나와 내 방으로 달려가서는 하루 종일 틀어박혔다. 엄마에게는 아프다고 말했다. 엄마는 내게 캔 수프를 가지고 왔다가 침대 바로 밑에 누워 있던 푸푸의 귀를 밟았다.

할아버지 방은 그때 본 모습과 똑같았다. 텅 빈 파란 벽, 커튼 없이 하얀 블라인드만 내린 창문, 서랍장, 침대 옆 작은 탁자, 그리고 진녹색 이불이 거의 흐트러지지 않은 침대. 침대 위에는 아무것도 없었다. 서랍장 위나 탁자 위에도. 그저 황량했다.

방바닥에 있는 물건들을 훑어보았다. 아까 정신없이 방을 휘저은 탓에 할아버지 물건들은 쓰레기처럼 방바닥 가득 널브러져 있었다. 루이 암스트롱에 관한 얇은 책들, 누렇게 된 영수증들과 섬세한 글씨체의 오래된 종이 뭉치, 편지들, 이름이 적혀 있지 않은 씨앗 봉투들, 검정색과 초록색, 노란색이 어우러진 작은 자메이카 국기. 최선을 다해 하나하나 할아버지의 침대 옆 작은 탁자 서랍 속에 넣었다. 모든 물건에는 희미한 향이 있어, 하나씩 넣을 때마다 나도 모르게 맡아 보고는 무슨 향인지 맞추려고 했다. 코코넛 오일 향기, 시나몬 향기, 떨어지는 빗물 향기.

할아버지 신발을 벽장에 넣다가, 안쪽 선반 하나에 가득 늘어선 오래된 카세트테이프들을 보았다. 엄마도 좋아하는 음악들은 카세트테이프를 가지고 있었고 가끔씩 틀기도 했지만, 다섯 개 남짓한 큼직하고 두꺼운 테이프들에는 하나당 열 곡 정도밖에 들어 있지 않았다. 하지만 할아버지의 벽장 속에는 적어도 백 개, 어쩌면 이백 개는 될 듯한 테이프들이 모두 흠집 없는 상태로 낡은 플라스틱 곽 속에 들어 있었다. 할아버지 방에서 음악이 흘러나온 적은 한 번도 없었으니 이상한 일이었다. 거기에선 어떤 소리도 흘러나오지 않는다.

신발과 멀지 않은 곳에 상자 하나가 떨어져 있었다. 얼마나 많이 열었다 닫았다 했는지, 빨간 판지로 된 뚜껑 가장자리가 칙칙한 분홍색이 되어 버린 작은 사진 보관함이었다. 열어 보니 아마도 할머니인 듯한 여자와 찍은 할아버지 사진 한 장이 있었다. 우리 집에 있는 할머니 사진은 거실 벽에 걸린 것 하나뿐이어서, 나는 그 사진 속의 모습으로만 할머니를 알았다. 한 가지 표정, 한 가지 옷, 한 가지 빛으로. 하지만 이 사진들 속에서 다른 옷과 다른 각도와 다른 표정의, 그러면서도 짙은 갈색 피부의 주름 속에는 늘 기쁨이 가득한 할머니 모습을 보니 기분이 너무나 이상했다. 할머니 허리에 자연스럽게 팔을 두른 할아버지도 있다. 할머니와 함께 찍은 모든 사진 속에서 할아버지는 할머니 허리에 팔을 두르고 있다. 차 앞에서, 공원에서, 폭포 앞에서. 더 젊고 어쩐지 키도 더 커 보이는 아빠와 함께 찍은 사진 속에서도. 할아버지는 늘 카메라를 똑바로 바라보며 한없는, 누구도 멈추지 못할 것 같은 미소를 만면에 짓고 있었다. 지각판이 갈라지는 듯한 너르고 검은 미소, '**함께 가자.**'고 말을 건네는 듯한 미소였다. 가슴이 쿵쿵거렸다. 그러나 나도 이런 할아버지가 있었으면 좋겠다는 바람은 품고 싶지 않았다. 불가능한 일을 바라면 안 되니까.

마지막 사진 다섯 장이 남았다. 버드와 할아버지가 말을 타고, 그네를 타고, 숲 속에 있는 모습들. 버드가 촛불을 불어 끄는 모습. 마지막 사진 속에서는 할아버지가 절벽 끝에서 버드를 안은 채 웃고 있었다. 나무들은 붉은빛과 금빛으로 물들어 있고 하늘은 새파랗게 빛난다. 버드는 얼굴 가득 미소를 띤 채 할아버지 콧구멍에 손가락을 넣으려고 한다. 할아버지 얼굴은 즐거움과 놀라움으로 활짝 피어 있다.

웃고, 말하고, 기뻐하는 할아버지.

살아 있는 버드.

그곳에 없는 주얼.

두 번 접힌 채 상자 바닥에 놓인, 오래되어 누렇게 바랜 종이 한 장을 발견했다. 그림이었다. 크레파스로 그린 그림. 하늘을 나는 소년이 있고 그 옆에는 정성들여 쓴 글씨로 '나'라고 적혀 있다. 땅에서 웃으며 손을 흔드는 남자 옆에는 '푸바'라고 적혀 있다.

푸바. 소리 없이 입술만 움직여 한 번, 또 한 번 말해 보았다. 버드는 할아버지를 '푸바'라고 불렀다.

나는 아랫입술을 깨물었다. 이 사람들은 누굴까? 이 모든 기쁨은 다 어디에 있었던 걸까? 한 가족을 떠난 기쁨은 어디로 가는 걸까? 다른 가족에게 갈까? 땅속으로 스며들까? 겨울철 내쉬는 숨처럼 공기 속으로 사라져 버릴까? 그렇게 없어져 버리지 않는다면, 왜 나를 위해서는 조금도 남아 있지 않을까?

상자를 선반에 되돌려 놓고 할아버지 방을 계속 정리했다. 최대한 다 집어넣으려 했지만 당황스럽게도 제대로 들어가지 않았다. 침대 옆 탁자의 서랍은 너무 꽉 차서 닫히지도 않을 정도였다. 나는 자초지종을 설명한 쪽지를 써서 침대 위에 올려놓았다. 어차피 할아버지는 내게 아무것도 묻지 않겠지만, 그래도 설명해야 한다고 생각했다.

전화벨이 울렸다. 아빠였다. 아빠는 이미 병원에 도착했고 엄마도 병원에 왔다고 했다. 의사들이 할아버지의 상태를 안정시켰지만 오늘 하루는 병원에 있어야 하고 밤에야 퇴원을 시켜 준다고 했다. 피곤함이 묻어나는 아빠 목소리에는 그것 말고도 뭔가가 있었다. 뭔가 불편한 것. 내 걱정은 말라고 하고 전화를 끊은 후, 밖으로 나가고만 싶은 기분에 신발을 신었다. 두 발이 이끄는 대로 길을 내달렸지만, 얼마 지나지 않아 뒤돌아서 맥라렌 아저씨네 나무로 향했다.

세 번째 나뭇가지엔 아무도 올라가 있지 않았다. 나는 실망했을 때의 엄마처럼 입술을 삐죽 내밀었다. 그래도 세 번째 나뭇가지로 올라갔다. 첫 번째 나뭇가지를 오르기가 항상 가장 어렵다. 일 년 정도 지나면 땅에서 나뭇가지로 좀 더 쉽게 뛰어오를 수 있을 만큼 키가 자랄 테지만, 지금은 단단히 묶어 둔 밧줄에 지탱해서 올라간다. 나무를 오르다가, 문득 존도 이 밧줄을 썼을 거라는 생각이 들었다. 그 생각만으로도 엄청나게 뿌듯해하는 나 자신에게 놀랐다.

윌리엄슨 선생님에게 내가 절벽에 간다는 사실을 말해 버린 것이 계속 마음에 걸렸다. 여덟 살 때부터 절벽을 찾았지만, 단 한 사람에게도 그 사실을 말하지 않았다. 오늘, 그 비밀이 그냥 튀어나와 버렸다. 이곳 사람들이 보기에 지나치게 미신을 믿는 아빠는 내가 절벽에 간다는 걸 알면 화낼 것이다. 절벽에서 버드나 할머니, 아니면 더피가 내게 말을 건다고 생각하겠지. 엄마는 더 크게 화를 낼 것이다. 아빠와는 다른 이유겠지만. 최악의 상황은 내가 절벽에 가지 못하게 되는 것이고, 그건 내가 속할 곳이 더는 없어진다는 뜻이다. 그래서 중요한 일들에 관한 한, 나는 입도 뻥긋하지 않는 원칙을 잘 지켜 왔다.

오늘 아침 윌리엄 선생님에게 말해 버리기 전까지는 말이다.

나뭇가지 위에 앉아, 눅눅한 옥수수 밭을 가로질러 내 쪽으로 걸어오는 존을 발견했다. 발견하기는 어렵지 않았다. 존의 모습은 어두운 밤이 한 조각 떨어져 나와 햇살 속을 방랑하는 것 같았다. 존이 내게 손을 흔들어, 나도 손을 흔들었다. 누군가 내게 손을 흔들어 주니 기분이 이상했다. 이곳 사람들은 서로 손을 흔들어 인사하지 않는다. 대체로 고개를 까딱하거나 미소를 보내는 정도이다. 남자들은 목이 가렵기라도 한지 턱을 슬쩍 들곤 한다. 이곳에서 내가 받는 미소와 고갯짓은 다른 사람들이 받는 것보다 약하다. 내가 괜히 그렇게 느끼는 건지는 모르겠지만. 아무튼, 존은 진심으로 나와 인사하고 싶다는 듯 손을 흔들었다.

조금 놀라운 일이었다.

존이 나를 보고 미소를 짓자 달 같은 치아가 또 빛났다.

"그거 내 나무라니까."

존의 목에는 크고 묵직한 쌍안경이 매달려 있었다. 나는 나뭇가지 위에서 미소를 지었다.

"무슨 소린지 모르겠는데."

존이 (예상대로 내가 묶어 둔 밧줄을 타고) 나무 위로 올라와, 눈 깜짝할 사이에 두꺼운 줄기에서 뻗은 가지들 가운데 나와 그리 멀지 않은 가지에 앉았다. 존은 나무를 잘 탔다. 아이들은 대부분 팔로만 나무를 오르려 하지만, 기어오르는 법을 조금이라도 아는 사람이라면 다리를 써야 한다는 것, 그것도 영리하게 써야 한다는 것을 안다. 암벽을 오르는 것과 비슷하다. 골반의 무게 중심을 찾아서, 정확한 각도로 정확한 순간에, 그리고 정확한 다음 위치를 찾아 몸무게를 싣지 않으면 올라가지도 내려가지도 못하게 된다.

존은 그렇게 되지 않았다.

"내가 여기 있는 걸 어떻게 알았어?"

나는 물었다.

"쌍안경."

존은 어깨를 으쓱했다.

"날 훔쳐보고 있었어?"

불쾌해야 하는지 기뻐해야 하는지 알 수 없었다.

"좋은 쌍안경이 있으면 우리 삼촌네 집에서 많은 걸 볼 수 있어. 그러다가 네가 보인 거야."

존은 울창한 나뭇잎들 사이의 하늘을 향해 쌍안경을 들었다. 두둥실 뜬 뭉게구름은 빛나는 솜사탕 같았고, 비행기가 지나간 흔적들은 하얀 십자 모양으로 끝없이 이어졌다.

존은 여전히 비행기들을 보고 있었다. 쌍안경 초점을 조절하며 말했다.

"저 사람들은 절대로 우리를 내려다보지 않을걸."

"당연하지."

나는 다리를 흔들며 대답했다. 나무껍질이 피부를 눌렀다. 예전에는 아팠지만 이제는 적응한 지 오래다.

"이 근처에는 착륙하지도 않을 거고."

"물론."

"우리에 대해선 궁금해하지도 않을걸. 우리만 저 사람들을 궁금해하지."

"우리한테 궁금할 게 뭐가 있겠어?"

그 말에 존은 쌍안경을 내리고 살피듯 나를 바라보았다. 새들이 지저귀며 나뭇가지에서 날아올랐다. 존은 나뭇잎 사이 하늘을 가리켰다.

"하늘에 비행기가 지나가며 남기는 저런 흔적들을 비행운이라고 해. 비행기구름이라는 뜻이야."

존과 함께 하얗게 빛나는 띠들을 바라보았다. 존이 다시 쌍안경을 눈에 갖다 대고 말했다.

"비행기 엔진에서 이산화탄소와 수증기가 배출되는데, 저 고도에서는 수증기가 작은 물방울이나 얼음으로 응축되거든."

존은 나를 보았다.

"그러니까 저건 인공적인 구름으로 그어진 줄이지."

비행운에 대해 한 번도 생각해 본 일 없다고 존에게 말했다.

존의 양 입가가 약간 올라갔다. 내가 모르는 뭔가를 알고 있어서 기쁘다는 듯이.

하지만 나도 아는 것이 있다.

"아이오와 주는 전체가 한때 물로 가득 차 있었어."

나는 꽁지머리에서 삐져나온 머리카락 몇 올을 잡아당기며 말했다.

"진짜?"

존의 미소가 더 커졌다. 내가 다 지어낸 이야기라고 생각하는 듯이.

"이 지역에 보이는 기반암은 약 4억 년 전인 고생대 실루리아기의 암석이야. 아이오와는 얕은 내륙해였고 바닷속에는 새각류 동물, 삼엽충, 층공충류가 가득했어."

층공충류라는 단어를 천천히 발음했다. 가장 좋아하는 단어들 가운데 하나다.

"수백만 년 동안 그 동물들의 껍질이 이곳의 암석 형성을 도와서……."

그때 존이 눈을 휘둥그렇게 뜨고 나를 보고 있다는 걸 깨달았다. 갑자기 얼굴이 달아오르고 입을 옴짝달싹하기가 어려웠다. 암석에 대해 처음 배우기 시작했을 때, 책과 학교 컴퓨터를 통해서 읽은 것들을 아빠에게 들려주었다. 하지만 아빠는 내가 일급비밀이라도 퍼뜨린 것처럼, 아니 내가 이런 아이로 자라서 실망스러운 것처럼 당황한 표정으로 고개를 절레절레 저었다.

"엄마한테는 얘기하지 마라."

다른 여자아이들이 관심을 두는 것은 머리 모양이나 이 주변 가장 큰 마을인 피켓에서 산 화장품 따위였다. 돌이나 흙, 그보다 훨씬 이전에 생긴 비밀들에 대해서 이야기하는 아이들은 아무도 없었다. 아는 것을 남에게 이야기하는 일에는 이런 점이 있다. 내가 한 이야기를 상대가 어떻게 받아들일지 결코 알 수 없는 것이다.

나는 화제를 바꾸려고 물었다.

"근데 넌 어디서 왔어?"

존은 나를 빤히 보더니 말했다.

"넌 그런 걸 어떻게 다 아는 거야?"

나는 더욱 소심해져서 다리 위 말파리를 손바닥으로 내려치고는 어깨를 으쓱했다. 나뭇잎 지붕 아래가 갑자기 숨 막히게 더웠다.

"말해 줘. 안 그럼 이 쌍안경 너한테 던져 버릴 테니까."

고개를 휙 든 나는 그제야 존의 커다란 미소를 보았다. 나는 웃음을 터뜨렸고, 기분이 좋았다.

"못 던질 거면서 뭘."

"맞아. 이거 비싼 쌍안경이거든."

나는 존에게 혀를 쏙 내밀었다. 어깨뼈 사이 어디쯤에서 긴장이 풀렸다. 잠시 가만히 있다가 이야기했다.

"나는 크면 지질학자가 되고 싶어."

존은 진지하게 고개를 끄덕였다.

"너라면 아주 훌륭한 지질학자가 될 거야."

심장이 가슴에서 튀어나와 나뭇가지로, 그리고 땅바닥으로 굴러떨어졌다.

"진짜야. 너는 서로 똑같아지려고만 하는, 이 덜떨어진 동네의 다른 여자애들하고는 달라. 밤에 나무를 타잖아. 혼자서 뭔가를 하잖아."
내가 혼자서 뭔가를 하는 것은 그럴 수밖에 없기 때문이다.
"지질학자들은 자기 길을 스스로 만들어 나가야 해. 과학자들은 다 그래."
그렇게 말하고 존은 확신에 차 고개를 끄덕였다. 나는 존을 빤히 보았다. 어떻게 지금까지 존에 대해 한 번도 들어 보지 못한 걸까? 칼레도니아 카운티는 정말로 손바닥만 한 곳이라 모두 서로의 일을 속속들이 안다. 아니, 일들이 실제로 일어나기도 전에 다 알아차릴 정도다. 폭풍이 몰아쳐서 로저 씨네 집이 번개에 맞아 불에 탔을 때, 기금 마련을 위해 복권식 티켓으로 벨기에 와플을 파는 행사를 했는데, 티켓은 판매 개시를 하기도 전에 매진이 되어 버렸다. 그런 식이다. 존이라면 분명 사람들이 좋아할 만한 이야깃거리이니, 내가 존이라는 맥라렌 아저씨 조카에 대해 들어보지 못한 건 놀라운 일이었다.
"넌 어디서 왔어?"
나는 다시 물었다.
"여기 말고 다른 데서."
존은 다시 쌍안경을 들어 나무에 앉은 새들을 살펴보았지만, 새들은 쌍안경으로 보기에 너무 가까웠다. 그건 나도 알았다.
"왜 삼촌 댁에 온 거야?"
"누구건 삼촌한테 가는 이유가 뭐겠어? 가야 하니까 가지."
벨벳을 자르는 가위처럼 날이 선 말투에 놀랐다. 존이 삼촌 댁에 오고 싶지 않았다는 사실에는 더욱 놀랐다. 삼촌이 한 명이라도 있다면 나는 삼촌 댁에 갈 때마다 무지 신날 텐데. 사실상 나는 삼촌이 있는지 없는지조차 알지 못했다. 친가든 외가든.

"넌 운이 좋은 거야. 나도 삼촌이 있으면 만나러 가고 싶어."

존의 얼굴이 대리석처럼 굳었다.

"그래, 좋겠네."

갑자기 둘 사이의 긴장감이 숨 막히도록 짙어졌다. 방금 내뱉은 말들이 그 위에 앉을 수도 있을 만큼 거대하게 느껴졌다.

나는 어색하게 움직였다. 존을 화나게 하려는 의도가 아니었는데. 티브이 속 사람들이 하는 것처럼 **기분 나빴다면 미안해**, 같은 말을 해 보고도 싶었지만 사람들이 실제로 그런 말을 하는지 모르겠고. 적어도 우리 가족들은 전혀 쓰지 않는 표현이니까. 우리 가족은 침묵에 숨이 막히는 쪽을 택한다.

"나무 계속 탈래?"

나는 물었다. 나무줄기 쪽으로 조금씩 몸을 옮기며 가지 위에 일어섰다.

"다람쥐 집 보여줄 수 있는데."

존이 나를 보았고, 표정이 부드럽게 변했다. 이제는 돌처럼 딱딱하지 않았다.

우리는 그 여름날 오후, 몇 시간 동안이나 나무를 탔다. 가끔은 이야기를 나누며, 가끔은 조용히, 또 가끔은 이야기를 나누기도 어려울 만큼 땀을 흘리며. 나무 한 그루를 알아 가는 데는 꽤 노력이 필요하다. 짙은 여름 열기 속에서 나뭇잎은 어떤 냄새가 나는지, 가을바람에 서로 부딪히는 가지들은 어떤 소리를 내는지, 폭풍우가 칠 때 빗물이 줄기 위에서 어떻게 개울을 이루어 흐르고 가지 끝에서는 어떻게 방울방울 떨어져 내리는지도 알아야 한다. 그야말로 시간이 걸린다. 땅이나 강이나 사람을 아는 일도 마찬가지다. 그림자가 길어질 무렵, 우린 둘 다 꽤 피곤하고 배가 고팠다. 존은 옥수수 밭을 가로질러 돌아갔다. 나도 천천히 집을 향해 걸으며 할아버지와 존을, 그리고 고작 하루 동안 어쩌면 이렇게 많은 일들이 일어났을까를 생각했다.

하지만 그런 생각 끝에는 아귀가 맞지 않아 제자리를 못 찾는 뭔가가 있었다. 집으로 이어지는 긴 진입로에 들어섰을 때 깨달았다. 존은 나를 보았다고 한 맥라렌 아저씨네 쪽에서 나타나지 않았다. 헤어질 때도 분명히 그쪽으로 가지 않았다.

# 4

"그 절벽에 갔다고?"

엄마는 물었다. 딱히 질문은 아니었다. 물을 필요도 없었다. 윌리엄슨 선생님은 내가 말한 것을 엄마, 아빠에게, 그리고 아마도 온 동네 사람들에게 말했을 것이다.

나는 식탁 아래에서 두 발을 초조하게 꼼지락거렸다. 엄마도, 아빠도 쳐다보지 못했다. 엄마, 아빠가 내가 집에 오기를 죽, 그것도 병원에서 일이 지체되다가 집에 돌아온 후부터 두 시간이나 기다렸다는 사실도 도움이 되지 않았다. 나간다는 쪽지를 남겨 두기는 했지만 언제 돌아올 거라는 말은 잊었던 것 같다. 엄마, 아빠가 나를 기억해 주는 듯 보이는 건 오직 야단칠 때뿐이다. 자주 있는 일은 아니지만, 그래도.

엄마는 아빠를 노려보았다. 그리고 낮은 목소리로 말했다.

"애한테 그런 이야기를 하면 어떻게 되는지 이제 알겠어?"

"오늘 아침에만 갔던 거예요. 오후엔 안 갔어요."

아빠는 엄마 눈을 피하며 고개를 저었다. 그러더니 우리 둘에게서 떨어져 부엌 입구에 섰다.

"알겠냐고, 당신?"

엄마는 다시 다그쳤다. 그러고는 아빠가 며칠 전에 쌀에다 완두콩, 플랜틴 바나나[1]와 닭고기를 넣고 만들어 놓은 요리를 데우려고 전자레인지 버튼을 눌렀다. 필요 이상으로 아주 세게.

"윌리엄스 선생님이 제가 할아버지를 제때 발견해서 다행이라고 하셨어요."

나는 두 손을 허벅지 아래에 끼웠다.

"애초에 네가 집에 있었더라면 제때고 뭐고 그렇게까지 되지도 않았겠지."

엄마 말에 뱃속이 쓰라렸다. 다른 아이들이라면 그렇게 이른 아침에는 아직 자고 있었을 테고, 그 아이들의 할아버지라면 그대로 돌아가셨을 거라고 생각했다. 할아버지가 고마워하지 않으리라는 것은 알았지만, 이건 예상하지 못했다. 내가 오늘 아침 할아버지의 목숨을 구했다는 걸 아무도 알아채지 못하는 건가? 그게 그렇게 알기 어려운 일인가?

전자레인지가 웅웅 소리를 내며 우리가 먹을 음식을 덥혔다. 아빠는 마침내 부엌 입구에서 발을 떼어, 되도록 엄마를 피하며 식탁을 차렸다. 다 데워졌다는 전자레인지 신호음이 무거운 공기를 가르며 울려 퍼졌고, 우리는 접시 위에서 달그락거리는 차가운 소리를 들으며 밥을 먹었다.

내가 말한 침묵이 바로 이런 것이다. 엄마, 아빠는 내게 왜 그 절벽에 가느냐거나 얼마나 자주 가느냐고, 혹은 함께 가도 되냐고 묻지 않는다. 거기에 가면 기분이 어떤지, 버드를 생각하는지, 버드를 따라 날고 싶진 않은지도 묻지 않는다. 오늘 병원에 간 것도 마찬가지다. 병원에서 얼마나 무서웠는지, 할아버지는 어떻게 회복 중인지 이야기하지 않는다. 애초에 할아버지가 왜 혈당이 그렇게 떨어지도록 가만히 있었는지에 대해서도.

우리는 말들을 두려워하는 게 아닐까. 이야기되지 못한 말들은 허공에 떠 있다가 끝내 사용되지 않으리란 걸 깨닫고 쪼글쪼글해져서는 죽어 버린다. 오늘 아침 내 입이 제멋대로 열려, 쓸데없는 소리를 뱉어 버린 것도 당연했다. 모든 걸 꾹꾹 눌러 두는 데 지쳐 버린 입이 반항하느라 몇 마디 내뱉었는지도 모른다. 지독한 침묵 때문에 조금 미쳐 버렸다고 해도 원망할 수가 없다.

식사를 마칠 무렵, 아빠는 냅킨으로 입을 닦고 나를 보았다.

"거기 다시는 가지 마라, 주얼. 좋은 곳이 아니야."

"알아요."

"거긴 더피가 있어. 아빠가 말했듯이."

두 손을 식탁 위에 놓은 아빠가 엄지손톱을 문질렀다. 걱정스럽다는 신호였다.

"혼령의 세계를 그리 가볍게 여겨서는 안 돼."

아빠 말에 엄마는 한숨을 쉬었다. 거의 들리지 않을 정도였지만, 나는 들었다. 아빠는 못 들은 척 말을 이었다.

"너한테 아주 실망했다, 주얼."

접시를 내려다보았다. 아빠가 그런 말을 할 줄 이미 예상했는데도 깊이 베이는 듯 마음이 아팠다.

"넌 할 일을 찾는 게 좋겠어. 네가 이번 여름에 남는 시간이 너무 많아서 그래."

엄마가 말했다.

그것이 대화의 끝이었다. 아빠는 할아버지 상태를 확인하고 저녁 식사도 챙겨 드리기 위해 병원으로 갔고, 나는 엄마를 도와 부엌을 청소했다. 엄마가 좋아하는 대로 식탁을 무척이나 열심히 문질렀지만, 엄마는 나를 보지 않았다. 단 한 번도.

엄마는 여름 동안 내가 할 만한 일거리를 구하기가 얼마나 어려운지에 놀랐다. 그동안 제임스 아주머니네 빵 가게에서 자전거로 배달할 사람을 구하더라는 이야기도 했고, 매튜즈 씨 가족이 세 아이들을 돌봐 줄 사람을 찾는다고도, 페리 아저씨 개 버거를 산책시켜 줄 사람이 늘 필요하다고도 했다. 하지만 막상 내가 도울 수 있을 거라고 엄마가 이야기를 꺼냈을 때, 어쩐지 아무도 관심을 보이지 않았다.

엄마는 그 대신 엄마, 아빠가 일을 하는 동안 집에서 내가 해야 할 일 목록을 만들어 주었다.

주열이 여름 동안 할 집안일.

1. 월요일: 집 안 정리하기

2. 화요일: 잔디 깎고 텃밭에서 잡초 뽑기

3. 수요일: 청소기 돌리기

4. 수요일, 금요일: 로드리게즈 할머니 댁 방문하기

5. 금요일: 화장실 청소하기

*항상 할 일: 벽장 속 정리하고 다락방 물건 중에 쓸모없는 것 버리고 부엌에 나오는 개미들 죽이기(개미는 없애도 자꾸 생겨).

내가 싫어하지 않은 집안일은 잔디 깎는 일(잔디 깎는 기계를 모는 건 꽤 재미있으니까)과 아빠의 텃밭에서 잡초를 뽑는 일이었다. 아빠는 온갖 꽃과 채소를 키웠다. 자메이카 식물도 심었지만, 마치 아이오와의 흙이 옥수수나 토마토가 아닌 코코넛이나 가시여지, 빵나무는 키우기 싫어하는 듯, 식물들은 축 처진 싹이나 틔우고는 결코 더 자라지 못했다. 아빠는 흙 파는 일을 내가 얼마나 좋아하는지 알기에 자주 밭일을 돕게 했다. 나는 기분이 좋지 않을 때 나가서 흙을 찾아 팠다. 이상하게 들릴지도 모르겠지만, 손가락엔 갈고리 발톱이, 어깨엔 모터라도 달린 양 힘차게 두 팔을 움직여 땅을 파면 뭔가 특별한 기분이 들었다.

전에 본 적 없는 것, 땅을 파지 않는 한 볼 수 없는 것들을 찾을 때까지 말이다.

이를 테면 화살촉이라든가.

엄마는 화살촉 같은 걸 찾아내면 싫어했다. 시간 낭비 좀 그만하고 공상도 그만하라고, 개처럼 땅이나 파는 일에 두뇌를 낭비해서야 어떻게 선생님이 되겠느냐고 말했다.

"선생님 되고 싶지 않은데. 난 지질학자가 되고 싶어요."

엄마와 함께 옷을 개다가 이렇게 말했더니, 엄마는 내가 거짓말을 하나 가늠하듯 빤히 쳐다보았다. 물론 거짓말이 아니었다.

"엄마는 네가 괜찮은, 실용적인 직업을 얻으면 좋겠어."

"지질학자도 실용적인 직업이에요. 과학자예요."

"뒷마당 흙 파는 일이 무슨 과학이야."

아빠 티셔츠를 손에 든 채 엄마는 잘라 말했다.

"그건 공상하는 거지. 꼭 너희 아빠처럼."

엄마는 도대체 왜 이런 대화나 해야 되느냐는 듯 천장을 바라보았다. 그러고는 내가 아무 말도 하지 않은 것처럼 다시 옷을 꼼꼼하게 접어 누르며 개기 시작했다.

나는 지질학자가 되겠다는 말을 다시는 꺼내지 않았다.

하지만 아빠 텃밭에서 잡초를 뽑는 내 머릿속에는 지질학자가 되겠다는 생각만 가득했다. 아이오와가 멕시코 걸프만처럼 한때는 얕은 해저였다는 사실, 바다 물결처럼 굽이굽이 산세가 펼쳐진 이곳이 실제로 파도가 일렁이는 곳이었다는 사실은 얼마나 환상적인가? 손으로 떠 올리는 이 흙은 한때 완족류, 극피 동물, 산호였다. 살아서 헤엄치던 것들이 이제는 흙이 되어 있다. 지금 살아 있는 모든 것들도 언젠가는 흙이 될 것이다.

흙은 모든 것이다.

잡초 뽑는 일이 어째서 교사가 되는 데 도움이 되는지 도통 모르겠다.

"도와줄까?"

존의 목소리에 화들짝 놀라 고개를 돌렸다. 흙으로 꾀죄죄한 내 옷에 비해 존의 짧은 청바지와 티셔츠는 눈부시게 깨끗했다.

"우리 집 어떻게 알았어?"

존이 또 한번 내 앞에 불쑥 나타났다는 데 놀란 마음보다, 누군가를 집에 데려왔다고 혼날까 걱정되는 마음이 더 컸다. 엄마는 친구랑 노닥거리면서 무슨 집안일을 제대로 하겠느냐고 말할 것이다.

존은 미소를 감추려 애썼다.

"뽑을 잡초가 많아 보이네."

나는 한숨을 쉬었다.

"선생님이 되려면 잡초 뽑기를 배워야 한대서."

존의 눈썹이 잠깐 올라갔다. 그리고 내 옆에서 무릎을 꿇고 잡초를 뽑아, 쌓인 풀 더미에 던지기 시작했다. 존은 물었다.

"지질학자가 되기 위해서가 아니고? 지질학자들은 돌을 줍는데. 잡초를 뽑는 게 아니라."

"지질학자들도 엄마가 시키면 잡초를 뽑겠지."

이렇게 말하며 땅속 깊숙이 박힌 민들레 뿌리를 뽑아냈다. 벌써 땀이 이마를 간질였다.

"여기서 지질학 얘기 너무 많이 하지 마. 엄마가 싫어하셔."

우리는 점점 높아지는 6월의 태양 아래 나란히 앉아 텃밭 잡초를 뽑아 나갔다. 누군가 도와주는 사람이 있다는 게 좋았다.

"이건 뭐야?"

아빠가 심은 코코넛과 가시여지, 빵나무의 조그만 묘목들을 보며 존이 물었다.

"자메이카산 나무들을 심은 거야. 아빠는 이것들이 여기에서도 자랄 거라고 생각하셔. 작은 과수원이 되길 기대하시지."

존이 날 보았다.

"아이오와에서?"

"그러게 말이야. 흙이 다른데."

"흙뿐만 아니라 다 다르지."

존은 끙, 하는 소리를 내며 굵은 잡초 뿌리를 뽑아냈다. 나도 잡초 한 뿌리를 더 뽑았다.

"하지만 아빠는 저 식물들이 적응을 할지도 모른다고 자꾸 말씀하셔."

존이 움직임을 멈추고 천천히 물었다.

"열대 나무들이 아이오와에 적응할 거라고?"

나는 고개를 끄덕였다. 얼마나 멍청하게 들리는지 알고 있었다. 아빠에겐 그렇게 낙관적인 면이 있다.

"거 참."

존은 다시 무릎을 꿇고 앉아서 하늘의 비행운을 바라보았다.

"너희 아빠 좀 남다르시네."

존은 머리 위 비행기들을 빤히 보았다.

"그 나무들보단 여주2가 더 잘 크고 있어."

텃밭 한쪽 가장자리를 가리키며 말했다.

"나무는 포기하라고 계속 얘기했는데도, 아빠는 그 나무들이 더피를 막는 데 좋대."

이 말이 존의 관심을 끌었다.

"뭘 막는 데?"

"더피를 막는 데."

존이 나를 이상한 눈빛으로 봐서, 설명을 이었다.

"사람한테는 영과 혼이 있는데, 죽으면 영은 천국으로 가고 혼이 몸과 함께 며칠 더 지상에 남는대. 장례식에서 누군가 그 몸 위에 눈물을 떨어뜨린다거나 하면 혼이 지상을 떠나지 못하고 사람들을 찾아오곤 한다는 거야. 문제를 일으킨다는 거지."

이제 존의 눈이 꽤 커졌다.

"더피들이 좋아하지 않는 나무나 식물들이 있는데, 그걸 집 주변에 심어 두면 더피들을 쫓을 수 있어."

"정말로?"

"자메이카에서 전해 오는 얘기야."

우린 잠시 동안 말없이 잡초를 뽑았다.

"더피가 어떤 문제를 일으키는데?"

"나도 몰라."

온몸의 세포가 '버드!'라고 소리쳤지만, 그렇게 답했다. 존이 거짓말을 눈치 채지 못하도록 고개를 푹 숙였다.

"넌 그거 믿어?"

이렇게 묻는 존을 쳐다보고 싶어도 그럴 수가 없었다.

"안 믿어."

나는 천천히 대답했다. 더피나 영이나 혼을 믿는지 스스로도 모를 일이었지만, 마음 한구석에서는 내가 아빠를 무시한다는 생각이 들었다. 아빠는 그런 것을 믿으니까.

우리는 모두 할아버지가 버드라는 별명을 붙여 주는 바람에 오빠가 죽었다고 믿고 있다. 이름은 중요한 것인데, 할아버지가 의도치 않게 집으로 끌어들인 더피가 오빠를 따라다니다가 절벽에서 뛰어내리게 만들었다고. 가족들이 성당에 자주 가진 않지만 엄마는 천주교 신자라서 더피를 믿지 않는다. 엄마는 할아버지의 말이 버드를 뒤죽박죽 헷갈리게 만들어서 오빠가 죽게 되었다고 생각한다. 오빠는 어린아이였으니까.

"함부로 한 말 때문에 배도 가라앉아. 함부로 한 말 때문에 우리 아들이 죽은 거야."

할아버지 때문에 아빠와 언쟁하던 엄마가 쏘아붙인 말이다.

"더피라니. 말도 안 돼."

존은 고개를 절레절레 흔들더니 내 눈치를 흘깃 보았다.

"기분 나쁘라고 하는 말은 아니야."

마침내 존에게 **말도 안 돼**, 하는 소릴 듣고 말았다. 나는 그다지 신경 쓰지 않는다는 듯 어깨를 으쓱해 보였지만, 입술은 굳게 다물었다. 윌리엄슨 선생님에게 한 것처럼 절벽에 간다는 말을 내뱉지 않은 것이 다행이었다. 이제 중요한 말은 하지 말아야지. 이를테면 존에게 어제 어디로 갔느냐고, 또는 **정말로** 어디에서 왔느냐고 묻는 그런 것.

대신 나는 물었다.

"우주 비행사가 되면 어디로 갈 건데? 화성?"

존이 잡초 몇 뿌리를 더 뽑아 던졌다.

"아니, 화성은 과대평가됐어. 난 목성의 달들로 갈 거야."

"달들? 하나가 아니라는 거야?"

땀 한 줄기가 목을 간질이며 흘러내렸다. 돌멩이에 눌려 무릎이 아팠고 허리는 조금씩 뻐근해지기 시작했다. 잡초 뽑기는 내가 기억하는 것보다 더 힘든 일이었다.

"목성에는 육십 개가 넘는 달이 있어."

존은 엉덩이를 대고 땅에 앉았다.

"제일 큰 것들이 이오, 유로파, 가니메데, 칼리스토야. 난 거기에 착륙하는 첫 번째 우주 비행사가 될 거야."

육십 개나 되는 달들이라니. 목성에서 보는 하늘은 얼마나 멋질까?

바로 그때, 뒤에서 나는 소리를 듣고 돌아보았다.

할아버지였다.

결코 내게 가까이 오지 않는 할아버지. 공기가 싸늘해졌다. 마치 할아버지가 주변 모든 것을, 심지어 내 팔다리까지도 얼리고 있는 것 같았다. 할아버지는 채 3미터도 떨어지지 않은 풀밭에 고무줄 반바지와 얇고 흰 티셔츠를 입은 채로 서 있었다.

나는 숨을 죽이고 시선을 피하며 서둘러 일어났다.

"할아버지, 이 아이는 존이에요."

"안녕하세요?"

존이 일어나서 반바지에 두 손을 털었다. 그리고 할아버지에게 한 손을 내밀었다.

할아버지 눈이 달걀만큼 커졌다.

존은 여전히 따뜻하고 친근한 태도로 손을 내밀고 있었다.

할아버지는 여전히 바라보고만 있었다. 대체로 아무것도 쳐다보지 않는 할아버지가 그리도 빤히 누군가를 바라보는 모습은 처음이었다.

"어제 처음 만난 친구예요."

피부를 감싼 냉랭함을 떨치려고 애쓰며 말했다. 갑자기 할아버지의 콧구멍이 벌렁거렸고 두 눈은 가늘어졌다.

존이 손을 내렸다.

높아지던 해가 멈춰 섰다.

그때 할아버지가 제 입술을 때리더니 존의 발 옆 땅바닥에 침을 뱉고 풀밭에는 발끝으로 X자를 그렸다. 나는 소스라치게 놀랐다.

존은 뒤로 물러서서 입을 열었다. 내가 존이라면 이미 달아나고 없을 것이다. 존은 허리를 펴고 턱을 살짝 들었다.

"제가 뭔가 잘못했다면 죄송해요. 그래도 저희가 잡초를 뽑았어요. 만나 뵈서 반가웠……"

존을 노려보던 할아버지가 한 손을 들어 한 번도 본 적 없는 희한한 동작을 했다. 그러고는 또 한 번 땅에 X자를 그렸다.

존의 입이 쩍 벌어졌다. 마치 하려던 말이 충격 속에 공중으로 흩어져 버린 것처럼.

나는 고개를 떨군 채 우리 집에서 나가는 존의 발소리가 들리기를 기다렸다. 이렇게 터무니없는 일들이 일어나는 집의 아이라니, 함께 어울리고 싶지 않다는 말을 기다렸다. 목이 메었다. 존은 그동안 정말로 나와 친구가 되고 싶어 하는 것 같았는데.

정말로 거의 친구가 될 뻔했는데.

"나가자, 우리. 어디 좀 가자."

존이 말했다. 나는 고개를 번쩍 들었다. 할아버지가 우리의 한마디 한마디에 귀를 기울이며 몇 발짝 뒷걸음질했다. 존은 마치 할아버지가 그곳에 없는 것처럼 이야기했다.

"가자."

팔을 붙잡으며 재촉했다.

"그, 그런데 난 아직 집안일이 남았어. 엄마가 화내실 거야."

나는 더듬거리며 말했다. 존은 미간을 찡그렸다.

"너희 할아버지가 나한테 침을 뱉으셨는데도? 가자. 그냥 잠깐이면 돼."

입술을 깨물었다. 나는 엄마, 아빠의 말을 거역하지 않는다. 적어도 의도적으로는. 우리 반 많은 아이들은 부모님의 말을 듣지 않기도 하고 몰래 집을 빠져나가기도 하고 말대꾸를 하기도 한다. 하지만 나는 경우가 다르다. 우리 엄마, 아빠는 이미 버드를 잃었다. 나는 버드 대신이다.

적어도 난 가끔 그렇게 느낀다.

"가자. 뭐 보여 줄 거 있어."

짜증내듯 존이 다시 말했다. 할아버지는 얼굴을 찌푸렸다.

오싹한 기분으로 할아버지에게서 몸을 돌리자, 그 순간 어디로든 존이 데려가는 곳으로 함께 가고 싶은 마음이 몰려왔다. 적막하고 차가운 우리 집만 아니라면 어디라도 좋았다. 망설이며 존에게 몇 걸음 다가갔다.

갑자기 할아버지가 나에게 달려들어 손가락으로 쥠쇠처럼 단단히 내 팔뚝을 잡았다.

"놓으세요!"

나는 소리치며 세게 할아버지 손을 뿌리쳤다. 이게 다 무슨 일인지 정신을 차리기도 전에 존이 달리기 시작했다. 어느새 나는 그 뒤를 따라 우리 집에서, 집안일에서, 할아버지에게서 벗어나 옥수수가 자라나는 밭을 달리고 있었다.

# 5

"조금만 더 가면 돼."

종아리까지 오는 옥수수밭을 지나 언덕 위로 성큼성큼 걸음을 옮기며 존이 말했다. 나보다 다리가 긴 존과 속도를 맞추려면 안간힘을 다해야 했다.

온몸이 내 것이 아닌 것처럼 얼얼하고 이상했다. 내가 정말로 그런 행동을 했나? 눈앞에서 할아버지 뜻을 거스른 건가? 나쁜 짓을 저질렀다는 생각에 속이 울렁거렸다. 할아버지는 엄마, 아빠에게 이야기할까? 그건 더 끔찍할 텐데.

움푹 팬 땅에 발이 걸려 넘어졌다. 존이 되돌아왔다.

"괜찮아?"

"별 거 아니야."

사실은 작은 돌멩이에 무릎을 세게 찧었지만.

"조금만 더 가면 내가 보여 주고 싶은 곳이 나와."

이렇게 말하며 환한 미소를 보이는 존을 보며, 할아버지가 도대체 왜 그토록 존에게 화가 난 것일까, 이백 번째로 궁금했다. 존이 나를 일으켜 주었다.

"너희 할아버지 왜 그러신 거야? 완전 제정신이 아니시던데."

"모르겠어."

정말 모르겠다.

"원래 기분이 좀 안 좋으셨나 봐."

진심은 아니었지만 '아무 이유 없이 널 싫어하셔.'보다는 나은 것 같아 둘러댔다.

"기분이 안 좋으셨다고."

존이 되뇌었다. 그리고 뭔가 말하려다 마는 듯했다.

존의 삼촌네로 향할 줄 알았는데, 우리는 그 반대쪽, 어제 만났을 때 존이 왔던 쪽으로 향하고 있었다. 각기 다른 들판 세 개를 가로질러, 꼭대기에서 대지가 내려다보이는 작지만 빽빽한 나무숲에 닿을 때까지 가파른 언덕을 올랐다. 아이오와는 많은 사람들이 생각하듯 옥수수밭만 있는 게 아니라 절벽이며 동굴, 돌리네3에다 우각호4까지 있는 아주 다채로운 곳이다. 평평하지도 않다. 서쪽 로키 산맥에서 시작되어 불룩 솟았다가 낮아졌다가 하며 지평선 위로 물결치듯 흐르는 강물 같은 지형이다.

해가 머리 위로 높게 떴고 나는 몹시 목이 말랐다. 아이오와에서는 여름에 꼭 물을 들고 다녀야 한다. 분지이기도 한 터라

여름이면 더위가 땅 위 모든 것을 익혀 버릴 기세다. 집에 에어컨이 있는 사람들은 모두 집 안에 숨는다. 우리 가족은 땀을 흘리며 견딘다.

여름 열기 속에서 땀을 흘리는 듯한 가늘고 외딴 나무들 사이에 도착했을 때, 우리는 속도를 늦추었다. 숲 속으로 깊이 들어갈수록 나무들은 더 높고 굵었다. 울창한 지붕을 이룬 나뭇잎들은 양팔을 펼치고 태양을 가려서 우리를 지켜주는 엄마들 같았다. 풀잎이 발밑을 부드럽게 휘감았다. 나뭇잎 지붕 아래 은은하게 빛나는 수풀 사이로 나를 안내하던 존이 갑자기 멈춰 섰다.

"여기야."

시선을 들었다. 앞에는 속이 텅 빈 거대한 나무가 있었다. 이곳의 다른 나무들보다 키도 둘레도 훨씬 큰 참피나무였다. 벌거벗은 줄기와 이파리 하나 없는 가지들이 작은 숲의 나뭇잎 지붕을 뚫고 솟아 있었다. 명백히 죽은 나무였다. 번개나 곰팡이로, 또는 수명이 다해서 오래전에 죽은 나무. 나무속은 거의 다 삭아서 텅 비어 있었지만, 바깥쪽 몸통과 껍질, 모든 나뭇가지들은 온전하고 튼튼하게 버티고 있었다. 바닥에서부터 120센티쯤에는 마치 문처럼 구멍이 나 있었다.

집이었다. 나무로 된 집.

"어쩌다 이렇게 된 거야?"

거의 속삭이듯 물었다. 존은 조금 민망해하며 대답했다.

"몰라. 난 네가 알 줄 알았는데."

나는 고개를 저었다.

"여기는 '사상 지평선'이라고 해."

존이 소개했다. 존의 가슴이 약간 불룩해진 것 같았다.

"뭐라고?"

"그게 내 나무 이름이야."

제 나무라는 존의 말에 저절로 웃음이 났다.

"네 나무 아니거든."

존의 까만 눈이 반짝였다.

"나무는 누구의 것도 될 수 있거든. 들어가 봐."

나무 안쪽은 바깥보다 10도쯤 서늘한 것 같았고 바닥은 마치 스펀지를 밟듯 보드라웠다. 어둠에 눈이 적응하자 나를 에워싼 짙고 풍성한 나무 벽이 보였고, 눈을 가늘게 뜨고 머리 위를 보니 동그란 접시 모양으로 밝은 하늘이 보였다. 물이끼와 비옥한 흙냄새, 그러니까 뭔가 서서히 다른 어떤 것이 되어 가는 향기가 났다. 문득, 모든 신성함이 여기 이런 곳에서 고요히 기다리는데 사람들은 기도를 하려면 꼭 교회에 가야 한다고 생각하는 것이 우스워졌다.

"밤에 여기 오면 정말 멋져."

존이 말했다. 바닥이 어찌나 부드러운지 존이 들어오는 발소리도 듣지 못했다.

"올려다보면 별이 보여."

"우주선 같겠네."

입으로 말하는 순간, 정말 그렇겠다는 생각이 들었다. 나는 천천히 돌아서서 고개를 젖히고 위를 바라보았다.

존은 고개를 끄덕이고는 물 한 병을 건넸다. 나는 고마우면서도 어리둥절한 기분으로 존을 보았다.

"입구 옆에."

존이 말했다. 들어올 때는 미처 보지 못했는데, 거기에 물과 초콜릿 바, 손전등이 쌓여 있었다.

"멋지다."

나는 속삭였다.

지금까지 누구도 내게 제 비밀을 보여 주지 않았다. 우리 가족들은 비밀들을 터질 듯이 품에 끌어안고 있지만 누구와도 나누지 않는다. 존이 제 비밀 장소를 보여 주다니, 마치 지금 내 앞에서 우주가 펼쳐지는 기분이다.

부자가 된 것 같다.

그때 문득 깨달았다.

"너 어제 여기 있다가 나한테 왔구나."

존은 입을 잠시 꾹 다물었다.

"여기가 집보다 낫거든."

누구든 와 보면 아무 할 일 없는 지루한 집보다 여기, 사상 지평선이 훨씬 나은 이유를 깨달을 것이다.

"너희 할아버지, 만나는 사람들마다 그렇게 침을 뱉으셔?"

나는 움찔했다. 그 일을 거의 잊고 있었는데.

"아니, 할아버지는 그냥……"

나는 말을 애써 골랐다.

"좀 다르셔."

"맞아."

"아니, 내 말은, 그것 말고도 있어. 할아버지는 말을 안 하셔."

"전혀?"

존이 사상 지평선에서 나갔고 나도 뒤따라갔다. 나무에서 조금 떨어진 곳에 앉아 물을 마시고, 우리 다리 위에 얼룩덜룩하게 수놓이는 햇빛을 바라보았다.

"오빠가 죽은 이후로는 말문을 닫았어."

잠시 조용했다.

"안됐다."

나는 불편했다. 오빠 이야기를 하면 **안됐다**란 소리가 돌아오는 게 싫었다.

"괜찮아. 알지도 못하는 오빠야."

그 순간, 할아버지 역시 내겐 알지도 못하는 사람에 가깝단 걸 깨달았다.

어색한 침묵이 우리 사이에 내려앉았다. 나는 손으로 차가운 흙을 파기 시작했다.

존은 땅을 파는 나를 잠시 지켜보더니 다시 나무를 보았다.

"사상 지평선은 멋진 나무지만, 난 이 나무에 오르지 않아."

죽은 나무는 잘 부러져서 위험하다. 나는 손가락 사이로 흙을 쏟았다.

"왜 사상 지평선이라고 불러?"

존은 그 질문을 하리라 예상했다는 듯 살짝 고개를 끄덕였다.

"너 블랙홀 들어 봤지?"

"응, 조금."

나는 자신 없게 대답했다.

"초거성[5]은 죽을 때 폭발하거든. 박살이 나서는 블랙홀을 만들어 내. 모든 게 그 속으로 빨려 들어가. 빛이나 별들까지도."

"그래서 다 어디로 가는데?"

존은 어깨를 으쓱했다.

"아무도 몰라. 설령 블랙홀 속으로 들어가서 본다고 해도 다시 나올 수가 없으니까, 그 너머에 뭐가 있는지 알 도리가 없어."

일리가 있었다.

"블랙홀이 당기는 힘은 강력하지만 너무 가까이만 가지 않으면 빨려 들어가진 않아. 사상 지평선이란 넘어서면 다시 돌아올 수 없는 지점을 과학자들이 일컫는 말이야. 그걸 넘어서면……"

존은 손가락 하나를 펼쳐 제 목을 가로질렀다.

"꽥. 빨려 들어가는 거지. 영영 안녕. 사상 지평선을 넘지만 않으면 벗어날 수 있어."

좋아하는 나무에게 넘으면 다시 돌아오지 못할 지점이라고 이름을 붙이다니, 좀 무섭게 들렸다. 한편으로는 대담하게 느껴지기도 했다. 나라면 결코 이런 이름을 생각해 내지 못하겠지.

"블랙홀로 빨려 들어가면 어디에 도착할 것 같아?"

나는 물었다.

"다른 차원이겠지."

존은 간단히 대답했다. 어쩌면 이렇게 자신감이 넘칠까? 머리가 조금 멍했다. 존 같은 사람은 지금까지 한번도 만나 보지 못했다. 무엇보다 좋은 건, 존처럼 당당하고 용감하고 똑똑한 아이가 나와 함께 숲 속에 앉아 있고 싶어 한다는 것이다. 내가 왜 그토록 땅을 파는지, 왜 돌이며 나무, 폭풍 속 하늘의 움직임을 보길 좋아하는지 진정 이해하는 사람을 만나 보지 못했다. 하지만 존은 나처럼 그런 것들을, 그리고 또 많은 것들을 좋아하면서 그걸 숨기려 하지 않았다. 나는 존의 내면으로 숨어 들어가 그 자신감을 조금 훔쳐 오고 싶었다. 아마도 그래서 주변의 다른 오크나무와 소나무들이 오르기에 무척 좋아 보인다고 존에게 말했나 보다.

존은 짓궂은 미소를 보냈다.

"이 나무들은 우리 삼촌네 나무보다 훨씬 높은데."

나는 입술을 삐죽거렸다.

"내가 겁낼 거란 얘기야?"

"올라가면 세상이 다 보인다는 얘기야."

한참 동안 우리는 온갖 다양한 나무들에 오를 수 있는 만큼 높이 올라 보았다. 존의 말이 맞았다. 한 가지에서 다른 가지로 옮겨 가는 데 꽤 용기가 필요한 커다란 나무들을 탈 때는 조금 긴장되기도 했지만, 나는 존과 함께 계속 나무를 탔다.

여러 갈래로 뻗은 단풍나무 가지 사이에 몸을 기댔을 때, 나보다 높은 가지에 앉은 존이 내려다보며 물었다.

"너희 오빠는 이름이 뭐였어?"

나는 머뭇거렸다. 뭐라고 해야 할지 알 수가 없었다. 이미 내가 더피를 믿지 않는다고 거짓말한 사실이 기억났다. 하루에 두 번이나 거짓말을 할 준비는 되어 있지 않았다.

"존이었어."

존은 이마의 땀을 손으로 닦아 내고는 나를 빤히 보았다.

"말도 안 돼."

심장이 조금 더 빠르게 뛰기 시작했다. 껍질이 거친 나뭇가지를 손가락이 아플 정도로 세게 쥐었다. 존이 어떻게 생각할지 알 수 없었다.

"정말이야. 그런데 이름보다는 버드라고들 불렀어."

"왜?"

"할아버지는 오빠가 날기를 바랐거든."

그때부터 우리는 말없이 그저 나무만 탔다. 위험한 지점에 이르기 전까지 굵고 커다란 나뭇가지가 몇 개 더 남아 있었지만, 더 높이 올라가지는 않았다. 팔이 몹시 아파 우리는 나무에서 내려왔다. 존의 초콜릿 바를 먹은 후 숲의 가장자리에 섰다. 언덕 꼭대기에서는 금빛을 띤 초록색으로 펼쳐진 대지며 깎아지른 백운석 절벽 아래의 조그마한 집들(우리 집과 맥라렌 아저씨네 집도 선명하게 보였다.), 나무의 잔가지처럼 가느다란 자갈길들이 흐르는 듯 멀리 보였다. 수백만 년 세월을 지낸 대지가 우리를 받치고 있다.

흘깃 존을 보았다. 하늘을 올려다보고 있었다.

집에 도착해 보니, 아빠가 허리에 손을 짚고 식물들을 하나하나 들여다보고 있었다.

"아빠."

아빠의 볼에 가볍게 뽀뽀를 했지만, 속은 벌써 긴장하기 시작했다. 오후에 할아버지한테 반항한 걸 아빠가 알아 버렸다면 큰 일이 날 텐데.

"잡초 뽑은 거 보셨어요?"

최대한 자연스럽게 물었다. 아빠는 고개를 끄덕였다.

"잘 뽑았더라, 주얼."

아빠는 몸을 숙여 어린 오이 잎을 살펴보았다.

조용히 안도의 한숨을 내쉬었다. 할아버지는 아무 말도 안 하셨구나.

"도꼬마리를 다 파낸 걸 보고 놀랐다. 뿌리가 아주 강한 놈들인데 말이야."

존이 뽑은 것이었다. 아빠는 천천히 밭을 돌았다.

"로즈마리를 걱정하고 있었어."

얼굴이 달아올랐다. 내가 뭔가를 잘못한 건 아닐까.

"제가 보기엔 아주 건강해 보이는데요."

아빠는 내 어깨에 두 손을 얹고 말했다.

"그래, 하지만 잡초에 휘감겨서 죽어 버릴 뻔했지. 그러면 안 되는데."

"로즈마리는 우리를 보호해 주니까 그건 불길한 일이에요."

이제 내 목소리는 좀 더 당당해졌다.

"기억했구나."

놀라워하며 눈썹을 치켜뜬 아빠 얼굴에 기쁨이 어렸다. 나는 활짝 미소를 지었다. 오래전 아빠가 로즈마리에 대해 이야기해 주었을 때, 방으로 달려가 그걸 적어 놓았다. 딱 오늘 같은 순간에 아빠를 감동시킬 수 있도록.

"로즈마리는 여러 용도로 사용될 수 있어요."

나는 기억해 내려 미간을 찌푸렸다.

"피부에 바를 수도 있고 주머니에 넣어 두면 뭔가를 기억하는 데에도 도움이 돼요. 시험 같은 때."

"그리고?"

"그리고…… 베개 밑에 넣어 두면 악몽을 꾸지 않아요."

아빠는 내 어깨를 한 번 꼭 쥐었다 놓았다.

"다쳤을 때 로즈마리 차를 마시면 낫게 해 주고요."

아빠를 더욱 뿌듯하게 만들고 싶은 마음으로 덧붙였다.

"또?"

"또……"

더듬거렸다. 더는 생각나지 않았다.

"로즈마리를 태우면 더피를 몰아낼 수 있지. 로즈마리를 태우는 건 더피를 쫓는 아주 강력한 방법이야."

"숄로도그처럼요?"

아빠의 미소가 더욱 커지더니, 고개를 흔들며 말했다.

"아, 우리 딸 왜 이리 똑똑하지?"

질문은 아니었다.

아빠는 전에 티브이에서 고대의 개 숄로도그가 아즈텍 족의 왕들을 침입자나 악령에게서 보호했다는 내용을 보고 무척이나 흥미로워했다. 그리고 작은 숄로도그 조각상을 구해서 집 안에 두었다. 숄로도그는 자메이카가 아니라 멕시코의 개가 아니냐는 내 지적에, 아빠는 태생에 관계없이 보호하는 일은 다 똑같다고 대답했다. 아빠를 위해 멕시코에서 조각상을 구해 준 로드리게즈 할머니에게는 물이 새는 부엌을 수리해 주는 것으로 답례했다. 아빠는 그 작은 개를 거실에 걸린 가족들 사진 바로 옆에 두었다. 퇴근한 엄마가 그걸 보고 날카롭게 몇 마디 던졌지만 개는 자리를 지켰다.

아빠에게 엄마가 탐탁지 않아 하는 일이 많다. 그중에서도 특히 우리 집 자가용 뷰익6을 관리하는 일이 그렇다. 굉장히 오래된 차이지만, 아빠는 일요일 오후마다 꼭 세차를 하고 광택까지

낸다. 왁스를 바를 때와 닦아 낼 때 쓰는 장갑도 다르다. 엄마는 그런 것들, 특히 아빠가 집 안 곳곳에 두는 자동차 잡지들이 다 돈 낭비라고 한다. 엄마의 관점에서는 차가 고장이 났을 때 고치는 법을 배우는 것이야말로 진짜 도움이 될 일이지만, 난 지금까지 아빠가 차 후드를 여는 모습조차 한 번도 본 적이 없으니 엔진이 없어진다 한들 아빠가 알아차리기는 할까 의심스럽다. 하지만 후드 위는 정말로 깨끗이 닦았다. 왁스로 광을 다 내고 나면 아빠는 허리춤에 손을 올린 채 슬며시 휘파람을 불고 고개를 끄덕였다. 하지만 오일 교환이니 하는 작은 일로도 우리 차는 정비소로 직행한다.

이미 양면에 녹이 슬어 가는 뷰익을 그토록 자랑스러워하는 아빠가 나쁘다고 생각하진 않는다. 차를 사던 날 이야기를 할 때면 아빠 얼굴 전체가 별처럼 환해지고 눈빛도 반짝거린다. 두툼한 현금 뭉치로 지불하고는 번쩍거리는 새 차에 예쁜 아내까지 태워서 몰고 나왔다고. 그날을 이야기하는 아빠의 표현이다. 입이 귀에 걸리도록 싱글벙글하는 두 사람의 얼굴에서, 차 표면에 반사된 햇빛처럼 행복이 반짝였겠지. 이제 아빠는 그 이야기를 별로 많이 하지 않지만, 나는 늘 혼자 차를 반짝거리게 닦는 아빠를 보면 지금도 그때를 떠올리는지 궁금해지곤 한다.

아빠와 나는 잠시 텃밭 가장자리에 말없이 서서 자라나는 모든 것들을 바라보았다.

“저 묘목들은 그리 좋아 보이지 않아요.”

내 말에 아빠는 순전히 마음속 의지만으로 나무들을 자라게 하려는 듯, 가늘게 뜬 눈으로 뚫어져라 바라보았다.

"걱정 마라. 복을 불러오는 나무들이야."

아빠 목소리는 부드럽고 온화한 바리톤이었다.

"저것들도 우리를 보호해 주기 때문에 키우는 거야."

나는 팔을 긁었다.

"아빠?"

"왜?"

"이미 로즈마리가 더피한테서 우리를 지켜 주는데, 왜 저 나무들을 키우려고 하세요?"

아빠는 미소 지었다.

"우리 딸 참 똑똑하네."

아빠는 팔을 내 어깨에 둘렀다. 나는 아빠에게 좀 더 몸을 기대었다.

"보호해 주는 것들이 많을수록 더욱 좋은 거지. 보호막을 겹겹이 만드는 거야."

"겹겹이요?"

고개를 젖혀 아빠를 보았다.

"여러 가지 방법으로 우리를 보호해 주도록 말이다. 보호막은 튼튼하고 두터울수록 좋아."

아빠는 텃밭 쪽으로 고갯짓을 했다.

"언젠가 저것들이 거대한 나무로 자라날 거다. 두고 봐라."

나는 곁눈으로 아빠를 보았다.

"코코넛이 눈보라를 견딜까요?"

아빠는 웃었다.

"그럼, 못 견디란 법 없지."

나는 팔꿈치로 아빠를 쿡 찔렀다.

"화분에 옮겨 심을 수 있을 만큼만 자라 주면 겨울에는 집 안으로 들이면 돼. 더 커지면 수레로 들여 놨다 내 놨다 하고."

말했듯이, 아빠는 좀 낙관주의자였다. 코코넛이 우리 집 천장보다 높이 자라면 그땐? 하지만 아빠는 그런 구체적인 부분까진 굳이 걱정하지 않았다. 내 생각에 아빠가 이 식물들을 이토록 사랑하는 이유는, 할머니가 가꾸던 텃밭이고 할머니도 식물을 사랑했기 때문이다. 아빠가 전에 이야기해 주기로는, 할머니가 자메이카 시골에 살 때 커다란 텃밭을 일구었는데 식물의 치유 효과에 대해서 아빠보다 훨씬 많이 알았다고 한다. 어쩌면 아빠는 텃밭을 일구면서 할머니의 영혼이 아직 곁에 있는 것 같은 기분, 할머니와 가까워지는 기분을 느끼는지도 모른다. 할머니가 돌아가신 후 많은 식물들이 죽었다.(아빠는 그 식물들을 어떻게 돌봐야 하는지 몰랐지만, 내게는 그 식물들이 슬퍼서 죽은 거라고 말했다.) 그중 살아남은 식물들을 아빠는 무척이나 정성껏 보살핀다. 할머니는 더피에 대해서도(주위에 있으면 알아채는 법 등) 아주 많이 알았고, 아빠는 엄마가 듣지 않을 때 내게 그것들을 가르쳐 주려 했다. 이따금씩 아빠가 좀 더 할머니를 닮고 싫어 한다는 생각이 든다. 엄마가 싫어하지만 않으면 하루 종일이라도 할머니와 식물들과 더피에 대해 이야기할 테니. 대신 아빠는, 내가 보지 않는 것 같은 때 거실에 있는 할머니 사진을 보았다. 아빠는 마치 할머니가 액자 속에서 튀어 나와 말을 걸기라도 할 듯, 그 앞에 서서 할머니 모습을 바라보고 있었다. 워낙 어릴 때 돌아가셔서 나는 잘 알지도 못하는 할머니를 아빠가 그토록 그리워하는 걸 보면 기분이 이상했다.

아빠와 나는 오랫동안 식물들을 이것저것 찔러 보고 잎을 문질러도 보고 향기도 맡아 보았다. 가장 좋았던 건 아빠가 로즈마리에 대한 오늘 우리의 대화를 엄마에게는 비밀로 하라고 내게 당부할 필요가 없다는 것이다. 굳이 말하지 않아도 내가 안다는 것을 아빠는 알고 있었다.

자메이카에서 살아 보지도 않은 아빠가 자메이카 식물을 키우고 더피 같은 것에 대해 이야기한다는 게 재미있다. 자메이카에 실제로 살다 온 건 할아버지와 할머니다. 두 분 역시 미국에 온 후 자메이카에 다녀오신 적은 없다. 언젠가 한 번 물었더니, 아빠는 어차피 돌아갈 곳도 없다고 말했다. 지금쯤은 모든 것이 달라져서 사람들도 동네도 다 변했을 거라고. 어차피 아빠와 할아버지는 지구 북쪽에 너무 오래 살아서 간다고 해도 자메이카의 태양이 알아보지 못할 거라고. 어쩌면 백인이라도 된 것처럼 햇빛에 화상을 입을지도 모른다고. 그러면서 아빠는 무척이나 껄껄 웃었다. 하지만 나는 아빠가 자동차 잡지 속에 끼워 놓은 아주 오래된 자메이카 여행 광고지를 보았다. 그곳 바다와 나무와 일몰 풍경을 담은 광고지는 항공권과 숙박, 식사까지 포함된 여행 상품의 파격 할인가를 소개하고 있었다. 내겐 그다지 저렴해 보이지 않는 가격이었다. 아빠가 우리에게 한마디도 하지 않은 걸 보면 아빠에게도 마찬가지였는지 모른다.

아빠는 마이애미에 다녀온 적도 없다. 할머니, 할아버지가 미국에 와서 처음 살았고 아빠가 자란 곳이다. 아빠와 할아버지가 적어도 몇 번쯤은 그곳을 다시 방문해 이웃이나 친구들을 만나고 싶었으리라는 생각이 든다.

가끔 이곳 이웃들과 로즈마리의 용도나 더피를 몰아내는 일 따위에 관해 이야기를 나누지 못하는 아빠가 안돼 보인다. 아이오와가 자메이카인들이 살기 그리 편한 곳은 아니다. 플랜틴 바나나를 살 수 있는 가게는 차로 50분이 걸리는데, 그걸 사 가는 손님들은 주로 멕시코계 미국인들이라서 점원들은 영어를 거의 하지 못한다. 그들과 대화할 때가 엄마가 유일하게 스페인어를 쓰는 시간이다. 그리고 우리는 차로 세 시간 넘게 달려 시카고로 가서 절인 대구, 아키 열매 통조림, 스카치 보닛 페퍼, 말린 피멘토, 바미 빵, 쇠고기 파이 등의 자메이카 식품을 산다. 우리가 가장 좋아하는 자메이카 식당에서 밥을 먹은 다음, 다시 차를 타고 자메이카가 아프리카 어디쯤에 있다고 생각하는 사람들이 사는 이곳 옥수수 들판으로 돌아온다. 여기에는 백인들과 라틴 아메리카 사람들이 마을의 다른 지역에 각기 모여 살고, 좀처럼 서로

섞이지 않는다.

우리 가족을 제외하고는 말이다.

같은 언어와 역사와 요리법을 공유하는 부모에게서 자란다는 건 어떤 걸까, 나는 가끔씩 궁금하다. 재미가 덜할 거란 생각도 들지만 어쩌면 좀 더 단순할지도 모르겠다. 칼레도니아 카운티 밖으로 물건을 사러 갈 때면 사람들이 내게 '넌 뭐냐?'고 묻는 것이 좀 당황스럽다. **누구**냐고 물어야 하는 것 아닐까? 왜 내게 **무엇**이냐고 할까? 내가 무엇인지가 왜 그리 중요한지는 모르겠지만, 나를 빤히 보는 사람들의 눈빛을 보면 퍽 중요한가 보다.

"집 안 정리 왜 안 했어?"

엄마는 엄하다기보다는 피곤한 목소리로 물었다. 직장에서 많이 힘들었던 모양이다. 아니라면 내게 더 많이 화를 냈을 테니까. 엄마는 선풍기를 켜고는 몇 년 전 아빠가 크리스마스 선물로 준 귀걸이를 뺐다. 거울로 몸을 숙여 자신의 얼굴을 바라보았다. 엄마는 검은 석영 같은 피부에서 주름이라거나 다른 흠을 찾아보았다. 엄마는 내가 언젠가 엄마 같은 모습이 되기를 얼마나 바라는지 알지 못한다. 엄마는 참 아름답다.

나는 엄마, 아빠의 침대 끝에 앉아 앞뒤로 흔들던 다리를 멈추었다. 언젠가는 내 발이 바닥에 닿을 테지만 아직은 꽤 멀다.

"다른 일 때문에 거실 청소를 깜빡 했어요."

얼굴이 달아올랐다.

엄마는 짙은 눈썹을 올렸다가 찌푸렸다.

"무슨 다른 일?"

"잡초 뽑는 데 시간이 너무 많이 걸렸어요."

사실이기는 했지만 완전하진 않았다. 할아버지와 존과 사상 지평선에 대한 부분은 빠뜨렸으니까.

엄마는 한숨을 쉬더니 뒤돌아서서 나를 마주 보았다.

"주얼, 이리 와 봐."

나는 침대에서 내려가 엄마에게 천천히 다가갔다. 엄마는 나를 가볍게 안았다, 그러고는 물러나서 나를 바라보았다.

"엄마는 네가 참 걱정이란다."

나는 마른침을 꿀꺽 삼켰다.

"네 아빠가 하는 얘기를 너무 많이 들어서. 아빠는 좋은 뜻으로 하는 말이지만, 엄마는 네가 크면 좋은 직업을 가졌으면 좋겠어. 중요한 사람이 됐으면 좋겠어."

이상한 기분이었다. 엄마는 내가 그러지 못할 거라 생각하는 걸까? 지금은 아무것도 아니라고 생각하나? 나는 엄마를 마주 보고 고개를 끄덕였다.

"네 아빠는 다정한 사람이고, 엄마가 아빠 사랑하는 거 너도 알지? 그렇지만 아빠 말을 너무 심각하게 들어선 안 돼."

이런 대화는 싫다. 나는 아빠가 알려 주는 것들도, 아빠의 이야기도, 결코 이루어지지 않을지라도 아빠가 늘 뭔가 소망하는 것도 좋다. 아이오와에서 코코넛을 키우고 싶어 하는 게 뭐 그리 큰 잘못일까?

엄마는 부드럽게 내 턱을 꼬집었다.

"우리한테는 너밖에 없다, 주얼. 우리가 널 자랑스러워하게 해 줘."

작은 떨림이 나를 타고 흘렀다. 땅이 깊게 갈라지듯 내 심장이 갈라지고 그 틈으로 온갖 어두운 두려움이 솟아오르는 것 같았다. 나는 마른침을 삼켰다.

"나도 자랑스럽게 만들어 드리고 싶어요."

나는 속삭였다. 세상 무엇보다 진심이었다.

굳이 말하지 않았지만, 나는 엄마가 슬퍼한다는 것을 알았다. 엄마의 마음속에서 뭔가 시들어 버리는 일이 일어날 때마다 늘 감지했다. 때로는 내 생일, 즉 버드가 죽은 날 즈음에 일어나기도 했다. 그럴 때면 엄마는 변했다. 평소같이 많은 일들을 하지만, 엄마의 눈 속엔 깊은 무거움이 담겼고 조용할 때가 많았다. 이유 없이 식탁에 앉아서 울기도 했다. 내게 하는 말이라곤 뭔가를 잘못했다는 나무람뿐이었다. 화도 평소보다 더 심하게 냈다. 상황을 나아지게 할 방법이 아무것도 없었기 때문에 엄마가 화를 낼 때 가장 괴로웠다.

엄마가 이렇게 변하는 것은 항상 버드 때문이다. 엄마가 슬퍼하거나 화를 낼 것이 걱정되어서 다가오는 생일이 두려울 때도 있었다. 엄마의 그런 상태는 하루 만에 사라지지 않아서, 때로는 거기서 벗어날 만한 계기가 생길 때까지 몇 주고 몇 달이고 지속되었다. 엄마가 언제 그렇게 될지는 알 수 없었다. 어떨 땐 내 생일이 되어도 평소와 같은 엄마 모습으로, 내 기대보다 더 많이 웃으며 지내기도 했다.

나는 본래의 엄마로 돌아오는 순간을 언제나 알아차렸다. 그럴 때 엄마는 예전처럼 내 등을 문질러 주기 때문이다. 하지만 엄마는 계속 그런 상태에 빠지곤 한다. 내 생일 무렵이라든지, 오빠가 어떤 음식을 좋아했냐고 물었을 때처럼 버드 이야기를 꺼냈을 때라든지. 그럴 때면 버드 이야기를 조금이라도 꺼낸 나 자신에게 너무나 화가 난다. 당연히 나는 오빠 이야기를 하지 않게 되었다. 너무 위험했다. 하지만 내가 오빠를 입에 담을 생각조차 않아도 엄마는 여전히 다른 엄마가 되었고, 그러면 나는 또 어떤 행동을 잘못해서 엄마가 저렇게 되었을까를 고민한다. 열세 번째 생일이 오기 몇 주 전에도 그랬다. 엄마는 또 슬픈 엄마로 변했고, 나는 생일 따위가 있는 내가 너무나 싫었다.

저녁을 먹으러 방에서 나온 할아버지가 자리에 앉아 텅 빈 접시를 바라보다가 볼 안쪽을 빨아들였다. 나는 입술을 깨물고 존과 함께 집을 뛰쳐나가 할아버지에게 반항한 일을 생각하지 않으

려 애쓰며 상을 차렸다.

"몸은 좀 어떠세요?"

아빠가 물었다. 어제 할아버지와 함께 병원에서 돌아온 이후로 아빠는 자주 물어 본다.

할아버지는 신경 쓸 것 없다는 듯 어깨를 으쓱했다. 미묘하게 내 쪽으로 방향을 틀어 앉은 할아버지는 얼굴을 단단히 찌푸리고 있었다.

나는 모른 체하며 토르티야와 밥과 콩, 엄마가 용케 튀겨 낸 호박, 그리고 로드리게즈 할머니의 살사 소스를 식탁에 놓았다. 오늘은 엄마가 저녁을 하는 날이었다. 재미있게도, 로드리게즈 할머니에게서 배운 덕분에 아빠가 엄마보다 멕시코 음식을 훨씬 잘 만든다. 엄마가 음식 만드는 일을 그다지 좋아하지 않아서 우리는 말린 콩보다 비싼 통조림 콩을 더 많이 먹는다. 엄마는 살사 소스를 무척 좋아한다. 하지만 아빠도 살사 소스는 제대로 만들지 못해, 로드리게즈 할머니 댁에 나를 보내서 살사 소스를 얻어 온다. 로드리게즈 할머니는 영어를 전혀 하지 못하는데, 갈 때마다 마치 날 불쌍하게 여기는 듯한 표정을 짓는다. 엄마가 내게 스페인어를 가르치지 않아서인지, 내가 좀 마른데다 엄마가 음식을 잘 못해서인지 알 수 없지만 뭐, 신경 쓰지 않는다. 나는 할머니에게서 살사를 얻어 오고, 대신 겨울에 할머니네 집에 삽질할 일이 생기면 아빠가 해 드린다.

저녁을 먹기 시작했을 때, 나는 할아버지가 식사를 하고 있지 않다는 걸 눈치챘다. 보통은 접시를 깨끗이 비울 때까지 다 드시는 할아버지이기에 이상했다. 엄마는 아빠를 흘깃 보았다.

"아버지? 왜 그러세요?"

아빠는 물었다.

가슴이 덜컥 내려앉았다. 할아버지는 내 행동을 엄마, 아빠에게 전하려는 것이다. 토할 것만 같았다.

갑자기 할아버지는 칼과 포크를 양손에 꽉 쥐더니 접시를 내려치기 시작했다. 나는 숨이 턱 막혀 식탁에서 물러났다.

할아버지가 두들기는 금속성 소리가 공간을 가득 채웠고 우리 셋은 서로 바라보기만 했다.

"아버지."

아빠가 자리에서 일어났지만, 할아버지는 이미 조리실로 성큼성큼 들어가고 있었다. 엄마는 휘둥그런 눈으로 나를 보았다. 우리가 달려갔을 때, 할아버지는 15킬로그램짜리 쌀통을 문 쪽으로 나르고 있었다. 아빠와 할아버지는 쌀통을 서로 밀고 당기며 실랑이를 하다가 결국 부엌 바닥에 쌀을 온통 쏟아 버렸다. 단단한 쌀알들은 리놀륨 바닥에 마른 폭포처럼 새하얗게 쏟아졌다. 할아버지는 문을 열더니 발로 그 쌀을 집 밖으로, 마당으로 차 내기 시작했다.

아빠가 등 뒤에서 할아버지 팔을 꽉 붙잡았다.

"아버지! 그만하세요! 여기에는 더피 없어요!"

가슴이 철렁하며 시야의 가장자리가 어두워졌다. 나는 조리대를 잡고 몸을 지탱했다. 엄마, 아빠는 쌀이 쏟아진 바닥을 우드득 딛고 미끄러지기도 하며 힘겹게 할아버지를 집 밖으로 데리고 나갔다. 차에서 시동이 걸리는 소리가 났고 아빠와 할아버지는 떠났다.

나는 깜깜한 시야를 회복하려고 눈을 깜빡였다. 엄마는 비틀거리며 집 안으로 들어와 문을 쾅 닫았다. 그 순간 나와 마주친 엄마 얼굴은 당혹감과 공포 그 자체였다. 하지만 바로 다음 순간, 엄마는 마치 얼굴에 커튼이라도 치듯 평소의 잘 조절된 표정으로 돌아왔고, 부엌에서 나갈 때까지 표정은 그대로였다.

우리는 조용히 바닥을 기어 다니면서 할아버지가 쏟은 쌀, 더 피들을 쫓아 준다는 쌀, 우리가 다음 날과 그 다음 날과 그 다음 날까지 먹을 쌀을 쓸어 모으기 시작했다.

"로드리게즈 할머니네 살사 맛있지 않았니?"

엄마가 차분히 물었다.

나는 고개를 끄덕였다. 네, 맛있었어요.

# 6

"지구는 몇 살이야?"

며칠이 지난 밤, 몰래 집을 빠져나가 사상 지평선에서 만난 존이 내게 물었다.

"약 45억 살 정도야."

나무 안에서 우리는 막 외계인과 준성[7] 폭발과 거대한 블랙홀에게서 안드로메다 은하를 구해 낸 참이었다. 꽤 일찍 잠자리에 드는 엄마, 아빠는 내가 빠져 나가는 것을 눈치채지 못했다. 나는 나무 안쪽에 등을 기대고 존이 갖다 놓은 그래놀라 바 하나를 베어 물었다.

"45억 살? 겨우?"

나는 손전등으로 존의 얼굴을 비추었다.

"하지 마!"

존은 얼굴을 돌려 불빛을 피했다. 나는 미소를 감추었다.

"'겨우'라니? 그게 얼마나 긴 시간인데."

"우주의 나이에 비하면 아니지."

"45억 년은 긴 시간이거든."

콧방귀를 뀌는 존에게 설명했다.

"45억 년을 1년으로 환산하면 사람이 지구에서 살아 온 기간은 총 23분밖에 안 돼."

이것은 내가 좋아하는 지질학 책에 나오는, 세상에서 가장 좋아하는 지식이다.

존이 잠시 말이 없었다.

"23분?"

"그래."

나는 남은 그래놀라 바를 입에 쑤셔 넣었다.

"공룡들이 지구 위를 돌아다니던 때는 2주 전쯤이고."

이건 내가 두 번째로 좋아하는 지식이다.

"그러면 그전에는 무슨 일이 있었는데?"

나는 어깨를 으쓱하고 답했다.

"선캄브리아기. 1월에서 11월까지 대부분이."

존은 손전등으로 나무 벽에 8자를 반복해 그리다가 말했다.

"흠, 빛은 초속 30만 킬로미터의 속도로 이동하니까 1년 동안이면 거의 9조 4,600억 킬로미터를 나아가. 그게 1광년이야. 태양을 제외하고 우리에게 가장 가까운 별은 프록시마 센타우리라고 하는데 여기서 4광년이나 떨어져 있어."

거의 38조 킬로미터였다. 무엇이건 조 단위의 거리라니 생각만 해도 머리가 아팠다.

"그 별빛은 4년이나 걸려서 우리에게 도달하는 거야. 그 별이 지금 폭발한다고 해도 우린 몇 년 동안 그걸 알지도 못해!"

존은 주먹으로 바닥을 쳤다.

"넌 왜 우주 비행사가 되고 싶어?"

존은 고개를 한쪽으로 기울이더니 뚫린 나무 꼭대기 너머 별들을 바라보았다.

"거기 뭐가 있는지 알고 싶어."

존은 잠시 말이 없었다. 매미들은 마치 우리 귀를 멀게 하려는 듯 울어 젖혔다.

"우주에 비하면 지구는 작은 점에 지나지 않아."

나는 그래놀라 바 포장지를 구겨서 주머니에 넣고 물었다.

"외롭지 않겠어?"

"어디든 갈 수 있어. 가니메데에도. 이오에도. 더 멀리도."

"그래도……"

"난 아무도 필요 없어."

무슨 말을 해야 할지 몰랐다. 아무도 필요 없다는 존의 말은 조금 어리석게 들렸다. 부모님이든 삼촌이든, 음식과 기타 등등을 마련해 주는 누군가는 필요하니까. 하지만 존의 말에는 분노가 있었다. 마치 할아버지의 침묵에서, 혹은 엄마, 아빠의 말이

나 양치질을 하는 동작, 심지어 둘이 나누는 포옹에서도 가끔 느껴지듯이. 분노가 표면 위로 고개를 들면 사방으로 쏟아지는 쌀과 같아서 아무리 깨끗이 청소하려 해도 구석구석에 남는다.

그날 아빠와 할아버지가 돌아온 후(두 사람은 마음을 가라앉히기 위해 차를 타고 잠시 달린 것이었다.) 할아버지는 화장실에 갈 때를 제외하고는 방 안에서 나오지 않았다. 하지만 존재감은 전보다 더욱 차가웠다. 칼바람이 윙윙 부는 이곳 겨울보다 시린, 어딘가 끔찍한 곳에서 오는 차가움이었다. 더 괴로운 건 아빠가 그동안 한 번도 텃밭에 나가지 않았다는 것이다. 아빠는 일을 마치고 돌아오면 항상 밭으로 가 구석구석을 다지고 자라나는 잎들을 살펴보았다. 하지만 할아버지가 쌀을 쏟은 날 이후 아빠는 한 번도 자신의 밭을 들여다보지 않았다. 아빠 대신 내가 나무들에 물을 주었다.

할아버지와 아빠와 쌀과 침묵에 대해 생각했다. 속으로만 생각하려고 했는데, 나도 모르게 이렇게 말하고 있었다.

"할아버지는 우리 집에 더피가 있다고 생각해."

존이 그림자 인형 놀이를 하기 시작했다.

"진짜?"

"응. 부엌이랑 밖에다 온통 쌀을 뿌렸어."

존의 눈썹이 위로 휙 솟았다.

"왜?"

나도 바로 다음 날 같은 질문을 아빠에게 했다.

"더피를 쫓으려고 그러셨대."

"쌀로?"

"집 주변에 쌀이 있으면 더피는 그 쌀을 다 세어야 집 안으로 들어갈 수 있거든."

"정말로 걔들이 쌀을 다 세어야만 뭘 할 거라고 생각해?"

이제 존은 손 그림자로 개 모양을 만들어 보였다. 점점 커지던 개는 나무줄기와 만나 움츠러들었다.

"뭐, 아빠는 그렇게 생각해."

나는 불편한 기분을 무시하려 애썼다.

"더피들은 그리 똑똑하지 않아서 큰 수는 못 세니까 쌀을 많이 뿌려 놓을수록 좋대."

존은 코웃음을 쳤다.

"더피들은 9까지 세면 헷갈려서 처음부터 다시 세야 한대. 그걸 세느라고 집에 들어오지 못하는 거야."

"9까지만?"

존의 얼굴에 이상한 미소가 떠올랐다. 나는 아무 대답도 하지 않았다.

순간 존의 눈이 번뜩였다.

"그러면 내가 흰 천을 뒤집어쓰고 너희 집에 가서 막 귀신 소리를 내면, 할아버지 난리 나시겠네?"

나는 숨을 빨아들였다.

"하지 마."

존은 웃었다. 나는 내 머리카락을 잡아당겼다.

"할아버지는 그렇게 나쁜 사람 아니야."

"그래? 손님한테 침을 뱉는 건 잘해 주려는 뜻인가?"

"할아버지는 주로 자기 방 안에만 있어. 나도 할아버지가 왜 그러는지는 몰라."

내 말은 꼭 평소 할아버지를 위해 변명하는 엄마, 아빠처럼 들렸다. 할아버지를 그다지 감싸고 싶지는 않지만, 존이 할아버지에 대해 함부로 말하는 것은 듣기 싫었다. 설사 사실이라 할지라도. 내 머릿속은 뒤죽박죽이 되어 갔다. 분노가 집 안 구석구석에 웅크리거나 주변을 집요하게 맴도는 건 잘못된 일일까? 그걸 변명하는 나는 잘못하는 것일까?

"넌 진짜 심각해. 그거 알아?"

존이 말했다. 내 표정이 구겨지는 게 느껴졌다.

"무슨 뜻이야?

"생각이 정말 많아서 그 머릿속에서 살 수도 있겠다고."

존은 손가락으로 내 이마를 콕 찔렀다.

"넌 가끔씩 좀 느긋해질 필요가 있어. 긴장 풀고, 응?"

존을 빤히 보았다. 나는 머릿속에서 사는 것이 좋은데.

"그게 너희 가족 내력인가, 하는 느낌도 드는데. 너희 할아버지가 긴장을 푼 모습은 상상도 못하겠어."

존은 헛웃음을 지었다.

"흰 천을 뒤집어쓰든 안 쓰든 내일 너희 집 갈게. 아마 할아버지도 계시겠지?"

나는 얼어붙었다.

"계시면 왜?"

존은 씩 웃었다.

"그럼 할아버지랑 얘길 좀 하려고. 야, 나는 너희 집 놀러 갈 때마다 할아버지한테 쫓겨나긴 싫단 말이야."

존의 목소리는 단단한 화강암 판처럼 자신감이 넘쳤다.

"너랑 마음 편히 놀고 싶다고. 그렇게 막 나타나서 사람들한테 겁을 주시는 법이 어디 있냐?"

두렵고도 흥분되는 전율이 내 몸을 타고 흘렀다. 할아버지가 존에게 두 번째로 어떤 행동을 할지 상상해 보았지만, 떠오르는 어떤 시나리오도 기분이 좋지는 않았다. 우리는 사상 지평선에서 나와 집을 향해 걸었다. 밤에 그 길을 걸을 때면 늘 머리 위에 펼쳐지는 별들에게 이야기를 하곤 했다. 그러나 그때는 별들이 거기 있다는 것조차 거의 느끼지 못했다.

존은 흰 천을 뒤집어쓰지 않는 쪽을 택했다. 현관문을 열자 반바지와 티셔츠 차림으로 존이 서 있었고, 나는 안도의 한숨을 내쉬었다.

"할아버지 계셔?"

집 안으로 들어오며 존이 물었다.

"아마도."

존이 온다고 해서 집 안을 조금 정리했다. 모든 것이 조용하고 깨끗했다. 햇살에 부엌이 금빛으로 빛났다. 아침 공기의 신선함은 이미 사라진 지 오래였다.

"어디 계셔?"

속삭이며 묻는 존에게 어깨를 으쓱하고는 작은 목소리로 대답했다.

"할아버지 방에 계실 걸. 항상 거기 계셔."

나는 닫힌 방문 쪽을 향해 고갯짓을 했다.

"안에서 뭘 하시는데?"

"난 전혀 몰라."

나는 안절부절못했다. 식탁 위 사과를 하나 들어 윤이 나도록 닦았다.

존이 나를 보며 물었다.

"정말이야? 뭘 하시는지 **전혀** 몰라?"

할아버지와 벽 하나를 사이에 두고 있는 터라, 나도 할아버지가 방 안에서 뭘 할지 여러 번 생각해 보았다. 하지만 할아버지 방에서는 소리가 들려오지 않았다. 아무 소리도. 단 한 번도.

"내 생각엔 책을 많이 읽으시는 것 같아. 주무시거나. 어쩌면 자메이카에 있는 가족들에게 편지를 쓰실지도 모르고."

존은 이해가 안 된다는 눈빛을 보냈다.

“주무시고 편지를 쓰셔? 매일 그러고 있으면 나라도 사람들한테 침을 뱉겠네.”

존은 방문 세 개가 늘어선 복도를 향해 다가갔다. 나는 존의 팔을 붙들었다.

“잠깐만. 물 줄까? 아님 다른 거 뭐 마실래?”

존의 두 눈이 반짝였다.

“됐어.”

존은 내 손에서 팔을 빼고는 조용히 할아버지 방을 향해 걸었다. 할아버지의 방문을 두드리려고 한 손을 들었다.

나는 숨을 죽였다. 마음 한쪽으로는 달려가 존을 집 밖으로 끌어내서 끝나지 않는 침묵과 할아버지에게서 멀리 떼어 놓고 싶었지만, 두 발이 땅에 깊이 뿌리내린 미루나무처럼 꿈쩍도 하지 않았다. 말리려고 한들 말리기도 어려웠을 테지만, 그 순간 나는 존을 말리고 싶지 않은 마음을 깨달았다. 그러고 싶지 않았다. 이렇게 해서 앞으로 존이 우리 집에 편히 오게 된다면 말이다. 그리고 솔직히 두려움 없이 할아버지와 대화하는 존의 모습이 보고 싶었다.

하지만 만일 할아버지가 존에게 무슨 짓을 한다면 나는 말려야 하나? 말릴 수 있을까?

존은 손가락 마디로 할아버지 방문을 똑똑 두드렸다.

조용했다. 아무 일도 없었다.

존은 다시 문을 두드렸다.

최근 할아버지는 크게 화를 내는 일이 잦았다. 존을 보았던 때, 그리고 쌀을 쏟았던 저녁 식사 때. 할아버지가 이번에도 화를 내면 무슨 일이 일어날지 짐작도 가지 않았다.

존은 나를 보더니 눈가에 잔물결을 만들며 슬며시 미소 지었다. 그리고 문손잡이로 손을 뻗었다.

나는 팔을 뻗어 존의 팔을 잡았다. 생각할 겨를도 없이 순식간에. 존은 굴하지 않고 방문을 열었다. 안을 들여다보았다.

"젠장. 안 계시네."

존은 평소 목소리로 말했지만, 움찔할 정도로 내게는 너무나 크게 느껴졌다.

한숨을 내쉬자 그제야 땅도 다시 숨쉬기 시작하는 것 같았다. 하지만 뱃속은 여전히 잔뜩 긴장해 있었다.

"이상하네. 할아버지는 거의 항상 여기 계시는데."

내 말에 존이 한쪽 눈썹을 올렸다.

"아니면 네가 그렇게 생각하는 걸지도."

존은 문을 더 넓게 열었다.

"이야, 티끌 하나 없네. 내 이럴 줄 알았어."

할아버지 방 안으로 완전히 들어가려는 순간, 존을 끌어당겨 함께 복도로 걸어 나왔다. 존이 할아버지 방을 뒤지게 두는 건 옳지 않은 것 같았다.

"할아버지는 방에서 나오시는 법이 거의 없어. 안에 있는 걸 좋아하셔."

"으응."

존은 거실 벽에 걸린 가족사진들을 보고 멈춰 섰다. 건드리지도 옮기지도 않은 채 아주 오래전부터 걸려 있던 사진들이라, 나는 언제 마지막으로 쳐다보았는지도 기억나지 않았다. 사진들이 뭔가 말이라도 하는 듯, 귀에 속삭이기라도 하는 듯 존이 그 앞에 바짝 서서 뚫어져라 바라보았다. 나는 조금 어색했다.

"왜 그렇게 봐?"

존이 나를 보고 사진들을 보더니, 다시 나를 보았다.

"너, 닮았어."

"어?"

"너희 오빠랑."

나는 아랫입술을 깨물었다.

"너희 부모님하고도 닮았어."

고개를 저었다.

"아니, 안 닮았어. 내 머리카락은 엄마, 아빠 다 안 닮았어."

엄마의 굵고 부드러운 머리카락은 어깨 위로 흘러내리는 물결 같다. 아빠 머리카락은 철사처럼 뻣뻣하다. 내 머리카락은 굵은 꼬임도 간혹 보이는, 폭발하듯 뻗은 곱슬머리다.

존이 내 얼굴을 살펴보았다.

"네 이마. 엄마랑 똑같아. 턱도."

"진짜?"

부모님과 닮았다는 말을 들으니 기분이 이상했다. 평소에는 전혀 안 닮았다는 소리만 듣는데.

"개가 있네?"

존은 사진들 사이 선반 위에 자리한 작은 숄로도그를 고개로 가리켰다. 나는 얼굴을 붉혔다.

"아니야, 그건 숄로도그야."

"쇼올로 뭐?"

"숄로도그. 숄로이츠퀸틀레이(Xoloitzcuintli)의 줄임말이야."

나는 소리 하나하나를 길게 끌며 천천히 발음했다.

"악령한테 왕을 보호했다는 멕시코의 개야. 왕이 죽은 뒤에 가는 길을 안내하기 위해서 무덤에도 함께 묻혔대."

존이 개를 빤히 보았다.

"악령한테서? 멋진데."

나는 고개를 끄덕였다.

"숄로도그가 우릴 보호해 주도록 가족들 사진 옆에 둔 거야."

숄로도그는 전통적으로 가족사진 옆이 아니라 집 출입구에 놓인다는 사실은 말하지 않았다. 하지만 생각해 보면 우린 전체가 아니라 반쪽만 멕시코 가족이니 좀 다르게 해도 된다.

"재미있네."

존이 벽에 걸린 또 다른 사진으로 고개를 돌렸다.

"누구야?"

"할머니. 내가 어릴 때 돌아가셨어."

사각거리는 흰 드레스 자락을 바람에 휘날리며 언덕에 서 있는 할머니 사진을 존은 가만히 들여다보았다. 다 좋던 시절에 할아버지가 찍은 사진이었다. 할머니와 할아버지는 무척 행복한 부부였으니, 그때 할아버지는 분명 굉장히 다른 사람이었을 것이다. 두 사람은 해 지는 카운티 라인 로드를 함께 산책하곤 했고, 거실에서 춤도 많이 추었다고 한다. 아빠, 엄마, 할아버지, 할머니가 모두 한집에서 떠들썩하게. 그 생각을 할 때마다 나는 기분이 이상하다.

존은 아직도 할머니 사진을 보고 있다.

"너희 할머니, 딱 뭐라고 표현하기 힘들지만 뭔가 특별한데."

뚫어져라 사진을 살펴보는 존을 보고 나는 놀랐다. 존은 고개를 절레절레 저었다.

"아아, 진짜 강해 보이셔."

나는 어리둥절한 표정을 지어 보였다.

"나 건드리면 가만 안 둬, 하는 성격이셨을 것 같아."

존은 뒷목을 긁었고, 나는 어깨를 으쓱했다.

"난 할머니 기억도 안 나."

"네 눈이 할머니 눈이랑 닮았어."

목이 조금 메어 왔다. 존은 어떻게 이 얼굴들에서 나를 보는 걸까?

"엄마쪽 친척 사진은 하나도 없어."

있으면 좋을 텐데. 존이 그 얼굴들에서도 나를 발견하도록.

"엄마 친척들에 대해선 하나도 몰라."

"난 내 가족에 대해서도 하나도 모르는데, 뭐."

존이 날카롭게 말했다. 그리고 또 다른 말을 하려다가 입술을 꾹 다물었다.

존이 입양됐다는 사실을 거의 잊고 있었다. 나도 한때 부모님이 나를 어디선가 몰래 훔쳐 오지 않았을까, 의심하던 시절이 있었다. 우리가 외출을 하면 사람들은 부모님과 나를 번갈아 보다가 망설이듯 물었다.

"따님이에요?"

마치 내가 두 사람을 따라 온 이웃집 소녀나 전혀 관계없는 아이일지도 모른다는 듯이. 우린 항상 '네.' 하고 대답했다. 아무 설명이 필요 없는 가족들도 있다. 머리 색, 코 모양, 눈의 곡선 등 생김새가 대신 소리치고 있으니까. 내 생김새는 엄마, 아빠의 딸이라 소리치지 않는다. 그저 속삭이는 정도랄까.

하지만 존의 생김새는 속삭이지도 않는다.

"너희 집은 어때?"

존은 나를 보지 않고 대답했다.

"난 그 사람들 싫어."

깜짝 놀랐다. 나라면 가족에 대해 결코 그런 말을 하지 않을 것이다. 설사 정말, 정말 그렇게 느낀다 해도.

"왜?"

나는 물었다. 존은 벽에 붙은 가족사진들을 계속 바라보았다.

"그 사람들이 진짜 가족인 것도 아니고."

존의 시선이 이 사진, 저 사진으로 옮겨 다니다 숄로도그를 거쳐 결국엔 할머니 사진으로 자꾸 되돌아갔다.

나는 주머니 안쪽을 만지작거리며 물었다.

"네 진짜 부모님에 대해 어디까지 알아?"

존이 마침내 사진에서 나에게로 시선을 휙 돌렸다.

"흑인이었다는 거."

존의 대답은 무미건조했고 냉소가 섞여 있었다.

"저절로 알게 된 거긴 하지만."

"한 번도 만나 본 적 없어?"

존이 나를 보았다.

"비공개 입양에 대해서 들어 본 적 없어?"

나는 고개를 저었다.

"음, 공개 입양과 비공개 입양이 있어. 공개 입양된 아이는 친부모가 이름이 뭔지 어디 사는지 알고, 심지어 가끔 만나기도 한대. 비공개 입양은 친엄마 나이랑 인종만 알려 줘. 딱 그것만."

존의 입술이 실룩거렸다.

"나이가 몇 살이신데?"

나는 조심스레 물었다.

"스물아홉."

목이 메는 듯, 존이 작게 내뱉었다.

"자, 이제 내가 아는 걸 너도 다 아는 거야."

내가 존이라면 스물아홉 살쯤으로 보이는 모든 흑인 여인들을 빤히 보며 내 친엄마가 아닐까 생각해 보겠지. 존이 그토록 용감한 건 당연했다. 존이 친엄마를 찾을 확률은 너무나 낮다.

하지만 지금 흘깃 본 존의 모습은 그리 용감해 보이지 않았다. 그 반대였다.

존이 우리 가족사진을 더는 보지 말았으면 해서, 존을 끌고 부엌으로 들어갔다.

"우리 아빠가 나더러 잡초 정말 잘 뽑았대. 그런데 네가 뽑은 부분만 칭찬하셨어."

존의 눈에 슬며시 웃음이 비쳤다.

"엄청난 잡초들이었지."

"맞아. 아빠는 잡초들이 그 지경이 될 때까지 뽑는 걸 자꾸 잊어 버리셔."

작은 땀방울들이 존의 코에 맺혀 있었다.

"많이 덥지? 우리 집에 에어컨이 없어."

존은 어깨를 으쓱했다.

"괜찮아. 에어컨 바람은 가짜야. 1억 5,000만 킬로미터 너머에서 오는 태양 광선쯤은 감당해야지."

얼음물 두 잔을 준비하고 냉동실에서 쇠고기 파이 두 개를 꺼내 전자레인지에 데웠다. 우리가 그걸 먹는 동안 식탁에 드리운 오전 햇살은 사각형을 이루며 빛나고 있었다. 물잔 속 얼음이 햇빛을 받아 반짝이는 걸 보며 잔을 빙빙 돌리던 존이 말했다.

"있잖아, 태양은 항상 여기 존재하는데 사람들 대부분은 그에 대해 생각도 하지 않아."

존의 목소리는 조금 전 친엄마 이야기를 할 때와는 달리 다시 단단해졌다. 어깨도 조금 풀린 듯 보였다.

"너는 태양에 대해서 생각해 본 적 있어?"

존이 물었다.

"뜨겁지."

변변찮게 대답하고는 쇠고기를 한 입 물었다.

"그렇지. 1,500만 도로 뜨겁지. 그런데 오로지 가스만으로 이루어진 별이잖아?"

잘 몰랐지만 나는 그냥 고개를 끄덕였다.

"그렇지."

"그러면 무엇이 뜨거운 가스를 거기 모아 둘까? 어째서 그 가스는 우주로 날아가 버리지 않을까?"

존은 잔을 쥐지 않은 팔을 공중에 흔들었다. 나는 얼굴을 찌푸리며 생각했다.

"중력?"

"그렇지! 중력 때문이야."

존은 신이 나서 손으로 식탁을 내려치고는 커다란 미소를 지었다. 나도 마주 보고 미소 지었다. 존은 훌륭한 선생님이 될지도 모른다. 존이 교실 앞에서 춤을 추듯 수업을 하고 학생들은 제 이름을 불러 달라며 손을 높이 드는 모습이 눈에 보이는 듯했다. 우주로 가 버린다니 아쉬울 뿐이다.

존의 눈이 갑자기 반짝거리기 시작했다.

"해는 중력만 센 게 아니야. 압력도 세."

존이 컵을 들고 물을 따르러 싱크대로 갔다. 나는 뒤따랐다.

"압력이라."

천천히 따라 말했다. 나는 주로 돌에 대해 생각한다. 압력이나 힘에 대해서는 생각하지 않는다. 하지만 지금은 그런 것들을 생각하니 좀 들뜬다. 두뇌가 성장하면서 전에는 발견하지 못했던 연관성들을 발견해 내는 기분이다.

"싱크대도 압력을 이용해."

존은 수도꼭지를 틀었다. 차가운 물이 쏟아졌다.

"중력이 너희 집 위에 있는 수조에서 이 수도꼭지로 물을 밀어 보내는 거야."

"그러니까 물은 지금 배수관에 가득 차서 밀려 나오기를 기다리는 거구나."

나는 천천히 말했다. 존이 미소를 지었다.

"아무래도 너……"

갑자기 존이 수도꼭지 끝에 달린 분무기를 잡고 방향을 틀어 내게 물을 뿌렸다. 소스라치게 차가운 물이 옷을 다 적셨다.

나는 비명을 지르며 존에게 덤벼들었다. 반은 웃으며, 반은 소리 지르며. 빼앗기지 않으려고 존이 꽉 쥐고 있는 분무기를 그의 얼굴 쪽으로 틀었다. 얼굴이 흠뻑 젖은 존은 입을 벌리고 깔깔 웃었다.

"너 A학점 받겠다고!"

존이 외쳤다.

"그게 뭔 소리야!"

외치기는 했지만, 어찌나 크게 웃었던지 말도 제대로 나오지 않았다. 존은 한 손으로 내 손목을 잡아 도망가지 못하게 하고는 자꾸만 내 얼굴에 물을 뿌렸다.

"봐. 이게 물의 압력이야!"

또 다시 날아오는 차가운 물줄기를 피해 몸을 옆으로 휙 돌리는데, 여전히 내 손목을 잡고 있던 존이 화들짝 놀랐다.

물줄기는 나를 지나 할아버지를 맞추었다.

어디서 나타났는지, 얼마나 오랫동안 거기 서 있었는지 모를 할아버지가 거기에 있었다. 바로 내 뒤에.

물을 뚝뚝 흘리며.

웃어야 할지 소리를 질러야 할지, 아니면 달아나야 할지 몰랐다. 너무 혼란스러워 아무것도 하지 않았다. 그냥 서 있었다.

할아버지는 분노가 번뜩이는 눈으로 우리를 보며 어금니를 꽉 물었다.

하지만 존은 확실히 긴장하지 않았다. 존은 할아버지와 나를 보더니 옆구리를 잡고 웃음을 터뜨렸다. 분무기는 싱크대 안에서 차가운 물줄기를 계속 뿜었다.

할아버지가 그렇게 빨리 움직일 줄은 몰랐다. 할아버지는 내 곁을 지나, 바로 직전까지 입술에 미소를 띠던 존에게 달려들었다. 할아버지는 두 손으로 바위처럼 단단하게 존의 멱살을 쥐더니 격하게 흔들기 시작했다. 존은 손아귀에서 벗어나려 몸부림쳤다. 생각보다 존의 힘이 센지, 두 사람은 어느 순간부터 실랑이를 벌였다. 할아버지는 잡았던 멱살을 놓고 존의 얼굴을 가격했다. 존은 소리를 지르고 비틀거리며 부엌 조리대로 갔다. 뒤따라간 할아버지가 그를 붙잡고 현관으로 끌고 가려 했다.

존의 비명이 내 뼛속을 뚫고 지나갔다. 나는 할아버지에게 달려들어 주먹으로 등을 마구 때리고 존을 떼어 놓으려 했다. 할아버지는 존을 그리 멀리 끌고 가지 못했다. 부엌 뒷문이 열리고, 양손 가득 장바구니를 든 엄마가 들어왔기 때문이다.

우리를 본 엄마는 장바구니를 내려놓고 외쳤다.

"주얼!"

나를 할아버지에게서 떼어 놓은 엄마는 두 사람과 나 사이를 방패처럼 막아섰다.

"도대체 무슨 일이야?"

"왜 이렇게 일찍 오셨어요?"

불쑥 내뱉었다. 상황에는 적절하지 않은 듯했지만 머릿속에 제일 먼저 떠오른 말이었다.

"그만하세요!"

엄마는 할아버지에게 외쳤다. 그러고는 존에게 날카롭고 높은 목소리로 물었다.

"넌 누구니? 우리 집에서 뭘 하는 거야?"

엄마는 존의 티셔츠를 붙잡은 할아버지를 다시 보았다. 존은 긴장한 말투로 대답했다.

"저는 주얼이 초대해서 왔어요. 그리고 할아버지께서 아무 이유 없이 제 얼굴을 주먹으로 치셨어요."

존은 양손으로 할아버지를 밀어내고 부엌 한쪽으로 성큼성큼 걸어갔다.

"아버님, 그게 정말이에요?"

할아버지는 존을 노려보았다. 나는 메슥거리는 기분으로 말했다.

"정말이에요. 할아버지가 때렸어요."

"손님은 따듯하게 맞이해야 된다는 거 잊으셨나 봐요."

존이 제 뺨을 감싸며 말했다. 할아버지 콧구멍이 벌렁거렸다. 존을 노려보는 눈은 불꽃 튀는 부싯돌 같았다. 가쁜 숨을 쉬며 당장이라도 존에게 몸을 날릴 듯 무게 중심을 옮겼다.

엄마가 할아버지 앞을 막아섰다.

"그만하세요. 이 아이한테 손대시면 안돼요. 아시겠어요?"

할아버지는 비웃었다.

"주얼의 손님이에요. 우리 손님이요. 아버님은 이 아이한테 손가락 하나 대실 권리가 없어요."

엄마는 양손을 허리에 얹고 할아버지 얼굴을 빤히 보았다. 엄마가 할아버지에게 이토록 단호하게 말하는 건 처음 보았다.

"부엌에서 나가 주세요. 당장이요."

할아버지는 엄마를 노려보다가 존에게 시선을 돌렸다. 그리고 돌아서더니 식탁으로 몇 걸음 다가가서 소금통을 낚아챘다. 존을 빤히 보면서 할아버지는 바닥에 소금을 뿌렸다.

"나가 주세요."

엄마 목소리에 몸이 떨렸다.

할아버지는 소금통을 꽉 쥐더니, 존을 향해 그걸 쥔 주먹을 흔들었다. 그러고는 복도를 쿵쾅거리며 걸어가 방문을 세차게 닫았다.

나는 참고 있는 줄도 몰랐던 숨을 내쉬었다. 여전히 물줄기가 쏟아지는 수도꼭지에 다가가서 잠갔다. 존은 매일 아침 얻어맞는 아이처럼 아무렇지 않게 얼굴을 문지르고 있었다.

하지만 존의 눈에는 두려움이 비쳤다.

"많이 아파?"

나는 물었다.

"할아버지가 때리셨다니 믿기 어려울 정도구나."

엄마는 한 손을 이마에 얹으며 말했다.

"직접 보세요."

존은 이미 부어오른 광대뼈 주위를 가리켰다.

"세상에."

탄식한 엄마는 존의 눈 주위 피부를 살짝 만져 보았다.

"얼음을 좀 가지고 올게."

엄마는 냉장고로 향했다.

"바닥이 왜 이렇게 물바다지? 그리고 너……"

젖은 옷이 몸에 찰싹 붙어 있다. 물싸움은 숨기기가 어렵다.

"존이 저한테 물의 압력에 대해 가르쳐 주고 있었어요."

시원찮은 변명을 해 보았다.

"물의 압력?"

엄마는 눈썹을 찌푸린 채 비닐 봉투에 얼음 몇 개를 집어넣더니 녹은 물이 떨어지지 않도록 두 겹으로 접었다.

존이 씩 웃었다.

"주얼이 수도꼭지의 물리학적 원리를 물어 봐서 제가 가르쳐 줬어요. 그러다가 조절이 잘 안 돼서 엉망이 됐나 봐요. 저희가 치울 테니까 걱정 마세요. 그전보다 더 깨끗해질 거예요."

"그렇구나."

엄마의 눈가 피부가 부드러워졌다. 웃고 싶지만 일부러 웃음을 감출 때의 얼굴이다. 엄마는 존에게 얼음주머니를 건넸다.

"나는 로즈야. 로즈라고 불러."

나는 어리둥절했다. 로즈? 캠벨 부인이 아니라?

존은 얼음을 받아 볼에 대었다.

"저는 존이에요."

"존?"

엄마 목소리가 굵어졌다.

존은 고개를 끄덕였다.

엄마는 존을 한참이나 빤히 보았다. 그러다 바지에 손을 닦고는 존이 내민 손을 두 손으로 잡았다.

"잘 왔다, 존."

엄마는 나를 흘깃 보았다.

"너 물의 압력을 배우기에 좋은 날을 골랐구나."

나는 활짝 웃었다.

엄마와 존은 금세 죽이 맞았다. 엄마는 우리를 식탁에 앉히고는 아이스티를 만들어 주었고, 심지어 엄마가 좋아하는 비싼 과자도 봉지째 갑자기 꺼내 왔다.

"칼레도니아에는 언제 왔니?"

엄마는 과자 접시를 존 쪽으로 밀면서 물었다.

"몇 주밖에 안 됐어요. 저희 삼촌이신 맥라렌 아저씨 댁에 잠시 와 있거든요."

엄마는 눈썹을 찌푸렸다.

"팀 맥라렌 씨 말이니?"

엄마는 맥라렌 아저씨는 백인이 아니냐는 말을 예의상 차마 꺼내지 못했다.

"넵."

존은 아이스티를 조금 마셨다. 웅웅 소리가 나는 선풍기 바람을 향해 고개를 약간 돌리곤 말했다.

"저희 엄마 쪽 삼촌이세요."

엄마는 존을 빤히 보았다.

"정말?"

존은 치아가 달처럼 드러나는 미소를 지었다.

"전 입양됐거든요."

엄마는 상황을 이해하고 눈썹을 휙 올렸다가 민망한지 다시 찌푸렸다. 아무것도 묻지 않았지만 존은 말을 이었다.

"제 친부모님에 대해선 아무것도 몰라요. 그래도 양부모님이 좋은 분들이어서 다 괜찮아요."

나는 입을 딱 벌렸다. 존의 분노는 온데간데없었다. 바로 조금 전 거실에서 존의 얼굴에 드리웠던 검은 얼음장은 어디로 간 걸까? 지금 모습을 보면 존에게 입양이란 거의 머릿속에 없는, 다른 생각이 너무 지겨울 때나 떠올려 보는 일 같다.

엄마는 광고에 나오는 여자들처럼 웃었다.

"맥라렌 씨는 아주 좋은 분이지."

엄마의 칭찬은 호들갑스러웠다. 나는 눈을 휘둥그렇게 뜨지 않으려 애썼다. 엄마는 맥라렌 아저씨를 잘 알지도 못했다.

존이 과자 하나를 집으며 "네, 뭐." 하고 애매하게 대답했다.

"그럼 원래는 어디 사니?"

"버지니아 주 노퍽에 살아요. 아빠는 대학교수시고 엄마는 보험 회사에서 일하세요."

존은 미소를 지었다가, 다시 찡그리며 얼음주머니를 얼굴에 고쳐 대었다.

"엄마가 정확히 어떤 일을 하시는지는 전혀 모르지만, 동네에서 제일 높은 빌딩에서 일하세요."

"오호."

두 손으로 얼음물이 든 컵을 쥐고 팔꿈치를 탁자에 괸 엄마의 눈이 춤을 추었다. 존이 쇠똥구리 이야기를 해도 감동할 것 같았다. 나는 이상한 기분을 견디기 힘들었다. 어쩌면 엄마는 할아버지에게 얼굴을 맞은 존에게 미안해서 친절하게 대하는 건지도 모른다.

그렇다 해도 엄마가 날 저런 눈으로 보는 일은 결코 없는데.

"멋진 가족이 있으니 좋겠구나."

"네, 좋죠."

누군가에게 거짓말을 들을 때처럼 등 근육이 뻣뻣해졌다. 다만, 존이 거짓말을 하는 사람이 엄마인지 나인지 알 수 없었다.

존이 과자 하나를 더 집었다.

"제가 우주 비행사가 될 공부를 하겠다고 하니까 두 분이 굉장히 좋아하셨어요."

나는 숨을 죽였다. 과학자가 되려는 아이가 여기 또 한 명 나타났으니 엄마는 따끔하게 잔소리를 할 것이다.

엄마는 미소를 띠었다.

"물리학에 그렇게 관심이 많은 걸 보니, 넌 분명 훌륭한 우주 비행사가 되겠는데."

그러고는 내가 식탁에 함께 앉아 있었다는 사실이 갑자기 기억난 것처럼 나를 보았다.

"안 그러니, 주얼?"

나는 고개를 끄덕였다. 할 말을 잃고.

# 7

엄마는 오후에 우리를 밖으로 내보냈다. 내게 집안일 걱정은 말라고 했다. 존을 다음 날 저녁 식사에 초대하며 미소까지 짓는 엄마를 보고 나는 놀랐다. 요즘 엄마는 슬픈 엄마였기 때문이다. 슬픈 엄마일 때 아예 웃지 않는 건 아니었지만, 웃더라도 그 웃음이 두 눈가에까지 번지지는 못했다. 마치 입술 주변으로는 번져 나가지 못하게 뭔가가 막고 있는 것처럼.

오늘 엄마의 미소는 온 집 안을 채우는 것 같았다.

그렇게 환한 엄마의 미소를 마지막으로 본 것은 2년 전 겨울, 눈이 오면 모두 썰매를 타러 가는 칼레도니아 카운티 공원에 함께 갔을 때였다. 그날 내린 건 끈끈하고 환한, 구름이 걷힐 때면 눈이 부신 그런 눈이었다. 큰 아이들이 이미 썰매길을 잘 만들어 놓은 언덕은 한없이 높아 보였다. 엄마와 나는 아이들이 미끄러져 내려오는 모습, 제멋대로 방향을 트는 썰매 때문에 옆으로 굴러 떨어지는 모습들을 구경했다.

나는 그 언덕 위로 올라가고 싶지 않았다. 전혀. 하지만 엄마가 말했다.

"아이오와에 살아서 가장 좋은 것 중 하나가 썰매를 탈 수 있단 거야. 텍사스에선 절대 못해."

그렇게 말하며 엄마가 지은 미소. 그 미소에 눈은 따뜻이 녹고 썰매들은 느려지고 어쩐지 모든 것이, 모든 것이 괜찮아진 것 같았다.

우리는 언덕을 올랐고, 엄마는 두 다리 사이에 나를 앉혔다. 우리는 누구보다도 크게 웃고 비명을 지르며 씽씽 언덕을 타고 내려갔다. 바닥에 도착하자 엄마는 환희에 차서 두 팔을 하늘로 뻗더니, 나를 얼싸안고 소리를 질렀다. 마치 하늘이, 태양이, 반짝이는 빛이 우리를 다시 언덕 위로 올려 보내 줄 것처럼.

그리고 정말로 그렇게 되었다.

엄마가 그토록 환하게 웃는 모습을 본 건 그날이 마지막이었다. 그 후, 나는 그 미소를 다시 불러오려고 몹시도 열심히 노력했지만, 어떤 이유에선지 엄마는 다시 슬픈 엄마가 되었고 무엇도 엄마를 바꾸지 못했다. 엄마를 위해 마당에 눈사람을 만들어 보았다. 소용이 없기에 아끼는 판지를 모조리 써서 카드를 여덟 장이나 그려 엄마에게 주었다. 그것도 도움이 되지 않아서 또 썰매장에 데려다 달라고 엄마를 졸랐다. 결국 엄마는 내 말을 들어 주었지만, 이제 엄마에게 썰매장에 가는 일은 집 안 청소처럼 마쳐야 할 일들 중 하나가 되어 있었고, 엄마는 내가 썰매를 타는 내내 밑에서 기다리기만 했다. 내가 바란 것과는 너무나 달랐고, 나는 집에 돌아와 울었다. 그리고 그날 엄마의 미소는 실수였다고 결론지었다. 어떤 면에선 그런 미소를 한 번도 보지 못한 편이 차라리 나았을지 모르겠다.

그러니 엄마가 태양처럼 웃고 있는 지금, 나는 당연히 밖으로 나가고 싶지 않았다. 하지만 엄마의 미소가 창문이나 벽에 난 금 사이로 빠져나가 버릴까 봐 두렵다는 말을 어떻게 존에게 할까? 결국 엄마는 내가 아니라 존 때문에 웃는 거니까, 얻지 못할 것은 바라지 말자고 스스로 다짐했다. 부엌에서 나올 때 엄마는 우리가 먹은 과자 접시를 치우며 콧노래를 불렀다. 내가 할 수 있는 일이라곤 다시 집 안으로 달려 들어가 어린아이처럼 엄마 다리에 매달리지 않는 일뿐이었다.

존과 함께 다시 들판을 달리며 모든 것을 잊으려 노력했다. 한낮의 들판은 오븐처럼 뜨거웠다. 우리는 멈추지 않고 달려서 언덕 위 사상 지평선에 도착했다.

"멋진 엄마가 있어서 넌 좋겠다."

우리가 나무 안으로 들어가자마자 존이 말했다. 서늘한 공기가 피부를 달래 주어 우리도 모르게 아아, 하고 숨을 토해 냈다. 존이 물병을 건네주었다.

"그런 것 같아."

불편한 마음으로 대답하고 병을 열었다. 목으로 넘어가는 물이 뜨듯해 아직도 공기를 들이마시는 느낌이었다. 존의 뺨이 부어 있었다. 가라앉으려면 시간이 걸릴 것 같았다.

내가 보고 있는 것을 존이 알아챘다.

"괜찮아."

뺨이 부어서 존의 입술이 제대로 움직이지 못했다.

"누구한테 맞은 게 처음도 아니고."

"진짜야? 어떻게 싸웠는데?"

존이 누구하고든 싸움에 휘말리는 걸 상상하기 어려웠다. 나는 이상한 기분을 느끼며 웅크리고 앉았다.

"합기도 하면서. 나 초록 띠야. 맞을 일 많지. 아주 많아."

눈썹을 추켜올리며 강조하더니 고개를 절레절레 저었다.

"합기도?"

"무술의 일종이야. 내 또래들에 비해선 꽤 잘하는 편이야."

존은 덧붙였다.

"사범님들 말로는."

"맞는 거 알면서도 부모님이 합기도 배우는 걸 허락하셨어?"

"합기도 배우는 거 안 좋아하셔. 그래도 내가 좋아한다는 건 아시지."

맞는 걸 어떻게 좋아하는지 도통 알 수 없었다.

"그리고 초록 띠쯤 되면 내 몸 하나는 건사할 수 있다는 걸 알게 돼. 언젠가는 검은 띠를 딸 거야."

"그러면?"

"내가 최고라는 걸 모두가 인정하는 거지."

손톱 아래 흙을 긁어냈다. 나는 어떤 분야에서도 최고가 아니다. 아예 거리가 멀다. 수학이든 체육이든 미술이든. 엄마조차도 내가 커서 무엇도 되지 못할까 봐, 지금도 아무것도 아닐까 봐 걱정한다.

"합기도를 다 배우게 해 주시고 좋은 부모님이시네."

내 말에 존의 눈빛 속 행복감이 수백만 조각으로 부서지듯 날아가 버렸다.

"말했잖아. 싫다고."

나는 당황했다.

"그래도 난……"

"주얼."

내 이름을 부르는 목소리가 이번엔 그리 날카롭지 않았다.

"사람들은 양부모님이 좋은 분들이라는 얘기만 듣고 싶어 해. 그들이 날 훔쳐 오는 바람에 내가 놓친 삶에 대해서는 생각조차 하지 않길 바란다고."

나도 모르게 입이 벌어졌다.

"그 사람들이 뭐……?"

존은 나무 꼭대기의 밝은 하늘을 올려다보았다.

"부모님이, 그러니까 내 **진짜** 부모님이 날 정말 포기하고 싶었는지 어떻게 알아? 지금 이 순간에 나를 찾아 헤매고 있지 않다고 어떻게 확신해?"

나는 할 말을 찾지 못했다.

"어떻게 잭과 수전을 **부모님**이라고 부를 수 있어? 그 사람들은 나랑 닮지도 않았어. 입양한 사실에 대해선 아예 말도 꺼내지 않고. 내가 **흑인**인 것도. 그러면서 '우린 마음속은 다 같은 사람이야.' 같은 소리만 해. 그런 말이 도움이라도 되는 것처럼."

존은 코웃음을 쳤다.

"그러니까 너는,"

나는 천천히 말했다.

"사람들이 네가 진짜 하고 싶어 하는 말은 듣지 않는데, 굳이 진심을 말할 필요가 있느냐는 거지?"

존은 잠깐 그대로 있다가 놀란 눈으로 나를 보았다.

"그래, 바로 그거야."

그때부터 둘 다 말을 멈추었다. 존과 나는 사상 지평선 안에 기대어 앉아 느긋이 새들이 지저귀는 소리, 습한 공기가 오후 하늘을 채우는 소리를 들었다. 점심으로 뭘 먹었는지, 어떤 집안일을 했는지 이야기하는 것이 아니라 마음속 진짜 중요한 일을 이야기하는 기분은 낯설었다. 나는 중요한 것들에 대해 계속 이야기하고 싶어서 존에게 말했다.

"버드에 대해서도 비슷해. 난 늘 버드를 생각하거든."

존은 고개를 끄덕이고 말했다.

"그러면서도 그걸 이야기하진 않지?"

"안 하지. 아무도 듣고 싶어 하지 않아."

일어나서 밖으로 나갔다. 존도 재빨리 일어나 나를 따라왔다. 낮고 튼튼하게 뻗은 단풍나무 가지를 발견하고는 두 팔로 매달려 상체를 가지 위로 올렸다. 나는 존을 내려다보며 말했다.

"마찬가지로 내가 왜 할아버지를 때렸는지 설명하려고 해도 엄마, 아빠는 들어 주지 않을 거야."

나무줄기는 튼튼했고 가지들은 완만하게 뻗어 있었다. 나는 발로 줄기를 감싸듯이 단단히 딛고 다른 가지로 올라갔다.

존도 이미 나무에 올라오고 있었다.

"너 야단 안 치실 거야. 너희 엄마, 상황을 다 보셨잖아."

존이 나무를 잡지 않은 손으로 부은 뺨을 가리켰다. 나는 다음으로 올라갈 가지를 찾으며 말했다.

"내가 할아버지 목숨을 구했을 때도 날 야단치셨어."

"진짜?"

존은 놀란 듯했다.

"그러니까 할아버지를 때린 걸 좋게 보실 리가 없지."

나무껍질에 눌린 손바닥이 아팠다. 나는 줄기를 붙잡고 몸을 가누며 더 높은 가지로 발을 디뎠다. 이번 나뭇가지는 가파르게 뻗어 있었다. 입술을 깨물었다. 갑자기 꼭대기의 가느다란 나뭇가지까지 올라가, 그 휘어지는 가지에 나뭇잎이며 바람과 함께 매달리고 싶었다.

어쩌면 날고 싶었다.

"그래. 뭐, 좋아서 펄쩍 뛰시진 않겠지."

존이 내가 앉았던 가지로 올라와서 말했다. 우린 이제 거의 비슷한 높이에 있다.

"그래도 설마 할아버지가 한 행동을 보고도 네가 열 받은 걸 탓하시겠어?"

혼란스러운 마음에 아무런 대답도 하지 않았다. 존의 말이 맞았다. 할아버지가 한 행동을 내가 했다면 엄마, 아빠는 분명 나를 야단쳤을 것이다. 하지만 어째서인지 나는 우리 집에서 화를 내지 못하게 되어 있다. 화를 내는 쪽은 할아버지. 나는 책임져야 하는 쪽. 차분해야 하는 쪽.

하지만 차분한 태도로 할아버지의 행동을 지켜보기란, 뿐만 아니라 절벽과 더피, 그리고 생각하면 피부가 간질거리는 '알 수 없는 것들'에 대한 비밀까지 지키기란 쉽지 않다. 엄마는 그 알 수 없는 것들이란 현실엔 없다며 언짢아하겠지. 아빠도 혼령들이나 건드리지 말아야 할 것들과 함께 논다고 마찬가지로 싫어할 테고.

엄마, 아빠가 내게 뭘 기대하는지 이젠 잘 모르겠다.

존이 나보다 약간 높은 가지에 대롱대롱 매달렸다. 좀 더 가늘어지고 듬성듬성해지기 전 마지막 나뭇가지였다. 박새 한 마리가 우릴 내려다보며 지저귀다 날아가 버렸다. 존은 말했다.

"게다가 친구를 보호하려고 한 거잖아. 그게 혼날 일이야?"

그 말에 나는 얼굴을 휙 존에게 돌렸다. **친구**. 그 한 단어가 마음속 어둡고 소용돌이치는 혼란을 모두 녹여 버렸다. 나는 엄마에게 지질학자가 되고 싶다고 말하지 못하고, 아빠에게 절벽에 대해 이야기하지도 못하고, 수업시간에 손을 자주 드는 똑똑한 아이도 못될지 모르지만, 나는 존과 함께한다. 존은 내 모든 것을 안다. 친구라면 마땅히 그렇듯이.

뭐, 전부는 아니고 **거의** 모든 것을 안다. 존이 아직 모르는 것들을 보여 주고 싶다. 더피는 안 믿을지 모르지만, 존이 사상 지평선에서 나와 함께하는 지금, 나도 절벽에서 존과 함께하지 못할 이유가 있을까?

"존."

두근대는 심장 소리를 존이 듣지 못하길 바랐다.

"내일 어디 멋진 데 갈래? 우리 집에 저녁 먹으러 오기 전에 말이야."

존은 말도 안 된다는 듯 고개를 절레절레 흔들었다.

"주얼 캠벨, 그걸 질문이라고 해?"

그는 갈라진 나뭇가지에 몸을 받친 채 목 뒤를 긁적였다.

"당연히 가지. 우린 어디든 같이 가는데."

존의 두 눈이 미소를 보낸다.

기쁨으로 가슴이 터질 것 같다.

# 8

다음 날 태양이 높이 떠서 이글거릴 때 우리는 사상 지평선에서 만났다. 절벽에서 더 가까운 우리 집에서 만나지 못한 건, 할아버지가 요즘 더피를 막기 위해 물그릇을 내놓는다거나 말굽이며 빨간 양말이며 스웨터 따위를 벽에 건다거나 하며 좀 더 자주 방에서 나와 있었기 때문이다. 물을 담은 그릇이 어떻게 우릴 보호해 주는지 알 도리가 없었지만, 할아버지가 방문 옆마다, 심지어 화장실에까지 놓는 걸 보며 그런가 보다 하고 생각했다. 할아버지가 더피를 막기 위해 그렇게까지 애쓰는 모습을 보니 마음이 좋진 않았지만, 친구를 때린 사람을 정말로 안쓰럽게 여기기는 어렵다.

존과 나는 흙길을 걸었다. 그 길 끝에 절벽으로 이어지는 오솔길이 나온다. 존은 뭔가를 아주 자세하고 가깝게 보고 싶은지 목에 쌍안경을 걸고 왔다. 갑자기 어쩔 줄 모르는 기분에 사로잡혀 뱃속이 울렁거렸다. 나는 정말로 존에게 절벽을 보여 주고 싶은 걸까? 내 동그라미를? 짧은 순간, 오솔길을 그냥 지나쳐 버릴까 생각했다. 긴 풀들에 완전히 덮여 있으니까 존은 알아채지 못할 것이다. 대신 녹조로 덮인 연못을 보여 주고, 그걸 조금 떠서 존에게 뿌릴 수도 있다. 존이 지을 표정을 생각하면 복수당하는 것쯤은 감수할 수 있다.

"어어어이."

존이 내 눈 앞에 손을 흔들었다.

"응?"

"오늘 너희 집에 갈 때 치아 보호대나 헬멧 가져가야 하느냐고 물었어."

나는 어리둥절해서 존을 보았다. 존이 아직도 조금 부어 있는 뺨을 가리켰다.

목이 화끈 달아올라, 길 위의 나무 막대를 발로 찼다. 존이 갑자기 깔깔 웃음을 터뜨렸다.

"농담이야! 너희 할아버지가 이상한 게 네 탓은 아니지. 그리고 지원군으로 네가 있으니까 할아버지를 감당할 수 있어."

존의 미소엔 전염성이 있었다. 나는 그 자리에 서서 남들이 멍청이로 볼 만한 미소를 가득 띠고 존을 바라보았다. 존은 어째서 다른 사람들처럼 할아버지를 두려워하지 않는 걸까? 두려워하기는커녕 저렇게 웃음을 풀밭 위에 흩뿌린다. 존의 웃음이 빛

방울인 양 풀들이 휘어진다.

"이리 와, 오솔길은 이쪽이야."

존에겐 오솔길이 시작되는 곳을 손가락으로 가리켜 줘야 하지만, 내겐 눈감고도 찾아낼 만큼 선명하다. 여덟 살 때 아빠는 처음으로 나를 절벽에 데리고 왔다. 우리가 어디에 가는지를 엄마가 알고 화를 냈음에도.

"절벽에 대해서 주얼이 알아야 할 건 아무것도 없어."

엄마 말에 아빠도 입술을 굳게 다물고 동의하듯 고개를 끄덕여 놓고는, 곧장 나를 그곳으로 데려왔다.

처음 오던 날, 길은 끝없이 멀게 느껴졌다. 태양은 하늘에 박혀 있는데, 우리는 멈출 줄 모르고 걷고 또 걸었다. 어느 순간 화강암 바위가 나왔고, 땅이 있어야 할 자리는 허공이었다. 목에서 털이 쭈뼛 섰다.

"느껴지니?"

아빠가 물었다. 무엇이 느껴지느냐고 묻는 건지 나는 모르겠는데, 내 목의 털은 아는 모양이었다.

"여기가 네 오빠가 뛰어내린 곳이야."

아빠는 갑자기 단단하게 누르듯 내 어깨에 손을 얹었다. 움직이려 해도 움직일 수 없었다. 아빠는 절벽 너머 허공을 한참이나 바라보았다. 뛰어내리기 전 버드의 모습을 지켜보고 소리를 들었을 화강암 바위가 우리 모습을 지켜보고 우리 소리를 들었다.

아빠는 나를 보며 낮은 목소리로 말했다.

"여기에는 더피가 있다, 주얼."

아빠에게 더피 이야기를 처음 듣는 것도 아닌데, 이때의 아빠 목소리는 한 번도 들어 보지 못한, 낯설고 단호한 목소리였다. 갑자기 울고 싶어졌다.

"더피는 어디에나 있지만 특정한 장소들을 좋아하지. 이 절벽에 더피가 있어. 버드를 뛰어내리게 만든 게 바로 더피야. 더피가 버드를 꾄 거라고."

"이제 오빠를 버드라고 부르지 말아야 할 것 같아요."

아빠는 고개를 저었다.

"글쎄다, 주얼. 그랬다가는 그때 그 더피가 다시 화낼지도 모르잖아. 버드라는 이름은 그대로 부르는 게 나을 것 같구나."

하지만 아빠는 확신하지 못하는 표정이었다. 그 더피가 또 화가 나면 무슨 일을 저지를까 생각하니 몸이 으스스 떨렸다.

"우린 그 더피를 용서해야 해요?"

엄마가 다니는 성당 신부님이 용서에 대해 많이 이야기했다.

"이건 용서해서는 안 돼."

아빠 목소리는 거칠어졌다.

눈물이 차올랐다. 아빠가 나를 안아 주며 다 괜찮다고, 세상에 지금까지 있었고 앞으로 있을 모든 더피들에게서 지켜 주겠다고 말하길 바랐다. 하지만 그러지 않았다. 아빠는 내 어깨에서 손을 떼고 절벽 너머를 바라보았다. 아빠 손이 있던 자리가 차가웠다.

"여기 좋은 더피들도 있어요?"

정말 궁금해서 물어본 것은 아니었다. 그저 아빠가 날 쳐다보기를, 내가 여기 함께 있다는 걸 기억해 주기를 바랐다.

"아닐 거다."

아빠는 먼 곳에 시선을 고정한 채 대답했다.

"대부분은 누군가에 화가 난 나쁜 더피들이야."

아빠는 잠시 조용했다.

"내 아들을 꾀었던 더피는 아주, 아주 화가 났던 거야."

"왜요? 누가 화나게 했어요?"

"할아버지가."

그날, 나는 아빠 몰래 집을 빠져 나와 나쁜 더피와 좋은 더피와 알 수 없는 더피들이 득시글거리는 이곳에 다시 왔다. 오는 길이 처음 오던 때의 절반 거리도 안 되는 듯했다. 땅이 끝나는 곳으로 가 화강암 바위에 등을 기대었다. (그때는 바위를 오르기에 키가 너무 작았다.) 오빠가 죽은 곳이 여기구나, 하고 생각했다. 더피가 오빠에게 뛰어내리라고 말하던 바로 그때, 내가 태어났다. 손가락 끝으로 바위의 울퉁불퉁한 굴곡들을 만져 보니, 설명하기는 어렵지만 그곳, 그 절벽이 내가 속한 곳처럼 느껴졌다.

솔직히 거기에 더피가 있는지 없는지, 더피가 세상에 존재하기는 하는지 잘 모른다. 하지만 처음으로 몰래 집을 빠져나가 절벽에 섰을 때 마음이 그토록 벅찼던 건 **거기 뭔가가 있으며** 그게 아주, 아주 중요한 것임을 느꼈기 때문이라는 건 안다. 땅도 알고 있었다. 풀잎과 화강암 바위와 번져 나가듯 떠다니는 구름과 멀리 있는 나무들까지 모두 몸을 앞으로 숙인 채 고요한 비밀을 나누고 있었다.

이전에 중요하다고 생각했던 것보다 더 중요한 것이 있음을 깨달았을 때 무슨 일이 일어나는지 설명하기란 어렵다. 그땐 엄마나 아빠를 화나게 만드는 일이 아무것도 아닌 것처럼 느껴진다. 우주가 갈라지는 것 같다고 할까. 혹은 하나로 합쳐지는 것 같기도 하고. 그곳에 뭔가가 있다는 것을 깨닫던 날, 하늘이 갑자기 무너져 내리는 기분이었다. 그 뭔가가 멈추지 않고 가슴속 어딘가를 끌어당겼다. 첫 번째 돌을 주울 때까지. 그렇게 시작되었다. 한 달 사이에 나는 돌덩이 여덟 개를 주웠고, 그 후 일 년에 하나씩 더해 왔다.

함께 오솔길을 걸어가며 존은 아무 말도 하지 않았다. 적어도 입으로는 소리를 내지 않았다. 하지만 존의 반바지 자락이 서로 스치는 소리, 나처럼 발을 들었다가 가볍게 내딛는 게 아니라 질질 끄는 존의 발걸음 소리는 고함치듯 요란했다. 사상 지평선으로 갈 때와 달리 내가 앞장서 길을 안내하려니까 기분이 이상했다. 존도 같은 생각을 하고 있었겠지.

수많은 생각들이 머릿속에서 흘러 다니는 동안 어느새 거의 다다랐다. 나는 화강암 바위의 끝을 보고 멈추어 섰고, 존도 내 뒤에서 멈추었다.

"왜?"

존은 작은 목소리로 물었다.

고개를 저었다. 여기서 일어난 모든 일이며, 이곳이 내게 어떤 의미인지를 어떻게 존에게 다 설명할까?

"앞에 절벽이 있어."

나도 모르게 속삭이듯 말했다.

"멋진데."

못된 생각이 번쩍, 대지에 꽂히는 번개처럼 스쳤다. 나는 돌아서서 존을 마주 보았다.

"넌 왜 이 절벽에 대해서 몰라?"

존이 눈을 휘둥그렇게 뜨고 몸을 뒤로 뺐다.

"무슨 말이야?"

"동네 전체가 이 절벽에 대해서 알아. 우리 가족에 대해서."

"너희 할아버지 얘기?"

"우리 **가족** 얘기. 그런데 넌 어째서 몰라? 다들 알고 있는데?"

존은 어깨를 으쓱하고서 나를 찬찬히 바라보았다. 아주 조심스럽게.

"난 삼촌 댁에 잠깐 온 거라고 했잖아."

"여기 온 지 얼마나 됐어?"

"두어 주쯤."

**두어 주**. 존이 버드에 대해, 절벽에 대해 모를 만한 시간일까? 존의 삼촌은 정말로 존에게 저주받은 이웃에 대해 미리 이야기하고 가급적 멀리하라고 말하지 않았을까? 나는 잠시 아무 말 없이 땅을 보며 존의 발치에 보이는 골든로드8 옆에 구멍을 파는 상상을 했다. 이 모든 두려움을 다 파묻을 만큼 커다란 구멍을. 존이 정말로 버드에 대해 모른다면 나는 지금 왜 굳이 알려주려는 걸까? 존도 우리 가족을 이상한 종족들로 생각하게 만들려고?

"주얼, 왜 그래?"

나는 존의 시선을 피했다. 마음속에 휘몰아치던 두려움이 조금 수그러들었다. 어차피 되돌아가기는 너무 늦었다. 눈을 들자 붉은 꼬리 매가 멀리서 우리를 보며 하늘에 원을 빙빙 그리고 있었다. 긴 숨을 들이쉬고 매를 보는 척했지만, 사실은 진정하자고 스스로에게 되뇌고 있었다. 마침내 존을 돌아보았다.

"가파른 절벽이야. 조심해."

깎아지른 절벽에 가까워지면서 우린 걸음을 늦추고 앞에 펼쳐진 대지를 조용히 바라보았다. 버드가 뛰어내린 곳을 보여 주려고 누구를 데려온 건 처음이었다. 칼레도니아 카운티 사람들은 이미 모두 알고 있기도 했고, 어차피 나는 항상 혼자 올 셈이었다. 목이 메었다. 존이 나를 놀릴 거라는 생각에 수치심이 일었다. 친구를 사귀려 노력하다 이렇게 되고 마는구나.

다른 할 말이 생각나지 않아 이렇게 말했다.

"우리 오빠가 죽은 곳이야."

존이 움츠러들었다.

"떨어졌어?"

나는 고개를 저었다.

"뛰어내렸어."

"여기서?

존은 수직 낭떠러지를 내려다보았다. 수백만 년의 세월을 품은 백운석과 석회석, 사암, 화석들, 한때는 바닷속에 숨어 있었지만 이제는 허공으로 튀어나와 드러난 것들이 거기 있었다.

잠시 그대로 있었다. 태양빛은 대지를 두텁게 에워쌌고 공기는 짙고 습했다.

"오빠는 여섯 살이었어. 하늘을 날 수 있다고 생각한 거야."

오빠를 꾄 더피에 대해서도 이야기하고 싶었지만 존이 믿을 것 같지 않았다. 아직은.

참 멍청한 오빠를 두었다느니, 그러니까 나도 멍청할 거라느니 하는 말을 들을 준비를 했다.

"가엾어라."

존은 슬픈 표정으로 입술을 닫고 다시 한번 절벽 아래를 내려다보았다.

"그런데 넌 여기에 오고?"

"항상."

그때, 존이 내 돌들을 발견했다. 하나씩 차례차례 시선을 옮기며 어찌나 골똘히 바라보는지, 나는 긴장하기 시작했다.

"이거 네가 한 거야?"

마침내 존이 물었다. 고개를 끄덕였다. 놀랍게도 존은 왜냐고 묻지 않았다. 대신 돌들 주위를 걸었다. 천천히, 완전히 한 바퀴를 돌았다. 그러고는 길고 느린 숨을 내뱉었다.

"넌 진짜 대단해, 주얼."

뭐라고 대답해야 할지 생각이 나지 않아, 그냥 아무 말도 하지 않았다. 잠시 후 존은 목에 걸린 쌍안경을 만지작거렸다.

"음, 버지니아에 있는 우리 집 마당에도 예전에 나무가 있어서 매일 올라갔거든. 난 정말 나무를 잘 탔어."

나는 또 고개를 끄덕였다. 당연히 잘 탔겠지.

"닉이라는 친구가 있었는데, 걔도 그 나무에 자주 올랐어. 둘이 같이 한 게 굉장히 많아."

존의 표정이 변했다.

"2년 전에 닉이 이사를 가 버렸는데, 가기 전에 나한테 제가 쓰던 자전거 장갑을 줬어. 나중에 그 나무에 구멍이 하나 생겼기에, 그 안에 장갑을 넣어 두고는 거기서 제일 가까운 나뭇가지에 앉아 있곤 했지."

존은 발끝으로 땅을 팠다.

"그렇게 하니까 걔가 안 떠난 것 같은 기분이 들더라."

처음에는 존이 왜 내게 이 이야기를 하는지 영문을 몰랐다.

존에게 절벽을 보여 주었지, 동네 친구에 대해선 물어보지 않았으니 말이다. 그러다 천천히, 나는 깨달았다. 존은 비웃지 않는다. 나를 놀리지 않는다. 존에게는 어떤 깊은 눈빛이 있었다. 과거로 돌아가 무거운 돌을 낑낑 나르는 내 모습을 지켜보기라도 한 것처럼.

"여기 좋은데."

존은 돌아서서 화강암 바위와 지평선의 나무들과 하늘을 바라보았다.

"네가 여기 자주 오는 이유를 알겠어. 나라도 그럴 것 같아."

믿기지 않아서 할 말을 잃었다. 나를 평생 알아온 엄마, 아빠도 여기 오는 걸 이해하지 못할 텐데, 겨우 며칠 전에 만난 존은 이해하다니. 왜 어떤 사람은 평생이 걸려도 이해하지 못하고 어떤 사람은 찰나 만에 이해하는 걸까?

"이 동그라미는 어떤 의미야?"

나는 일부러 대수롭지 않다는 듯 어깨를 으쓱했다.

"안에 서서 이것저것 생각해."

존은 나를 응시했다.

"어떤 거?"

이제는 가슴속에 더 눌러 둘 수 없었다.

"여기엔 뭔가가 있어. 넌 안 느껴져?"

존은 고개를 한쪽으로 젖힌 채 잠시 그대로 있었고, 고요한 기다림 속에서 내 마음은 거의 부서질 것 같았다.

"잘 모르겠는데."

존은 대답했지만, 나를 바라보진 않았다. 그리고 주저하듯 물었다.

"넌 그게 더피라고 생각해?"

"아니. 더피들은 주로 사람들을 속이려 들지만, 난 뭔가 걱정되거나 기분이 안 좋을 때 여기에 와. 날 위로해 주는 느낌이 들거든. 이곳은 내 말을 들어 줘."

나는 멈추었다. 분명 너무 많은 걸 말해 버렸다. 땅을 내려다보았다. 존이 내 비밀들을 알아 간다는 것이 너무나 두려웠다.

"나는 여기가 좋아."

존이 무척이나 진지하게 또 한번 말했다.

나는 튀어나오려는 눈으로 존을 보았다.

"정말?"

존은 미소 지었다.

"어쩌면 사상 지평선보다 쪼오끔 더 나은 것 같기도 해. 지금 이 말은 다시 안 한다."

웃음이 터졌다. 내 웃음소리가 하늘을 채웠다. 믿을 수가 없었다. 존이 나에게 괴물이라 외치지 않다니. 둑이 터지듯 즐거운 기분이 밀려나와 마음을 채운다. 내가 아는 모든 것을 존과 나누고 싶다.

"나 이 바위에도 올라가."

신이 나서 말했다.

"내가 앉는 곳 볼래?"

존은 미소 지었다.

"당연하지."

존은 나무를 잘 타듯 바위도 잘 탔다. 내가 손발을 짚는 부분들을 존에게 가르쳐 줄 필요도 없이 존은 내 뒤를 바짝 따라왔다. 나는 열 살 때부터 이 바위를 탔기 때문에 가장 오르기 좋은 경로를 알고 있다. 그때 처음으로 바위의 첫 번째 손잡이 부분, 즉 적당히 튀어나와 있어서 다음 지점으로 손을 뻗고 두 발끝으로 바위를 감쌀 때 몸을 지탱하는 부분에 손이 닿기 시작했다. 가끔은 도마뱀붙이나 슈퍼히어로가 된 흉내를 내며, 또 가끔은 그저 바위 곁에 있고 싶어서 바위를 오른다. 바위가 나를 안아 줄 수 있게. 뭐, 이젠 바위가 실제로 나를 안아 주진 못한다는 것 정도는 아는 나이가 되었다. 하지만 돌이나 절벽이나 강과 함께 많은 시간을 보내다 보면, 그것들이 학교에서 배우듯 죽어 있는 게 아니라는 걸 느끼게 된다. 화강암 바위가 내게 영화를 보러 가자고 할 일은 없겠지만, 바위는 내가 그 위를 오를 때 분명히 안다. 내가 화가 났을 때도 그걸 알고 나를 위로한다. 그러니 바위에게는 분명 어떤 마음 같은 것이 존재하는 셈이다. 설사 우리는 이해하지 못하는 방식이라고 해도.

존과 나는 넓고 거친 화강암 바위에 손끝을 박을 듯 짚으며, 선반처럼 튀어나와 있어 내가 늘 올라앉는 부분까지 올라갔다. 화강암은 다른 바위, 이를테면 손발을 지탱할 움푹한 부분이 수 없이 많은 석회암 따위와 많이 다르다. 화강암은 훨씬 둥글고 표면이 거친 가죽 같아서, 떨어지지 않으려면 정말로 실력이 좋아야 한다. 내가 의자로 삼는 부분은 마치 광대뼈처럼 수천 년 동안 바람과 비에 쪼이고 다듬어지면서 솟아올라 한쪽으로는 절벽을, 다른 한쪽으로는 대지를 바라보고 있다. 사실 그 부분은 중간쯤밖에 안 되고, 바위 전체는 거의 두 배가량 더 높이 솟아 있다. 전체 12미터에서 15미터쯤 되어 보이는 바위의 꼭대기는 완만하다. 솔직히 대부분의 아이들은 오르려 하지 않을 만큼 커다란 바위지만, 존은 겁먹지 않았다. 그런 존 역시 땀을 뻘뻘 흘렸다. 나는 그걸 보고 웃음기를 감추었다. 존에게조차도 식은 죽 먹기는 아닌 것이다.

둘이 앉기에는 바위 의자가 좁았지만, 우린 꼭 붙어 앉았다. 사상 지평선처럼 여기에도 물과 그래놀라 바를 미리 챙겨 두었더라면 좋았을 텐데 하는 생각이 정말 간절했다. 살을 태울 듯 내리쬐는 태양에 발밑의 바위도 지글지글 익어 있었다. 우린 숨을 몰아쉬었고 존은 바위벽에 등을 기대었다.

"나는 꼭대기까지 가는 줄 알았는데."

존의 말에 고개를 저었다.

"몇 번 연습해 봤는데, 이 위로는 더 가파르고 손 짚을 곳도 마땅치 않아."

잠시 후, 나는 덧붙였다.

"전망은 멋지겠지."

존이 고개를 끄덕였다.

"그렇겠네. 올라가 보고 싶으면 언제 같이 시도해 보자. 그때는 뭘 좀 챙겨 와야 되겠는데? 특히 물. 장난 아니게 뜨겁다."

존은 팔뚝으로 이마의 땀을 닦으며 웃었다.

"언제는 1억 5,000만 킬로미터 떨어진 데서 오는 광선쯤은 견딜 수 있다며."

존의 발을 툭 차며 말하자, 존은 내게 혀를 삐죽 내밀었다.

"견딜 수 있어. 그냥 뜨겁단 말을 하는 거야."

"음, 지구의 자기장이 아니었다면 넌 지금쯤 바싹 구운 토스트가 됐을 거야."

존은 머뭇거리다 맞장구쳤다.

"그래, 자기장."

자신 없는 말투였다. 존은 조금 창피해하는 얼굴로 덧붙였다.

"들어 본 적 있어. 근데 자세히는 아니고."

나는 미소 지었다. 이제 내가 선생님이 될 차례다. 나는 바위에 등을 기대며 말했다.

"태양이 태양풍이라는 입자의 흐름을 방출하는데, 그건 우리 지구의 오존층을 없애 버리고 여기를 화성 같은 사막으로 만들어 버릴 만큼 강력해. 그런데 지구의 자기장이 그 태양풍을 차단해 주는 거야."

"멋지다. 보이지 않는 힘의 장이구나."

"그렇지. 또 자기장 덕분에 나침반 바늘이 북쪽을 가리키고,

새들도 집으로 가는 길을 쉽게 찾을 수 있어."

마지막 말을 하는데 가슴이 서늘해졌다. 버드도 새들처럼 집으로 가는 제 길을 찾는 데 도움이 필요하면 어쩌지?

존이 붉은 꼬리 매를 쌍안경으로 바라보았다.

"있잖아, 주얼. 넌 진짜 똑똑해."

"아니야."

존이 지평선 멀리 있는 뭔가로 시선을 옮겼다.

"아니기는. 맞거든. 우리 동네 친구들 중에서 자기장 같은 거 아는 애는 하나도 없어."

아무 말도 하지 않았지만 나는 사실 정말로, 기분이 좋았다.

존은 쌍안경으로 이리저리 둘러보았다.

"이쪽으로 보면, 사상 지평선이 보여."

"정말?"

존이 내게 쌍안경을 주었다. 정말로, 나무숲과 그 숲 지붕을 뚫고 솟은 사상 지평선이 보였다.

"멋지다. 우리 거울로 메시지도 주고받을 수 있겠네. 나는 절벽에, 너는 사상 지평선에 있으면서."

존은 웃으며 대꾸했다.

"그냥 전화해도 되잖아."

"휴대폰이 없는걸."

입이 부루퉁해졌다. 하기 싫은 얘기였다.

존은 눈썹을 찌푸렸다. 이내 어깨를 으쓱하고 말했다.

"뭐, 거울로 메시지 주고받는 게 더 멋지긴 하지."

우리는 하늘에 흘러가는 구름들을 관찰하면서 그게 용인지 거북이인지 비행기인지를 두고 다투었다. 용이라는 내 주장이 먹혀든 후, 우리는 아주 조용해져서 그저 바라보고 또 생각했다. 갑자기 존이 말했다.

"가져도 돼."

나는 어리둥절해서 존을 보았다.

"내 쌍안경."

존이 쌍안경을 조금 들어올렸다.

"내가 사상 지평선에 있을 때 네가 날 볼 수 있게."

"그럼 너는 날 어떻게 봐?"

존은 미소 지었다.

"로봇 눈으로."

믿기지 않아 말도 나오지 않았다. 어제까지 절벽은 나만의 비밀, 누구도 나를 찾지 못하는 곳이었다. 나를 따라 화강암 바위를 올라올 사람도, 돌덩이들로 만든 동그라미의 의미가 무엇인지를 이해하는 사람도 있을 리 없었다. 그 절벽만이 유일하게 나를, 그러니까 내가 어떤 아이인지를 안다. 다른 사람들에게 이해받는 일을 난 포기했던 것 같다. 바로 여기서 존과 함께 앉아 이 모든 걸 생각하기 전까지, 내가 희망을 버렸다는 것을 깨닫지 못하고 있었다.

이루어지지 못할 일은 바라지 말아야 하는데, 어찌 된 건지 내게 그런 일이 이루어졌다.

바위에서 내려온 후, 땅 파는 막대를 꽂아 두는 좁고 마른 틈에 존의 쌍안경을 넣었다. 그리고 존에게 물었다.

"화살촉 찾아볼래?"

"어느 부족 건데?"

나는 어깨를 으쓱했다.

"아무도 몰라. 그래도 여기 사방에 있어. 난 우리 집 마당에서도 많이 찾아. 여기서도 찾고."

우리는 화살촉을 찾아 주변의 땅을 팠다. 기쁘게도 존이 정말 근사한 화살촉 하나를 발견했다. 오늘밤 베개 밑에 두고 자라고 존을 설득했다. 어쩌면 행운을 가져다줄지도 모른다고. 쌍안경에 대한 보답으로 뭔가를 주고 싶었는데, 절벽이 내 마음을 알고 화살촉을 준 것 같아서 기쁘기도 했다. 화살촉을 발견하던 순간에 존이 보인 얼굴을 나는 잊지 못할 것이다. 나무 밑에서 함께 땅을 파던 존이 갑자기 소리를 지르기 시작하더니 급기야는 어린애처럼 펄쩍펄쩍 뛰기까지 했다. 어찌나 신나 보이던지, 마치 자신이 우주 비행사가 되리라는 사실도 잊은 것 같았다.

저녁을 먹으러 집으로 향하는 길, 피부에 닿는 오후 햇살이 뜨거운 칼날 같았다.

"할아버지가 아직 더피가 있다고 생각하신다면, 쌀이 효과가 없었다는 거네?"

"아마도. 그래도 더피를 몰아내려고 정말 열심이셔."

신발이 자갈길 위에서 질질 끌렸다. 어디서 울고 있는지 매미 소리가 진동했다.

"더피를 없애기가 힘든 모양이구나."

이렇게 말하더니, 잠시 후 웃었다.

"어쩌면 너희 집 솔로도그가 지금 낮잠 자느라 집을 제대로 안 지키는 걸지도 몰라. 타코를 너무 많이 먹은 거지."

피부에 감각이 없었지만, 그냥 웃었다. 사실 그리 재미있게 들리는 얘기는 아니었다.

존은 말했다.

"자메이카 사람들만 더피나 영혼 따윌 믿는 건 아닌 것 같아."

"넌 왜 안 믿어?"

존은 한참 동안 대답하지 않았다. 그러다 낮은 목소리로 대답했다.

"만일 그런 영혼 같은 게 있다 해도 나한테는 관심 없을걸."

마음이 조용히 한숨을 내쉬었다. 땅 위에서 움직이는 그 많은 더피와 밴시[9]와 조상들의 영혼 중에서, 나무 구멍에 숨어 있거나 지붕 위에 앉아 있을 많은 천사들과 천국에 간 영혼들 중에서 단 하나도 존에게 관심을 두지 않을 거라고? 어떻게 그럴 수가?

"너랑 맞는 영혼이 아직 널 못 찾은 걸 거야."

나는 말했다.

"무슨 뜻이야?"

"영혼마다 끌리는 사람이 다른 거 아닐까? 친구처럼 말이야."

별로 자신 없는 얘기라 나는 눈을 내리깔았다.

"그러니까, 우리도 아무나하고 친구가 되는 건 아니잖아. 아무튼 내 생각엔, 너도 널 위한 영혼이든 천사든 그런 존재를 한 번 찾아보아야 하는지도 몰라."

나는 엉킨 머리카락을 잡아당기며 말을 이었다.

"우리 아빠는 누구나 태어날 때 신이 수호천사를 정해 준다고 믿으셔. 어쩌면 네 수호천사는 네가 입양되고 뭐 그러는 사이에 널 잃어버려서 지금 찾고 있는지도 모르지. 그리고 그 화강암 바위는 널 좋아해."

나는 생각만으로도 신이 나서 말했다. 하지만 존은 코웃음을 쳤다.

"바위가?"

"그래, 우리가 올라가서 기뻐했어."

존은 말이 없었다. 나는 진지한 표정으로 말했다.

"그렇지만 더피가 꼬이게 해선 안 돼. 그건 액운을 불러."

"액운. 그래."

존은 잠시 뜸을 들이다 이렇게 말했다.

"아무래도 별 차이는 없을 거야. 나는 곧 지구 밖 우주로 나갈 거니까."

나는 움찔했다. 존이 언젠가 영영, 영혼조차 존을 찾지 못할 정도로 멀리 가 버린다는 사실이 싫었다.

하지만 그런 생각을 계속할 틈이 없었다. 우리가 집 앞 자갈이 깔린 긴 진입로에 들어섰을 때, 현관 발코니 옆에 서 있는 할아버지가 보였기 때문이다.

우리를 기다리고 있었다.

# 9

존과 나는 아직 집에서 꽤 먼, 할아버지의 키가 한두 뼘 정도로 보이는 곳에 있었다. 하지만 그 거리에서도 낡은 흰 티셔츠를 입은 할아버지가 가슴에 팔짱을 낀 모습이 보였다.

"방 안에서 절대 안 나오시는 분 치고는, 나를 맞이해 주는 걸 참 좋아하시네."

존이 비꼬듯 말했다.

"저런 할아버지 모습 본 적이 없어."

존은 약간 불안해하며 웃었다.

"어떤 모습이든 아예 본 적이 없잖아."

그 말이 맞았다. 거기다 나는 할아버지가 식탁에서 바로 옆자리에 앉아 있을 때조차 절대 쳐다보지 않았다. 엄마, 아빠 역시 할아버지가 뭔가 필요하다고 할 때 외에는 마찬가지였고, 할아버지가 뭔가를 필요로 하는 일은 거의 없었다. 할아버지가 마치 유령처럼 산다고 쑥덕거리는 사람들도 있지만, 유령들은 무척이나 뚜렷하게 나타나니까 어울리지 않는 비유라고 생각했다. 내가 느끼는 할아버지의 존재는 유령이라기보다 우리 집 모든 곳에 얇게 쌓이는 한 겹의 먼지 같았다. 어느 정도 시간이 지나면 더는 눈에 띄지 않는 것이다.

적어도 얼마 전까지는 그랬다.

나는 마른침을 삼켰다.

"정말 우리 집에 저녁 먹으러 가고 싶어?"

존은 할아버지가 있는 정면을 똑바로 응시했다.

"내가 도망갈 것 같아?"

존은 더욱 성큼성큼 걸었다.

내 심장은 뜨겁고 끈적끈적하고 요란했다. 점점 집에 가까워지는데, 부엌 덧문을 열고 아빠가 나왔다. 아빠가 할아버지에게 뭐라고 말하더니(내용이 들릴 만큼 가깝지는 않았다.) 할아버지의 팔을 당겨 안으로 모시고 들어갔다.

안으로 들어가며 할아버지가 우리 쪽으로 고개를 돌렸다. 그리고 덧문이 탕 닫혔다. 이전까지 우리 집을 작다고 생각하지 않았는데, 안에 있는 할아버지와 이 상황을 생각하자 그렇게 느껴졌다. 저녁을 먹는 것은 둘째치고 우리가 숨을 쉴 공간조차 있을까 의심스러웠다.

"오늘은 엄마가 음식 하는 날이야. 엄마 음식은 먹을 만해."

나는 할아버지에 대한 생각을 밀어내려고 애쓰며 말했다.

"먹을 만하다고?"

존은 하늘을 가로지르는 비행기를 흘깃 올려다보았다.

"음, 접시 위에 납작한 숯덩이 같은 게 올라와 있으면, 고기인 줄 알면 돼."

존은 웃었다.

"알았어. 오늘 그런 숯 고기를 주시면, 실수로 접시를 바닥에 떨어뜨리면 되겠다."

"아니야, 그러지 마. 엄마는 그거 주워다가 물에 씻어서 줄 거야. 진짜야."

존은 더 크게 웃었고 어느새 나도 웃고 있었다. 엄마에 대해 이렇게 기분 나쁘지 않은 농담을 하다니, 기분이 묘했다. 영원히 바깥에서 존과 농담이나 했으면.

현관문을 열자 그런 마음이 더욱 간절해졌다.

엄마는 부엌에서 냄비 몇 개에 뭔가를 끓이고 있었다. 부엌은 후덥지근했고 요상한 냄새가 가득했다. 나는 민망함에 쪼그라들어, **거 봐, 내가 뭐랬어**? 하는 표정으로 존을 보았다. 존은 엄마를 보며 미소 지었다.

"로즈, 안녕하세요? 냄새가 좋은데요."

"새로운 요리를 시도해 봤어."

엄마는 대답했다. 출근할 때 입은 옷에서 티셔츠와 반바지로 갈아입고 머리도 틀어 올린 모습이었다.

"육즙 치킨이라는 거야."

"육즙 치킨이요?"

나는 물었다.

"닭을 익힐 때 나오는 육즙으로 소스를 만드는 요리지."

엄마는 자신만만하게 대답했다.

닭은 냄비 속에서 금방이라도 폭발하거나 하늘로 솟아오를 듯이 끓고 있었다.

"아빠는요?"

"할아버지랑 같이 계셔."

엄마의 대답은 차분했다. 너무 차분했다.

나는 굳어 버렸다.

"우리 언제 먹어요?"

존이 조리대 위에서 어설프게 썰려 뒤죽박죽 섞여 있는 음식 재료들을 흘깃 보았다.

"금방. 너 얼굴 괜찮은가 좀 보자."

엄마는 존의 턱을 부드럽게 들어올렸다. 엄마는 속상한 표정을 하더니 얼음주머니를 또 건네주었다.

"둘이서 식탁 좀 차릴래?"

엄마는 우리에게 접시 다섯 개를 건넸다.

나는 숨을 죽였다. 접시 다섯 개. 한 사람에 하나씩.

축구장만 한 식탁이라 해도 너무 좁을 것만 같다.

엄마는 닭고기와 밥을 자랑스럽게 식탁에 올렸다.

"이거 아무래도 우리의 새로운 가족 요리가 될 것 같은데. 정말 굉장히 쉽더라고."

엄마는 말했다. 나는 퍽퍽하고 질겨 보이는 고기 덩어리들 앞에서 눈을 끔뻑였다. 엄마가 마치 쇠톱으로 마구 자른 듯한 모양새로 뼈를 발라, 불에다 딱딱하게 익힌 고기였다. 위에는 묽고 우중충한 육즙 소스가 뿌려져 있다.

"맛있겠어요."

내 말과 동시에 존이 말했다.

"배가 고파서 다행이에요."

엄마는 미소 짓더니, 고기를 한 덩이씩 찍어 존과 나에게 주었다.

아빠와 할아버지의 자리는 비어 있다.

두 사람이 있어야 할 자리를 흘깃 본 엄마의 눈에서 미소가 사라졌다.

"너희 둘 오늘 오후에 어디 갔었니?"

엄마 입에서 **너희 둘**이란 말을 들으니 기분이 이상했다. 주얼과 존. 엄마 역시 은근히 즐기며 말하고 있다.

존이 자기 접시 위의 닭고기 한 덩이를 푹 찍어 입에 넣었다.

"나무에 올라갔어요."

"그랬어?"

엄마로서는 자제하여 대답한 것이다. 엄마는 내가 나무에 오르는 것을 좋아하지 않는다.

"넵."

존은 대답했다. 아빠가 방에서 할아버지와 이야기를 나누고 있다. 낮고 긴장된 목소리로.

"주얼, 존한테 나무에 같이 올라가자고 강요하면 안 돼."

엄마는 기분 좋은 목소리를 내려고 애쓰며 말했다.

"주얼은 강요하지 않았어요. 전혀요. 사실, 제가 먼저 올라가자고 했는걸요."

"그래?"

"넵. 나무는 중력 시험을 하기에 가장 좋은 장소잖아요. 물론, 가장 낮은 가지에서요."

"그렇구나."

엄마가 존의 말을 믿어야 할지 고심하는 것처럼 보였다.

존의 시선이 거실 벽에 걸린 말굽 바로 아래, 할아버지가 못으로 박아 둔 붉은 스웨터로 향했다.

"저기, 저건 왜……"

그때 할아버지 방문이 딸깍 열렸다. 아빠만 밖으로 나왔다. 맨발을 무겁게 바닥에 끌면서. 평소보다 더 지쳐 보였다.

엄마는 아빠에게 말했다.

"나이젤, 이 아이가 전에 말한 주얼 친구야."

아빠는 존을 머리에서 발끝까지 훑더니 검은 피부색, 그리고 뺨을 보았다. 아빠는 존이 앉은 곳으로 다가왔다.

"만나서 반갑구나. 주얼 아빠다."

아빠는 존의 어깨에 손을 얹었다.

"존이라고 합니다."

아빠 눈이 휘둥그레 커졌다.

"존?"

외로운 이름이 허공에 머물렀다. 아빠는 **왜 진작 말하지 않았어?** 하고 묻는 눈빛으로 엄마를 보았다. 다시 존을 살펴보는 아빠의 눈은 가늘고 날카로웠다. 존의 피부를 뒤집고 속을 파헤쳐 버드를 찾으려는 것처럼.

존이 어색해했다.

"나이젤……"

말리는 엄마 목소리에 아빠가 재빨리, 불안한 말투로 말했다.

"음, 잘 왔다."

아빠는 자리에 앉아 밥을 산더미처럼 자기 접시에 퍼 담았다. 닭고기는 담지도 않고 소스만 뿌렸다. 우리 중 아무도 할아버지가 앉는 의자를 쳐다보지 않았다.

"아이오와에 와 보니 어떠니?"

물어보는 아빠의 시선이 존의 얼굴에 머물렀다.

"완전히 다른 행성 같아요."

존이 눈을 커다랗게 뜬 채 대답했다. 아빠 입술에 희미한 미소가 찾아왔다.

갑자기 뭔가 부서지는 날카로운 소리가 할아버지 방에서 났다. 유리가 깨지는 소리 같았다.

길고 끔찍한 정적이 흘렀다. 나는 접시를 내려다보았다.

"괜찮은 거예요?"

존이 물었다. 찌푸린 눈썹에는 걱정이 가득했다. 또는 혼란스러움이.

"할아버진 괜찮으시다."

아빠가 말했다. 나는 배가 고프지 않은데도 닭고기 한 조각을 더 가져왔다.

"우리한테도 존이라는 아들이 있었어."

아빠가 갑작스레 말했다.

"아, 정말요?"

존이 아주 예의 바르게 대답했다.

엄마가 아빠에게 못마땅한 눈빛을 쏘았다. 아빠는 이어갔다.

"그래. 내가 지어 주었지, 존이라는 이름을."

"여보, 그만해."

엄마가 나직이 말했다. 나는 엄마를 흘깃 보았다. 얼굴이 굳어 있었다. 그런 엄마를 보는 것만으로도 긴장되었다.

할아버지 방에서 쿵쿵거리는 소리가 연이어 들려 왔다.

"얼마나 더 많은 계시가 필요해, 로즈? 존……이라는 아이가 여기 와서 주얼과 친구가 될 확률이 얼마나 된다고 생각해?"

"정신 나간 소리 하지 마, 나이젤. 그럴 확률은 사실 꽤 높아."

엄마 얼굴에 떠오른 이상한 표정을 보자 두려워졌다. 나는 존에게 물었다.

"닭고기 좀 더 먹을래? 아니면 물 줄까?"

여전히 아빠를 보며 엄마는 말했다.

"주얼이랑 존이 저녁 맛있게 먹게 두란 말이야."

나는 일어섰다.

"내가 물 갖다 줄게. 얼음 필요한 사람?"

"나 얼음 필요해."

존이 말했다. 물에 넣을 건지 뺨에 댈 것인지 헷갈렸다.

방이 있는 쪽 복도에서는 계속 쿵쿵 소리가 났다.

"당신은 지금 현실을 외면하는 거야, 로즈."

아빠의 목소리는 점점 날카로워졌다.

"주얼도 알 건 알도록 내가 가르쳐 줘야 한다고."

속이 울렁거렸다.

"전 괜찮아요."

나는 누구에게랄 것도 없이 대답했다. 왜 아빠는 이토록 밀어붙이는 걸까?

존의 머리는 테니스 경기를 보는 관중처럼 우리들 사이를 왔다 갔다 했다.

아빠가 침착하게 말했다.

"영혼의 세계에 대해 주얼도 알아야 해. 주얼이 존을 만난 건 우연이 아니야. 적어도 이건 불길한……"

엄마가 일어나 식탁에 한 손을 쾅 내리쳤다. 그 힘에 식탁이 들썩였다. 고요함이 공기 속에 축축하게 늘어졌다. 우리는 엄마를 바라보았다.

들리는 거라곤 할아버지 방에서 쿵쿵거리는 소리뿐이었다.

"앉아, 주얼. 물은 내가 가져올게."

엄마가 조용히 말했다. 내가 일어서 있었다는 것도 미처 깨닫지 못했다. 자리에 앉는데 속이 울렁거렸다.

그 후로 우리는 조용했다. 우리 셋은 엄마가 부엌 수도꼭지를 트는 소리, 높은 수압이 유리잔으로 물을 밀어내는 소리를 들었다. 엄마가 돌아와 차분히 우리 앞에 잔들을 놓았다.

존이 얼음주머니를 볼에 대었다.

"닭고기 진짜 맛있어요, 로즈."

존이 엄마를 로즈라고 부르는 순간, 아빠의 눈썹이 휙 올라갔다. 존은 자기 접시 위 마지막 닭고기 조각을 씹고는 물을 마셔 꿀꺽 삼켰다.

"바비큐로 만들어도 아주 맛있겠는데요."

"그래?"

엄마 목소리에는 여전히 긴장감이 가득했다.

"넵. 숯 바비큐요."

존은 내게 슬쩍 미소를 지어 보였다. 나는 웃음을 터뜨렸다.

그리고 외쳤다.

"숯 많이 써서요!"

엄마, 아빠 앞에서 웃음 발작이 일어났다. 그 순간 내 안에 뭐가 들어왔는지는 알 수 없었지만, 그게 무엇이건 요란하고 두렵고 자유롭게 터져 나왔다. 아마도 전염성이 있는 것이었나 보다. 잠시 놀라던 존 역시 같이 웃기 시작했고, 결국 우리는 목젖이 보이도록 배를 잡고 깔깔대는 한 쌍이 되어 버렸다.

엄마, 아빠는 서로를 쳐다보았다. 우리가, 아니 내가 왜 이러는지 영문을 모르겠다는 듯.

솔직히, 난 상관없었다.

그 후 존과 나는 통제 불능이었다. 우린 눈물까지 흘리며 웃어 댔다. 숨이 차 꺽꺽거리는 우리를 밖으로 내보내고 엄마, 아빠가 부엌을 정리했다. 평소에는 식사 후에 식탁을 그대로 두고 나오는 일이 없지만, 나는 존과 함께 손에 신발을 들고 비탈진 뒷마당을 달려 나갔다. 아빠의 텃밭도 지났다. 발에 닿는 풀잎들이 보드랍고 따뜻했다.

"너희 부모님 표정 봤어?"

"다 너 때문이잖아! 거기서 숯이 왜 나와!"

진탕 웃어서 쉰 목소리로 외쳤다. 존이 몸을 숙이더니 풀을 뜯어서 내게 던졌다. 나는 겨우 풀 몇 개를 존의 셔츠 속에 넣는데 성공했다. 우리는 땀에 젖을 때까지, 풀들이 피부며 얼굴이며 머리카락에 온통 달라붙을 때까지, 어두워진 하늘 한 편에서 천천히 별들이 깜박여 올 때까지 실컷 풀싸움을 했다.

"근데 너희 부모님 왜 그러신 거야?"

"나도 몰라."

피부 속에서 이상한 기분이 스멀거렸다.

"평소엔 절대 이렇게 안 싸우셔. 버드 얘기로는 절대."

"내 이름이 존인 건 나도 어쩔 수 없어."

존은 두 팔을 펼치며 말했다.

"알아, 하지만……"

"하지만 뭐?"

나는 존을 보았다.

"우리가 만나 친구가 될 확률이 얼마나 될까?"

"존은 정말 흔한 이름이야."

"그래도 아빠는 너랑 만난 걸 불길하게 여기는 것 같아."

멈출 틈도 없이 말이 나와 버렸다. 존은 코웃음 쳤다.

"내가 무슨 짓을 저지를 수 있는데?"

존의 말투에 서늘한 기분이 들었다.

"몰라. 그래도 아빠는 정말 걱정하시는 것 같아."

존이 고개를 돌렸다. 한참 지난 후, 존이 다시 나를 보았다. 이제 존의 얼굴에서 이상한 느낌이 사라졌다.

"너희 할아버지 뭐 하고 계셨던 것 같아?"

존은 물었다. 나는 이마에서 풀을 떼며 대답했다.

"전혀 모르겠어. 화가 나신 건 확실했지만."

"책을 읽으신 건 확실히 아니지. 왜 저러시는지 정말 몰라?"

"버드가 죽기 전에는 정상이셨어."

속이 울렁거렸지만 무시하며 말했다. 존은 목을 젖혀 하늘을 보았다.

"야, 저거 보여? 목성이야."

존은 반짝임도 없이 환한 별 하나를 가리켰다. 차분하고 아름답게 걸려 있는 별이었다.

"목성?"

작은 목소리로 물으며, 수백만 킬로미터 너머의 하늘을 올려다보았다. 별들은 할아버지가 말문을 닫건, 존이라는 이름의 친구를 사귀건, 가족의 비밀들이 끝도 없이 겹겹이 쌓인 지층 같건 말건 상관하지 않아서 좋았다.

"그냥 별들이랑 어떻게 구분해?"

"별들은 반짝거려. 행성은 안 그래. 반짝반짝 하지 않으면 그건 행성이거나 인공위성이거나 천천히 움직이는 혜성이야."

존이 한쪽 발로 다른 쪽 다리 뒤를 긁었다.

"하지만 저건 확실히 목성이야. 불그스름한 색이 보이거든."

아빠의 정원에서 나는 로즈마리 향기, 우리를 더피에게서 지켜 주어야 하는 향기가 우리가 서 있는 곳까지 퍼져 왔다. 나는 아빠가 식사 챙겨 드리는 것을 잊어 할아버지가 배고프진 않을지 걱정되었다. 혹은 슬프진 않을지. 그렇게 생각하고는 스스로 놀랐다. 지금까지 내게 할아버지는 늘 화가 난 사람일 뿐이었기 때문이다. 배고파하는 할아버지를 떠올려 본 적이 없었다. 슬퍼하는 할아버지도.

존과 나는 하늘로 고개를 젖힌 채, 어둠 속에 떠올라 지구의 불침번을 서는 별들을 목이 아파 올 때까지 바라보았다. 모기들의 습격이 너무 심해져서 정신없이 몸을 때리며 잡을 때가 되어서야 존은 집으로 돌아갔고 나도 집 안으로 들어갔다.

집은 조용했고, 티브이도 꺼져 있었다. 할아버지 방에서 나던 이상한 소리도 멈추어 있었다. 하지만 내 마음은 충만했고 한껏 부풀어 있었다. 할아버지가 존을 때린 것이 바로 어제 일이었지만, 머나먼 옛날 일처럼 느껴졌다. 어떻게 존은 이리 좋은 친구가 되어 주면서도 언제든 모두를 떠나 지구 밖으로 나갈 준비를 하는 걸까?

그때, 부엌 바닥에 있는 뭔가가 눈에 띄었다. 존의 화살촉이었다. 주머니에서 떨어진 모양이구나, 짐작하며 주워들었다. 존이 오늘 밤 베개 아래에 넣어 두기로 한 화살촉이다. 나는 화살촉을 꼭 쥔 채 신발을 신고 집을 빠져나갔다.

하늘이 이렇게나 거대해 보인 적이 없었다. 어두운 지구 위를 나아가는 개미가 된 기분으로 고운 자갈길을 달려서 낮은 언덕의 오르막길을 올랐다가 반대편을 향해 내려갔다. 모기도 건드리지 못할 만큼 빨리 뛰었다. 놀랍게도, 나는 밤늦게 맥라렌 아저씨네 문을 두드리는 일에 긴장하지 않았다. 설사 다른 가족들이 일찍 잠자리에 들었다 해도, 지금 막 집에 들어간 존은 깨어 있을 것이다.

하지만 다른 가족들이 자고 있으리란 염려조차 필요 없었다. 그 집의 모든 창문들이 환히 밝혀져 있었다. 아마도 우리 집처럼 전기세를 걱정하지 않는 모양이었다. 따뜻하고 생기 있는 집이었다. 삶의 활기로 가득 찬.

벨을 누르자 안에서 발소리가 들렸다. 나는 화살촉이 보이지 않게 두 손으로 감싸 쥐었다.

문이 열렸고 맥라렌 아저씨가 앞에 서 있었다. 짧게 깎은 가느다란 머리카락에, 웃고 있지 않아도 입가에 주름이 지는 아저씨는 내 기억보다 키도 더 크고 나이도 더 들어 보였다. 갑자기 자신감이 사라졌다.

아저씨는 놀란 표정으로 나를 내려다보았다.

"왜 그러냐, 주얼? 무슨 일이야?"

목덜미가 달아올랐다.

"저…… 그냥 존한테 줄 게 좀 있어서 왔어요."

"존?"

맥라렌 아저씨가 눈썹을 찌푸렸다.

"존이 누구냐?"

# 10

다음 날 아침, 나는 구덩이를 수없이 팠다. 내 돌들이 있는 곳에서 어느 때보다 멀리 땅을 파 나갔다. 단단하게 다져진 땅속 깊숙이 막대를 꽂으며 구덩이를 파고 또 팠다. 주머니는 조약돌로 가득 찼고, 존이 한 거짓말의 무게로 무거웠다.

아니, 누구인지 모를 그 아이의.

온몸이 아팠다. 상상할 수 있는 가장 서글픈 아픔이 피와 손톱과 간에까지 번졌다. 이렇게까지 아플 줄 몰랐다. 맥라렌 아저씨의 목소리가 내 마음에 박힐 줄도 몰랐다. 끔찍한 한마디가 도무지 떨쳐지지 않는다. **존이 누구냐**?

마음속 아픔이 갑자기 날카로워져, 나는 이를 악물었다.

어쩌면 그토록 멍청했을까?

**톡**, **톡**, **톡**. 돌멩이 세 개를 묻었다. 접착제로 영원히 붙여 버려야 할 존의 한심한 입을 생각하면서. 그리고 어제 저녁, 엄마가 흥분하고 불안해하던 모습을 생각하며 또 하나를 묻었다. 이곳에 오다가 삐끗한 내 발목을 생각하며 두 개를 묻었다. 다시는 존에게 말을 걸지 않으리라 생각하며 돌멩이 열 개를 묻었다.

묻어야 할 돌이 많다. 아주 많다.

생각에 빠져 있느라 뒤에서 나는 발소리조차 듣지 못했다.

"여기 있을 줄 알았어."

화들짝 놀라 돌아보니 존이었다. 목이 죄는 느낌이었다.

"나 어제 맥라렌 아저씨네 갔었어."

나는 날카롭게 말했다.

"알아."

존은 반바지 주머니에 손을 더욱 깊숙이 넣었다.

"너희 삼촌이라며."

"삼촌 맞아."

존은 내가 아니라 땅을 보았다.

"아니잖아."

"맞아."

"거짓말 그만해."

목소리가 높아졌다. 손으로 돌멩이들을 꽉 쥐었다.

"아저씨는 네가 누군지조차 모르시던데. 네가 진짜 사는 곳이 어디야?"

"거기 살아."

눈 깜짝할 사이에 나는 돌멩이 하나를 존에게 던졌다. 돌멩이는 존의 어깨 위로 넘어갔다. 존이 입을 벌리고 미친 사람을 보듯이 나를 보았다. 존 못지않게 나도 놀랐다.

"가."

"주얼, 너한테 할 얘기가 있어."

"가라니까!"

돌멩이들을 존에게 마구 던지기 시작했다. 하나, 또 하나, 내 안의 모든 아픔들을 존에게 던졌다. 존이 달려와 내 한쪽 손목을 두 손으로 잡아 비틀었다. 어느새 나는 팔을 잡힌 채 막 뒤집어 놓은 흙 위에 무릎을 꿇고 있었다.

"이거 놔!"

버둥거리며 외쳤다. 통증이 팔꿈치와 어깨를 스쳤다.

"할 얘기가 있단 말이야."

"듣고 싶지 않아."

나는 더욱 몸부림쳤다.

"제발 좀! 내 이름은 존이 아니야, 알겠어? 이제 됐어?"

나는 굳은 얼굴로 존을 보았다.

"뭐? 그게 무슨 소리야?"

존의 얼굴 전체가 일그러졌다.

"내 이름은 유진이야."

"이름을 속인 거야?"

몸부림이 생각보다 강했는지, 존의 두 손이 내 손목을 정말로 세게 붙들고 있었다. 한참 머뭇거리다 그는 나를 보지 않고 대답했다.

"그래. 하지만 처음부터 그럴 생각은 아니었어."

"왜 거짓말을 했어? 뭘 노린 거야? 왜 거짓으로……"

그의 얼굴에 있던 온순한 표정이 사라졌다.

"그게 뭐 대수야?"

그는 내 팔을 놓더니 성큼성큼 걸어가 버렸다. 나는 얼른 일어나 무릎에 묻은 흙을 털고 뒤를 쫓으며 외쳤다.

"'유진'이라는 이름이 뭐가 어때서?"

그가 뒤돌아섰다. 뜨겁고 화난 눈빛이다.

"그건 잭의 아버지 이름이란 말이야."

잭. 그의 양아버지다. 여전히 이해가 가지 않았다.

"우리 엄마는 나한테 이름 하나 지어 주지 않은 거야."

그가 두 손으로 주먹을 쥐었다.

"그럼 네 **진짜** 아빠 이름이 존이었어?"

갑자기 소리를 질렀다.

"몰라! 나는 아무것도 모른다고. 알겠어?"

그는 돌아섰다.

존이, 미래의 우주 비행사이자 세상에서 가장 좋은 선생님이 될 자질이 있는 아이가 아무것도 모른다고 하니 기분이 이상했다. 물론 모른다는 건 낳아 준 부모에 대해서일 뿐, 목성이나 기압이나 준성에 대해서가 아니다. 하지만 그 말을 듣는 순간 내 기분은 비틀린 나무 같았다. 언제는 모르는 게 없는 것 같던 아이가 이제는 아무것도 모른다고 한다.

마른침을 삼켜 봐도 그 기분은 가시지 않았다.

"내가 벨 눌렀을 때 너 집에 있었어?"

나는 물었다.

"응."

그는 발끝으로 흙을 팠다. 나는 팔짱을 끼었다.

"그런데 왜 나한테 아무 말 안 했어?"

"삼촌한테 먼저 설명하느라고. 삼촌이 알면 엄청나게 화를 내실 테니까."

그는 조용히 대답했다.

"그러면 나는 화가 안 나고?"

"넌 이해 못해."

그 말이 맞다. 아무것도 이해하지 못한다. 어쩌면 그리도 아무렇지 않게 자기 이름을 존이라고 말할 수 있는 걸까? 화가 치밀었다. 나도 내 이름이 싫지만 동네 사람들에게 내가 제니라고 말하고 다니지는 않는다. 그리고 다른 이름으로 불리고 싶었다면 왜 샘이나 톰이라고 하지는 않았을까?

해가 3센티미터는 움직였을 만큼 긴 침묵이 흘렀다.

그는 땅과 풀을 보며 안절부절못했다. 내가 묻은 돌멩이 가운데 몇 개가 흙 위로 고개를 내밀고 있었다.

"왜 돌을 묻는 거야?"

그가 물었다. 나는 어깨를 으쓱하고는 뒤돌아서 절벽을 뒤로 하고 오솔길로 향했다. 그 애에게 비밀이 있다면, 내게도 있다.

"주얼."

그가 내 앞을 막아섰다.

"우리가 친구라고 한 거 진심이었어."

"그럼 내가 널 뭐라고 불러야 하는데?"

목소리가 생각보다 더 날카롭게 튀어나왔다.

"존이라고 불러."

나는 어이없다는 표정을 지어 보였다. 그는 크게 숨을 들이마셨다.

"정말이야. 존이라고 불러."

"그래?"

잠시 그가 어린 꼬마처럼 보였다.

"존을 내 비밀 이름으로 삼을 순 있잖아. 나는 유진이라고 불리는 게 싫어. 존이라는 이름, 좋잖아. 단단하잖아."

그는 두 주먹으로 가슴을 쳤다. 탕탕, 고릴라처럼. 나는 웃어 버렸다. 어쩔 수 없었다.

"나는 존일 때 기분이 좋아."

그의 목소리도 안정을 찾았다. 내게 한 손을 내밀었다.

"화해할까?"

입술이 부루퉁하니 튀어나왔다. 이름을 바꾸면 자기 기분도 바뀐다고? 어떻게 그럴 수가 있지? 그때 어쩌면 할아버지가 오빠에게 버드라는 별명을 붙여 준 것도 그래서인가, 하는 생각이 들었다. 할아버지는 버드가 한없이 강한 기분, 하늘을 날아오르는 기분을 느끼길 바랐는지도 모른다.

나는 그 손을 잡았다. 천천히.

"그래."

하지만 확신이 없었다. 더는 무엇에도.

집에 돌아오자 아빠가 티브이로 축구 중계를 보고 있었다. 미식축구가 아닌 그냥 축구 말이다. 미국인들은 '사커(soccer)'라고 부르지만 사실 '풋볼(football)'이라고 하는 게 더 말이 된다. 미식축구 선수들은 대체로 발이 아니라 손을 쓰기도 하고. 어쨌든 축구는 아빠가 지금까지 가장 좋아하는 운동 경기이다.

아빠가 경기에 몰입해 있는 것 같아서 나는 방으로 가 종이에 들꽃을 그리려 했는데, 아빠가 말을 걸었다.

"어디 갔다 왔니, 주얼?"

나는 멈춰 섰다.

"존이랑 잠시 놀았어요."

거짓말이었다. 우리는 놀지 않았다. 우리는 싸웠다. 가면 안 되는 절벽에서. 그리고 그 애의 이름은 존이 아니다. 고작 몇 마디로 거짓말을 몇 가지나 하는 건가? 안으로 조금씩 스며드는 자괴감을 억눌렀다. 거실에서 달아나 이불 아래에 숨고 싶을 만큼 스스로 추하게 느껴졌다.

"그 애, 존 말이다. 좀 그렇더구나."

아빠는 말보다 훨씬 많은 것들을 이야기하는 눈으로 나를 보았다.

"뭐가요?"

조심스레 물었다. 아빠가 혹시 존의 이름에 관해 알고 있나? 그때, 나 역시 존에 대해 잘 모른다는 것을 깨달았다. 어쩌면 아빠가 옳을지도 모른다. 어딘가 이상한 데가 있으니까. 마음 한 구석에서는 그의 비밀을 지켜 주는 일에 후회가 몰려왔다.

"네 엄마를 로즈라고 부르고 말이야."

아빠는 얼굴을 찌푸리고는 다시 티브이 쪽을 향했다.

"아이가 어른을 부르는 말은 아니지. 예의가 없잖아."

"엄마가 그렇게 부르라고 해서 그런 거예요."

아빠는 고개를 절레절레 흔들었다. 엄마와 나, 존 가운데 누가 못마땅하다는 건지 알 수 없었다.

"엄마는 그런 게 중요하지 않다고 생각하는데, 사실 중요해."

아빠는 날 오랫동안 쳐다보았다.

"가장 사소한 것들이 가장 중요한 것들이라고."

아빠가 무슨 말을 하는 건지 알 도리가 없었다.

"그냥…… 조심해라."

아빠는 얼마 동안 티브이를 빤히 보았다.

"우리 가족 주위에 존이라는 아이가 있는 건 참……. 뭐든 우리 집에 액운을 불러와서는 안 돼."

세게 마른침을 삼켰다. 내가 유진을 '존'이라 부르면 더 큰 액운을 불러올까? 갑자기 대화를 하고 싶었다. 엄마, 아빠와 지금까지 한 것보다 더 많은 이야기를 하고 싶었다. 버드에 대해, 할아버지에 대해, 침묵에 대해 물어보고 이젠 완전한 답을 얻고 싶었다. 가슴속 답답함을 조금은 덜어낼 셈으로, 나는 물었다.

"아빠, 어젯밤에 할아버지는 뭐 하고 계셨어요?"

아빠는 내게로 고개를 휙 돌렸다.

"뭐?"

"존이 왔을 때요. 방에서 할아버지가 뭘 하시느라 그런 소리가 난 거예요?"

나는 아빠를, 아빠는 나를 보았다. 아빠는 내가 대답을 기다린는 것을 알았다. 아빠의 표정은 거의 두려움에 가까워 보였지만, 곧 그 표정을 지워 버렸다.

"기분 안 좋은 일이 좀 있으셨던 거다."

"어떤 일이요?"

아빠는 고개를 저었다. 나는 거기 서서 기다렸다.

"이 이야기는 하지 말자꾸나."

"무슨 일이었는데요? 왜 하지 말아요?"

아빠는 티브이 볼륨을 높였다.

"지금은 안 돼. 아빠 경기 보고 있잖아."

아까와 같은 날카로운 슬픔이 나를 다시 덮쳤다. 나는 눈을 가늘게 뜨고 아빠와 티브이 사이에 가서 섰다.

"저하고 이야기하시면 안 되는 게 뭔데요?"

"주얼."

아빠 목소리는 더 커졌다. 짜증이 담겨 있었다.

"할아버지가 왜 기분이 안 좋으신지 나도 알면 안 돼요?"

"너 아빠한테 말투가 이게 뭐냐."

"저도 알고 싶단 말이에요."

목소리가 높아졌다. 나는 팔짱을 꼈다. 존에게 돌멩이를 던졌을 때의 기분이 다시 밀려왔다. 스스로에게 놀라면서도 강해진 기분. 계속 티브이만 보려는 아빠를 이해하기 어려웠다. 나를 없는 사람처럼 대하는 태도에 이를 악물었다. 할아버지가 우리들 앞에서, 내 친구 앞에서 큰 소동을 일으켰다면 나는 그 이유를 알아야 하는 것이 아닌가? 어째서 알 자격이 없다는 걸까?

그때 할머니 사진이, 언덕 위에서 나풀거리는 흰 원피스를 입고 찍은 그 사진이 거실 벽에서 떨어졌다.

바람은 전혀 불지 않았다. 벽을 두드린 사람도 없었다. 그냥 그렇게, 눈 깜짝할 사이에 사진이 바닥으로 떨어졌다.

아빠는 할머니 사진을, 그리고 나를 빤히 보았다. 나도 무서웠지만 움직이지 않았다.

"저도 알고 싶다고요."

또 한번 말했다. 아빠가 헛기침을 하더니 이상한 목소리로 말했다.

"할아버지는 존이 더피라고 생각하신다."

입 안이 바짝 말랐다.

"존이요? 존은 더피가 아니에요."

"쌀을 뿌리신 것도 그 아이 때문이야."

아빠는 입술을 꾹 다물더니 리모컨을 잡고 티브이를 껐다.

할아버지가 존과 함께 옥수수 밭으로 달려가려는 나를 왜 막았는지, 결국 달아난 내게 왜 그토록 화를 냈는지도 다 이해가 된다. 존을 더피라고 생각했기 때문에 할아버지는 당연히 땅에다 쌀을, 집 안 바닥에는 소금을 뿌린 것이다.

"그래서 존을 처음 보신 날, 바닥에 엑스자를 그리셨구나."

나는 혼잣말을 했다. 아빠는 얼굴을 찡그렸다.

"그건 엑스자가 아니었다, 주얼. 로마 숫자로 10이야."

9보다 큰 숫자는 더피를 쫓아 준다. 아빠는 한숨을 쉬고 "됐냐?" 했다. 우리 대화가 완전히 끝났기를 바라는 듯이.

"존은 더피가 아니에요."

나는 더 크게 말했다.

"더피는 우릴 속이려고 사람 모습을 하고 나타난다."

등골이 오싹했다.

"정말이에요?"

아빠는 고개를 끄덕였다.

"그래도 존은 더피가 아니에요."

이번에는 자신이 없었다. 아빠가 손바닥으로 머리카락을 쓸어 올리고는 시선을 돌렸다. 그때 생각났다.

"할아버지가 몇 가지 일들로 기분이 안 좋으시다고 하셨죠? 다른 이유가 더 있는 거예요?"

나는 조심스레 물었다. 아빠는 자리에서 일어섰다.

"이제 그만하자."

더는 아무 말 없이 아빠가 거실에서 나갔다. 적어도 그 이유 한 가지는 안다. 더피에 대해 이야기하면 더피의 관심을 끌어서 집 안으로 불러들이기 때문이다.

우리 둘 다 할머니 사진이 떨어지는 것을 보았다. 더피가 이미 여기에 있다는 뜻이다.

사실은 할머니 사진 뒷면의 작은 금속 받침대가 헐거워져서 사진이 떨어진 것이었다. 떨어진 액자를 주우며 나는 그것이 손을 델 만큼 뜨겁거나 갑자기 집 안을 날아다니는 건 아닐까, 하는 생각까지 했다. 하지만 그저 차갑고 생명 없는 사진 액자일 뿐이었다. 액자를 다시 벽에 걸다가 보았다. 스치듯 반짝, 하는 빛을.

나는 움직임을 멈췄다. 벽 바로 앞 바닥, 조금 전 할머니의 액자가 떨어졌던 자리의 카펫 속에 거의 숨겨지다시피 금빛 고리가 있었다. 가느다란 목걸이였다. 다가가 주워 들자, 목걸이가 불빛 아래에서 빙그르르 돌며 반짝였다.

아름다웠다. 마음을 고요하게 만드는 아름다움이었다.

입술을 깨물었다. 이건 얼마나 오랫동안 여기에 있었을까? 빛과 무게만으로도 진짜 금이라는 걸 알 수 있었다. 그 말은 곧 엄마 것이 아니라는 뜻이다. 금으로 된 엄마의 액세서리는 귀걸이 한 쌍뿐이다. 엄마가 잃어버렸다면, 분명 우리에게 찾는 것을 도와 달라고 했을 테지.

마른침을 삼켰다. 어쩌면 더피가 둔 것일지도 모른다. 정말 그렇다면 목에 걸지 않는 편이 현명하다. 나는 엄지와 검지로 금 목걸이 줄을 자꾸만 쓸었다. 다시 생각해 보면, 이건 그냥 목걸이인지도 모른다. 엄마라면 분명 그렇게 말할 것이다.

걸쇠를 열고 목걸이를 목에 둘러 보았다. 어른이 된 기분이다. 여태까지 진짜 금으로 된 액세서리를 해 본 적이 없었다. 누군가 물어보면 그냥 주웠다고 해야지. 거짓말은 아니니까. 목걸이는 내 티셔츠에 완벽히 가려졌다.

방으로 가서 그림 그릴 종이를 꺼냈지만, 집중할 수 없었다. 침대에 누워 목걸이를 만지작거리며 천장을 바라보았다. 할아버지는 존을 더피라고 생각한다. 그래서 나를 보호하려고 로즈마리를 태우고 빨간 양말과 말굽도 걸어 놓은 것이다. 내가 존과 함께 달아났을 때 그렇게 격한 반응을 보인 것도 당연했다. 더피가 나에게 무슨 짓을 할 줄 알고? 존을 더피라고 믿은 할아버지로서는 접시를 두들기고 침을 뱉고 존을 때린 일조차 당연히 해야 할 일들이었을 것이다. 말로 호통을 칠 수도 없으니 더욱 더.

할아버지가 내내 나를 보호하려 했다고 생각하니 이상했다.

머릿속이 내 방 선풍기 날개처럼 빙빙 돌았다. 바로 그때, 벽 반대편에서 소리가 났다. 쿵, 쿵, 쿵.

할아버지였다.

갑자기 두려움이 몰려왔지만 마음을 다잡았다. 존이 더피가 아니라는 걸 알게 되면 할아버지는 아마 한결 마음이 편해질 거라고, 아랫입술을 잘근거리며 생각했다. 유진이 하필이면 존이라는 이름을 선택했다는 것, 버드가 여태 살아 있었다면 그와 퍽 닮았으리란 것이 마음에 걸렸지만, 그래도.

어쩌면 할아버지는 자신이 어떻게 지내는지, 졸리거나 지루하거나 잠 못 이루지는 않는지, 아님 도미노 게임을 하고 싶지는 않은지 아무도 묻지 않는 데에 신물이 났는지도 모른다. 할머니가 어떤 사람이었는지 할아버지에게 물어보는 것도 좋겠다. 내가 고작 두어 살쯤일 때 돌아가셔서 내겐 할머니에 대한 기억이 전혀 없다.

이런저런 생각들이 나를 내버려 두질 않았다. 결심하고 할아버지 방에 들어가면, 할아버지는 질문하는 내게 화를 내거나 평소처럼 그냥 무시할지도 모른다. 아니면 눈앞에서 문을 닫아 버릴지도. 하지만 그 정도는 괜찮을 것 같다.

이전까지 나는 할아버지에게 대화를 시도하는 아이가 아니었다. 생각해 보면, 친구에게 돌멩이를 던지거나 아빠에게 대답을 요구하는 아이도 아니었다.

아빠가 밖으로 나가 차에 타려고 현관 덧문을 쾅 닫는 소리가 났다. 오늘은 아빠가 저녁 식사를 준비하는 날이라 장을 보러 가는 모양이다. 엄마는 아직 직장에 있다. 할아버지와 나뿐이다.

또 들린다. **쿵, 쿵, 쿵.**

숨을 훅 들이쉬고 토끼 인형을 한 번 꼭 끌어안은 후, 일어섰다. 작고 하얀 선풍기가 윙윙거렸다. 마른침을 꿀꺽 삼키며 내 방을 나서 할아버지 방문 앞에 섰다.

어쩌면 할아버지는 문 밖에 서 있는 나를 느낄지도 모른다.

문을 두드렸다. 갑자기 도망치고 싶어졌지만 꾹 참았다. 그리고 문을 열어, 할아버지 방 안으로 한 걸음 들어섰다.

할아버지가 구식 헤드폰을 쓴 채 침대에 누워 있었다. 헤드폰은 더 구식으로 보이는 휴대용 카세트에 연결되어 있었다. 음악을 듣고 있는 것이다. 할아버지 팔은 침대 옆 작은 서랍장에 걸쳐져 있었다. 할아버지는 주먹으로 리듬을 쳤던 것이다. 그것이 쿵쿵거리는 소리의 정체였다.

할아버지가 눈을 번쩍 뜨더니 깜짝 놀라 나를 바라보았다. 할아버지는 카세트의 커다란 버튼을 누르고 헤드폰을 휙 벗더니 재빨리 바닥에 발을 내리고 침대에 일어나 앉았다.

물어보려던 모든 질문들이 사라져 버렸다. 갑자기 말문이 콱 막혔다.

놀란 두 눈썹을 움찔거리며 할아버지는 나를 보았다. 마치 어떻게 네 멋대로 들어오느냐고 묻는 듯이.

"할아버지."

입을 열었다. 그리고 손목을 긁었다.

할아버지가 얼굴을 찡그리자 입가에 깊게 주름이 패었다.

"잘 지내세요?"

인생에서 "잘 지내세요?"라는 말이 적절하지 않은 상황이 있다. 이를테면 누군가 피를 흘리며 죽어 가거나 엘리베이터에 갇혔을 때. 혹은 할아버지 방에 불쑥 들어가 보니 할아버지는 당신과 전혀 말을 섞고 싶지 않은 표정인데, 그럼에도 당신은 이미 할아버지의 공간에서 할아버지의 공기로 숨 쉬고 할아버지의 냄새를 맡으며, 진짜 하고 싶은 말들과는 관계없는 질문들을 주절거리고 있을 때.

그 외 기타 등등.

"뭐 듣고 계세요?"

두피가 찌릿했다.

할아버지가 천천히 일어섰다. 잠시 동안이지만 분명 할아버지의 눈과 입 주변에 온화함이 감돌았다.

"존은 더피가 아니에요."

생명을 지닌 것처럼 저절로 말이 튀어나왔다.

할아버지의 온화한 표정은 내 상상이었음이 분명했다. 할아버지는 거칠게 고개를 젓더니 **네가 뭘 아느냐**는 듯 노려보았다. 그리고 분노를 담아 손뼉을 짝, 짝, 크게 두 번 쳤다.

나는 최대한 꼿꼿이 서려 노력했다.

"존은 내 친구예요."

할아버지는 갑자기 차갑고 빠른 발걸음으로 다가오더니 내 팔을 잡았다. 검은 두 눈을 크게 뜨고 나를 똑바로 보다가 방 안으로 깊이 잡아 당겼다.

나는 꺅, 소리를 지르며 팔을 홱 뺐다. 숨소리가 거칠어졌다.

"존은 내 친구예요."

더 큰 소리로 다시 한번 말했다. 그리고 돌아서서 달렸다.

# 11

다음 날, 하늘에 구멍이 뚫린 것처럼 비가 퍼부었다. 하루 종일 내리며 땅 위 모든 것들을 깊이 적시는 그런 비였다. 비 때문에 내 담당인 잔디 깎기도 하지 못했다. 벽 하나를 사이에 둔 할아버지를 생각하며 방에만 처박혀 있고 싶지 않아서, 신발을 신고 밖으로 나갔다.

할아버지가 내 팔을 잡은 일에 대해서는 엄마, 아빠에게 말하지 않기로 했다. 엄마, 아빠는 오히려 할아버지 방에 들어간 나를 혼낼 것이다. 당연하다. 난 무슨 생각을 한 걸까? 할아버지는 나와 뭔가를 함께하고 싶어 하지 않는다. 지금까지 그랬듯이.

자갈이 깔린 긴 길을 따라 걸었다. 점점 논밭에 가까워지며 부드러운 비를 맞으니 기분이 나아졌다. 따뜻하고 기분 좋고 커다란, 피부에 떨어지면 통통 튀는 빗방울이었다. 아빠는 비가 식물이나 강에 물을 주듯이, 빗속 산책은 우리 영혼에도 물을 준다고 말했다. 엄마는 아빠가 그 말을 할 때마다 고개를 절레절레 흔들지만 부엌 문 옆에는 항상 내가 돌아올 때를 위해 수건을 놓아둔다.

비가 올 때 절벽에 가는 것은 특별한 일이다. 돌로 만든 동그라미가 짙은 색으로 변해 빗물을 뚝뚝 떨어뜨리며 조용하고 참을성 있게 자리를 지키고, 화강암 바위는 오랜 친구처럼 지평선을 건너가는 구름을 바라본다. 오래오래 열심히 관찰하다 보면 갈색으로 마른 풀잎들이 눈앞에서 초록색으로 바뀔 때도 있다. 내가 묻은 조약돌들. 그 돌들에게도 물을 주는 것이다. 비가 방울방울 떨어질 때마다 돌들도 다시 흙이 되어 간다고 생각하면 기분이 좋았다.

절벽을 향해 젖은 길을 걸어가며 다시 존을 떠올렸다. 아니, 유진을. 어쩌면 유진은 스스로 존이란 이름을 붙이는 바람에 자기도 모르게 더피의 관심을 끌었는지도 모른다. 할아버지 때문에 버드에게 더피가 붙은 것처럼. 우리 집에도 더피가 있을지도 모르는 것처럼. 그렇게 생각하자 맥박이 빨라졌다.

이런 걱정들을 담아 절벽에 묻으려고 길에서부터 몸을 굽혀 돌멩이 몇 개를 줍다가, 풀숲 가운데에 사슴이 다니는 길 하나를 발견했다. 지난밤 사슴이 지나가며 생긴 듯 희미한 흔적이었다. 짜릿한 기분이 들어 나도 모르게 그 길에 들어섰다. 어쩌면 근처에서 사슴의 보금자리를 발견할지도 모른다. 잠들어 있는 동물들을 보면 행운이 온다고 아빠가 말했다. 아주 잠깐 보는 걸로도 충분할 것이고, 지금 내겐 아주 작은 행운이라도 절실하다.

사슴이 밟고 지나간 풀들은 살짝 꺾여 있었다. 나는 미끄러운 길을 최대한 조심스럽고 조용하게, 내가 사슴인 양 눈을 크게 뜨고 귀를 쫑긋 세운 채 나아갔다. 하늘에서 떨어진 빗방울에 지평선은 부드러운 회색 안개로 변해 있었다. 모퉁이를 돌며 넓어진 길 끝에 작은 연못이 나타났다.

숨이 멎을 듯 놀랐다. 그곳에 할아버지가 있었다.

비를 고스란히 맞으며, 이끼 낀 나무줄기를 벤치 삼아 할아버지가 연못가에 앉아 있었다. 두 손으로 감싼 무거운 고개와 슬픔에 찬 굽은 등.

마음에 소용돌이가 일었다. 할아버지는 방에 있는 줄 알았는데. 젖어서 찰싹 붙은 옷을 보니 할아버지는 여기에 한참 있었던 모양이다. 누구든 혼자 있을 때면 그렇듯, 할아버지는 슬픔을 숨김없이 드러내고 있었다. 아주, 아주 오랫동안 이곳에 왔던 것처럼.

뜨거운 부끄러움이 나를 덮쳤다. 존의 말이 맞았다. 우리는 늘 할아버지가 방에 있다고 생각했다. 할아버지가 그러고 싶어 한다고. 우리는 할아버지를 제대로 알지도 못한 것이다. 눈앞의 할아버지는 그동안 내가 알던, 쌀을 던지고 집을 들썩이게 만들고 지독하게 얼굴을 찡그리던 할아버지와는 다른 사람 같았다. 할아버지는 어떻게 이 많은 분노와 슬픔을 숨겨 온 것일까?

얼마 동안이나 그렇게 서 있었는지 모르겠다. 그림을 보거나 꿈을 꾸는 것만 같았다. 날개에 붉은 빛이 도는 검은지빠귀가 풀숲에서 나를 향해 새되게 우는 소리를 듣고 정신을 차렸다. 소리 내지 않으려고 애쓰며 길을 되돌아갔다.

마음에 휘몰아치는 감정이 가라앉을 때까지 집에 들어가지 않은 채, 개천에서 한참 부들을 꺾었다. 어느덧 어두워진 하늘에 천둥이 치기 시작했다. 그제야 신발을 철벅거리며 한결 차분해진 기분으로 집을 향해 걸었다. 영혼이 비를 흠뻑 맞아 자라난 기분으로. 할아버지 신발이 현관에 놓여 있었지만, 할아버지 방문은 닫혀 있었다. 할아버지가 언제 집으로 돌아왔는지, 기분은 나아졌는지 궁금했다. 집 안 바닥에는 물기가 없으니 할아버지가 온 지 꽤 되었거나 물기를 잘 닦아 놓은 것이다. 할아버지가 방에서 무엇을 하고 있을지 궁금했다. 잠을 자고 있을까? 또 음악을 듣고 있을까?

내 방문을 열고는 깜짝 놀랐다. 테이프를 넣은 할아버지의 카세트와 헤드폰이 있었다. 침대 위에.

내게 주는 것이다.

레게 음악이었다. 내게는 다른 세상으로 통하는 입구와도 같았다. 느린 리듬이 심장 박동처럼 무겁게 둥둥거리며 핏속으로 스며들었다. 아무것도 쓰여 있지 않은 테이프의 첫 번째 면을 끝까지 다 들었다. 침대에 누워 발을 앞뒤로 까딱거리며 이게 할아버지가 듣는 음악이구나, 하고 생각했다.

놀라울 만큼 멋졌다.

할아버지가 나와 음악을 나누려 하다니. 이해가 가지 않았다. 언제는 격한 분노에 타오르더니, 또 언제는 연못가에 슬프고 외롭게 앉아 있더니, 이제는 내게 음악을 들려주는 할아버지. 그동안은 할아버지에게도 **감정**이 있으리라고 생각하지 않았다. 언제나 말이 없는 할아버지는 마음의 말도 없는 줄 알았다. 하지만 내가 틀렸다.

침대에 앉아 할아버지의 오래된 카세트를 손에 쥐고 있으려니, 우리가 공유하는 벽에 보이지 않는 문이 천천히 그려지는 기분이었다. 퍽 특별한 아이가 된 것 같았다.

시간 가는 줄 모르고 음악을 듣다가 로드리게즈 할머니네에 갈 시간이 지났다는 것을 깨달았다. 얼른 뛰쳐나가 자전거로 한참을 달려서 할머니 댁에 도착했다. 오늘은 로드리게즈 할머니에게서 살사 소스 한 통을 받아 오는 날이다. 할머니는 늘 냉장고에 소스를 준비해 두고 날 기다린다. 할머니를 방문하는 오후면 나는, 그 곁에서 뭔가를 해야만 할 것 같은데 정작 어찌해야 할지를 모른다. 할머니는 나이가 많지만 남의 돌봄이 필요해 보이지 않는다. 발걸음마저도 어찌나 강건한지 지나갈 때면 찬장의 컵들이 흔들릴 정도다.

초인종을 누르자 바로 그 강건한 발걸음이 들려왔다. 문이 열리고 집 안 에어컨에서 나오는 시원한 바람이 피부를 간질였다. 나를 본 로드리게즈 할머니는 얼굴 가득 미소를 지었다. 희끗희

끗한 긴 머리카락은 단정하고 곱게 뒤로 묶여 있었다. 나이 든 여인치고 할머니는 예뻤다.

로드리게즈 할머니는 혀를 차더니 내 볼에 입을 맞추고 한여름 더위 속 오아시스 같은 집 안으로 나를 이끌었다. 할머니는 곧장 살사가 기다리는 부엌으로 향했다. 가끔은 남아 있는 멕시코식 소고기나 닭고기 요리도 함께 싸 주었다.

늘 그렇듯 할머니 집 안에서 나는 냄새에 배가 고파 왔다. 부엌 조리대 위에는 멕시코식 절구가 놓여 있고, 돌절구의 거친 가장자리는 막 손으로 으깨어 살사 소스에 넣은 토마토며 양파, 마늘 조각들로 젖어 있었다. 입에 침이 고였다. 어쩔 수가 없었다. 엄마는 우리 집 절구를 덧문이 닫히지 않게 괴어 두는 용도로만 쓰는데.

로드리게즈 할머니는 여전히 다람쥐처럼 스페인어로 수다를 떨며 음식을 담아 줄 비닐봉지를 꺼내고 있었다. 나는 아무것도 이해하지 못한 채 미소를 지으며 불편함을 떨치려 노력했다. 할머니도 내가 자기 말을 이해하지 못하는 것을 안다. 어쩌면 할머니는 충분히 오랫동안 이야기를 하면, 언젠가 내 뇌 속 어딘가에 불이 켜져 자연스럽고 완벽한 스페인어로 대답할 거라 기대하는지도 모르겠다. 아니면 그저 외로워서 이야기할 상대가 필요한 건지도.

로드리게즈 할머니가 음식을 담은 플라스틱 통들을 근사하게, 거의 마법 같이 쌓아 올렸다. 오늘의 음식은 선인장 샐러드,

고기를 삶아서 찢은 팅가, 그리고 살사 소스였다. 나는 꾸벅, 감사 인사를 하고 비닐봉지로 두 겹이나 싼 음식들을 건네받았다.

"그라시아스, 세뇨라 로드리게즈."

엉망진창인 발음에서 조금이라도 주의를 돌리려고 과장된 미소를 지었다.

할머니는 평소처럼 꼬옥, 그리고 부드럽게 안아 주었다. 그러고는 계단을 향해 소리를 질렀다. 나는 흠칫 놀라 뒤로 물러섰다. 할머니가 내 손을 잡았다. **기다려 봐.**

길고 아름다운 머리카락을 늘어뜨린 젊은 여인이 계단을 내려왔다. 코의 곡선이 로드리게즈 할머니와 꼭 같다.

"미리암!"

나는 미리암의 품에 달려가 안겼다. 할머니의 손녀인 미리암은 지난해 대학에 입학해서 집을 떠났다. 어릴 때 미리암이 혼자 있는 나를 늘 돌봐 주었다. 미리암이 대학으로 떠난 후에 엄마, 아빠는 이제 다 컸으니 혼자 집에 있어도 된다고 판단했다. 가끔은 둘이서 고무찰흙을 가지고 채소며 고기를 올린 소페나 호떡 같은 고르디타를 만들어서 맛있게 먹는 척, 서로에게 차려 주는 척하며 놀던 시간이 무척이나 그립다.

나를 안고 돌며 미리암은 소리 내어 웃었다.

"너를 다 만나는구나, 주얼!"

미리암은 웃음을 띠고 말했다. 미리암의 귀에서 금빛 귀고리가 우아하게 달랑거렸다.

"할머니가 오늘 너 온다는 말씀 안 하셨는데."

나는 갑자기 수줍어졌다.

"오늘이 음식 받으러 오는 날이거든."

미리암은 고개를 끄덕였다.

"그렇지! 너 할머니 음식을 받으러 시계처럼 오잖아."

"진짜 맛있어."

얼굴을 붉히며 말하자 미리암은 웃었다.

"우리도 알지. 항상 더 가지러 오잖아."

미리암이 스페인어로 뭐라고 할머니에게 말하자 할머니도 웃었고, 두 사람은 똑같은 입 모양으로 미소를 지었다. 친숙한 향기 때문인지, 아니면 로드리게즈 할머니가 엄마와 조금 닮아 보여서인지, 그 순간 이곳에 속한 기분이 들었다. 곧 그 순간은 지나가 버리고 그게 아니라는 느낌이 내 안에 더 커졌지만.

학교에서도 그렇다. 나는 다니엘라, 실비아와 함께 점심을 먹곤 하는데, 아이들은 친절하고 다 좋지만 신이 나거나 비밀스럽게 어떤 이야기를 하고 싶을 때면 갑자기 스페인어로 말을 했다. 때로는 숨 쉬는 것을 깨닫지 못하듯, 전혀 의식하지 않고 영어에 스페인어를 섞어 쓰기도 했다. 그럴 때면 이해하지 못하는 말소리가 나를 스쳐 지나가기를 기다렸다. 아이들이 웃음을 터뜨릴 때 가끔 나도 따라 웃었고, 그러면 아이들은 더 크게 웃었다.

하지만 미리암은 결코 나를 비웃을 사람이 아니었다. 그래서인지 주저 없이 나는 물었다.

"숄로도그에 대해서 들어 봤어?"

로드리게즈 할머니가 고개를 조금 젖혔다. 미리암은 로드리게즈 할머니와 얼른 시선을 맞추고는 말했다.

"응, 들어 봤지. 왜?"

손에 든 비닐봉지가 갑자기 무겁게 느껴졌다. 고개를 숙이고 현관에 켜켜이 쌓인 신발들을 내려다보았다.

"효과가 있어?"

나는 조용히 물었다.

"무슨 뜻이야?"

더피에 관해 이야기하고 싶었지만, 두 사람은 더피에 대해 모를 터여서 대신 이렇게 물었다.

"그…… 숄로도그들이 혼령들한테 우리를 지켜 주는 거야?"

로드리게즈 할머니가 알아들을 수 없는 말을 마구 하기 시작했다. 알아듣는 데 도움이라도 주려는 듯 얼굴을 바짝 대고 천천히 큰 소리로 말했다. 하지만 할머니의 말은 머릿속에서 춤추고 귀를 간질이다 빠져나갈 뿐이었다. 할머니는 심기가 불편해졌는지 숨을 거칠게 내쉬었다.

할머니와 미리암은 나를 거기에 세워 둔 채 끝날 줄 모르는 대화를 나누었다. 나는 벽을 장식한 테라코타 조소 작품들이며 구석에 있는 어항, 그리고 할머니와 미리암을 제외한 모든 곳을 두리번거렸다. 마침내 마리암이 내 어깨에 손을 얹었다.

"주얼, 숄로도그를 믿는 사람들도 있지만 그냥 떠도는 민담이라 여기는 사람들도 있어. 왜 물어? 누가 너를 무섭게 하니?"

미리암은 나를 빤히 보았다. 미리암은 아마도 학교에서 어떤 아이들이 짓궂은 장난을 했다고 생각하는 모양이다.

"아니, 그런 거 아니야."

"그런 건 생각하지 마, 주얼."

미리암은 내 어깨를 가볍게 토닥거렸다. 그러다 시선이 한 곳을 향했다.

"정말 예쁜 목걸이네."

미리암은 티셔츠 아래로 살짝 나온 목걸이를 보았다.

"우와. 이제 다 컸네. 액세서리는 한 번도 안 했잖아."

"고마워."

미소를 지었지만 얼굴이 플라스틱처럼 느껴졌다.

집에 돌아오자 할아버지 방문은 닫혀 있었다. 할아버지는 연못에 가 있을 것 같았다. 나는 존의 집으로 가 할아버지의 비밀들을 하나하나 발견하는 중이라는 말을 하고 싶었다. 할아버지가 방에서 무엇을 하는지, 집에 없을 땐 어디로 가는지, 그리고 얼마나 두터운 슬픔을 감추고 있는지도.

하지만 존과 그의 비밀 이름을 떠올린 것만으로도 내 마음은 완전히 구겨졌다. 대신에 제일 좋아하는 펜을 꺼내 낙서를 하기 시작했는데, 어느새 종이 한 장을 꺼내 할아버지에게 쪽지를 쓰고 있었다. '할아버지께'라고 썼더니 기분이 이상했다. 할아버지에게 용건을 전할 일이 있을 때마다, 할아버지라는 단어를 쓰면 잉크가 나를 잡으러 오기라도 하는 듯 내용만 휘갈겨 쓰곤 했었다. 하지만 이것은 진짜 쪽지였다. 할아버지가 듣는 음악을 내게도 들려주어서 고맙고 그 음악이 좋았다고 적었다. 그리고 내 이름 뒤에다가 작은 꽃을 그려 넣었다. 그냥.

쪽지를 할아버지 방문 아래로 밀어 넣을 때, 문틈으로 이상한 냄새가 새어 나왔다. 나는 긴장했다. 뭔가가 타고 있었다. 킁킁 냄새를 맡았다. 로즈마리였다. 할아버지가 로즈마리를 태우고 있었다.

어찌할 바를 몰라 문 앞에 그대로 서 있었다. 한편으로는 방 안으로 쳐들어가서 로즈마리와 쌀은 먹는 거지, 더피와 아무 관계도 없다고 소리치고 싶었다. 다른 한편으로는 달려 들어가 로즈마리를 태우지 못하도록 막고 싶었다. 불현듯 깨달은 것이다. 혹시라도 그러다 존이 다치면 어쩌지.

# 12

다음 날 나는 돌들로 만든 동그라미 안에 섰다. 하늘에서는 뭉게구름이 뭉친 진주들처럼 빛났다. 화강암 바위는 구부러진 그림자를 땅 위에 진하게 드리우고 그 풍경을 지켜보았다.

독수리가 날아와 잡아채 간 것처럼 마음속을 무겁게 누르던 뭔가가 사라졌다. 동그라미 안에 꽤 오랜만에 섰다. 요즘 많은 걱정으로 마음이 어지러웠다. 하지만 지금, 다시 집으로 돌아와 내가 된 느낌이다. 열세 개의 돌들도 날 다시 맞이하게 되어 뿌듯해하는 것만 같다.

얼마 동안 그렇게 있다가 동그라미에서 나와 절벽 가장자리로 걸어갔다. 오랜만에 반 발짝 앞에 펼쳐진 허공 앞에 서서 발끝에 짜릿함을 느껴 본다. 어릴 때는 대범하게 눈을 감기도 했지만, 매번 아찔해져서 재빨리 다시 눈을 뜨곤 했다.

더피들이 이 절벽에 존재한다면 아주 오래전에 나를 밀어 버리고도 남았을 것이다. 하지만 그런 일은 일어나지 않았다. 왜인지는 모르겠다. 그들은 내가 더 자라기를 기다리는 걸까? 버드의 경우엔 전혀 그러지 않았지만.

어쩌면 이곳에 좋은 더피들이 있어서인지도 모른다. 좋은 더피들이 나쁜 더피들에게서 나를 보호하고 있는 것인지도. 실은 그렇게 보이지 않는 더피 전쟁이 벌어지고 있는 걸까? 나쁜 더피들이 나에게 접근하면 좋은 더피들이 달려들어 떼어 놓고, 어린 소녀 주얼은 눈을 감은 채 절벽 가장자리에 서 있고.

무엇도 나를 밀어 버리지 않은 이유는, 그저 더피란 없기 때문인지도 모른다. 그렇다면 내가 절벽에 얼마나 오랫동안 서 있든, 세상 무엇도 나를 해치지 못할 것이다. 온 우주의 더피들아, 내게 덤벼라, 하고 도발한다 해도.

줄지어 늘어선 구름들이 점점 작아져 지평선과 하나가 되었다. 눈을 감고 아찔한 기분이 다가오는 것을 느꼈다. 그러나 눈을 뜨지 않았다. 이번만큼은.

"버드."

나는 속삭였다. 허공에서 매미들이 울고 있었다.

"버드."

다시 한번, 더 크게 말했다. 매미 소리가 계속 들렸다. 다른 뭔가가 느껴졌다. 그때 갑자기 오빠가 보였다. 감은 눈 속에. 나보다 나이도 많고 키도 크고 튼튼하고, 미소를 띤 오빠. 두 팔을 벌려 내게 안기라고 한다.

그리고 오빠는 뛰어내린다.

어릴 때는 상상 속 친구와 노는 아이들처럼 항상 오빠와 이야기를 나누었다. 다만, 오빠만은 내 상상이 아니었다. 그저 이젠 여기에 없는 것뿐. 그렇게 이야기를 나눈 것도 오래전 일이다. 오빠와 나누는 대화를 상상할 때면 오빠가 할 말을 내 마음대로 만들었다. 내가 듣고 싶은 말이나 가장 좋아하는 농담을 하게 만들기도 하고, 그날 학교에서 선생님에게 들은 우스운 이야기를 나누며 오빠와 함께 웃기도 했다. 하지만 오빠를 본 건 상상이 아니었다. 두 팔을 그토록 활짝 펼친 모습은 내가 만들어 내지 않았다.

내겐 오빠가 **보였다**.

그날 오후 나는 조약돌 하나를 묻었지만, 오빠를 위해 묻은 것은 아니었다. 그 일을 소리 내어 말하면 더는 진실이 아니게 될까 봐 두려웠던 것 같다. 눈앞에서 숨 쉬듯 생생하게 본 오빠를 잃을지도 모르는 일은 하지 못했다. 고작 조약돌에라도.

내가 묻은 조약돌은 할아버지를 위한 것이었다. 그동안 할아버지가 마음속에 너무 무겁게 자리해 온 것 같아서 이젠 꺼내어 버리고 싶었다. 할아버지를 **위해** 돌을 묻는 기분은 이상했다. 지금까지는 우리 집을 침묵하게 만드는 할아버지 **때문에** 돌을 묻었으니. 하지만 이제는 다르다.

나는 할아버지를 보는 일에 익숙하지 않았다. 이전까지 할아버지는 방 밖으로 나온다고 해봐야 주로 해질 무렵 거실이나 현관 발코니에 앉아 있는 정도였다. 뭔가를 원하지도 않았고 우리도 할아버지에게 뭘 요구하지 않았다. 그렇게 지내다 언젠가부터 할아버지는 바로 우리 앞에서 사라져 버린 것 같다.

하지만 이제, 할아버지는 방 밖뿐 아니라 집 밖으로도 나가는 사람, 슬퍼하기도 하고, 핏속으로 스며들 만큼 역동적인 음악을 듣고, 더피를 믿고, 로즈마리를 태우는 사람, 어쩌면 초콜릿을 좋아하는지도 모르는 사람이다. 아주 잠깐이었지만 부드러워지던 그때 할아버지의 표정. 그게 바로 버드가 알던 푸바일까?

존의 쌍안경을 쥐고 화강암 바위를 올랐다. 멀리 비탈진 들판과 언덕들을 굽어보는 바위 의자에 앉았다. 쌍안경으로 보면 재미있었다. 새들의 둥지도 보였고, 나무껍질들이 저마다 어떻게 다른지도 보였고, 햇빛을 받아 온통 금빛을 띤 파리들도 보였다. 나는 쌍안경을 사상 지평선으로 향했다. 존이 거기에 있었다. 손바닥만 한 크기로 보였다. 훔쳐보는 스릴을 즐기며 존을 향해 쌍안경 초점을 맞추었다. 그랬더니 존 역시 나를 보고 있었다. 겨우 알아볼 정도인데도 존은 내게 손을 흔들고 펄쩍펄쩍 뛰면서 자기 쪽으로 오라는 몸짓을 했다.

과장된 모습이 우스꽝스러워 나는 웃음이 터졌다. 바위에서 내려가 사상 지평선을 향해 전속력으로 달렸다.

"여기까지 달려오는 거 힘들어."

나는 숲으로 들어서서 숨을 몰아쉬며 말했다. 햇살이 나뭇잎 가장자리에 매달려 있다.

존은 미소를 짓더니 내게 물병을 내밀었다.

"빨리 왔네."

"무슨 일인데?"

티셔츠 소매로 이마의 땀을 닦으며 물었다.

"내가 뭘 찾았는지 절대 못 맞출걸."

눈을 빛내며 존은 말했다.

"뭔데?"

존이 조금 꺼림칙한 표정으로 잠시 머뭇거렸다.

"이게 다 너한테 물들어서 그래. 땅을 파다 이걸 찾다니."

존이 뭔가를 쥔 한 손을 내밀었다. 손을 펼쳤을 때, 나는 숨이 턱 막혔다.

숄로도그였다.

"말도 안 돼!"

나는 웃으며 말했다. 우리 집에 있는 것과 비슷했다.

"여기서 찾았어?"

"응."

존은 무척 자랑스러운 표정으로 대답하고, 내게 건넸다.

"사상 지평선이랑 제일 가까운 나무 근처에 있었어."

"이게 어떻게 여기 오게 됐을까?"

존은 두 손을 호주머니에 넣고 생각했다.

"글쎄, 누가 갖다 놨겠지. 아무 데서나 나오는 건 아니잖아."

우리 집에 있는 것보다 좀 더 배가 나온 반짝이는 도자기 개였다. 역시나 맹렬한 표정으로 뭔가를 보호하려는 태세였다.

"그냥 보통 개일지도 몰라. 숄로도그가 아니라."

나도 모르게 이렇게 말하자, 존은 웃었다.

"장난해? 너희 집에 있는 거랑 꼭 닮았는데."

맞는 말이었다. 나는 그것을 존에게 내밀었다.

"너희 집 입구에다 놔. 이게 너희 집을 혼령들한테서 보호해 줄 거야."

"숄로도그는 너한테 필요해. 내가 아니라. 너희 가족이 그런 걸 믿잖아. 네가 가져가."

"그래도 우리는 이미 하나 있어. 넌 없잖아."

"그래서?"

"너도 뭔가 보호해 주는 것이 있으면 좋잖아……. 겹겹의 보호막 같은 것."

"내가 보호막 같은 것이 겹겹이 필요해 보여?"

존은 이렇게 묻고는 양팔을 펼쳤다.

나는 조금 흔들리는 목소리로 말했다.

"그냥 너 가져. 응?"

"알았어, 알았어."

존은 사상 지평선으로 들어가 물을 더 가지고 왔다. 우리는 말없이 어느 단풍나무 아래로 걸어가서 앉았다. 존은 꿀꺽꿀꺽 물을 들이켜 단번에 물병을 비웠다. 내가 들고 있던 물도 건네자, 존이 받아들고는 나무에 머리를 기대고 눈을 감았다.

"너 그거 알아?"

존은 여전히 눈을 감고 있었다.

"뭐?"

"내 꿈은 원래 우주 비행사가 아니었어."

"진짜?"

"응."

존은 눈을 뜨고 나무 꼭대기를 빤히 올려다보았다.

"뭐가 되고 싶었는데?"

나는 손으로 차가운 나뭇잎들 아래의 흙을 파기 시작했다.

"소방관."

존은 희미하게 웃었다.

"사람들 구하고 그런 게 좋아서. 고양이 구하러 다시 막 돌아가고."

그 말을 듣는 순간, 열정적인 표정으로 온 힘을 다해 불길 속으로 뛰어드는 존의 모습이 보이는 것 같았다.

"그런데 왜 바뀐 거야?"

"가족끼리 플로리다에 놀러 갔어. 넓디넓은 디즈니 월드에. 점심을 먹는데, 한참 기분 좋게 먹는 중에 엄마가 '이런 데서 일하면 참 좋을 것 같지 않아?' 하는 거야. 나는 '아니, 나는 소방

관이 될 거야.' 했더니 엄마가 '아아, 너 사람들을 구하고 싶구나! 아빠랑 엄마도 그래.' 하더라고."

존은 고개를 절레절레 흔들더니 표정이 굳었다.

"엄마가 그렇게 말을 하니까 왠지 너무 화가 나는 거야. 꼭 내 친엄마한테서 나를 구해 와야 했다고 생각하는 것 같고. 그러고 나서 케네디 우주 센터에 갔는데, 우주로 끝없이 올라가는 우주선이며 다시 돌아오지 않는 무인 탐사선에 대한 게 있더라."

존은 어깨를 으쓱했다.

"그게 소방관보다 훨씬 나은 것 같았어."

나는 파던 흙을 작은 피라미드로 만들어 옆면을 톡톡 두드렸다. 곁눈으로 보니, 말없이 있는데도 존이 슬퍼 보였다. 갑자기 존의 말에 이해가 갔다. **다시 돌아오지 않는** 우주선.

"난 늘 지질학자가 되고 싶었어."

"원래부터?"

나는 피라미드에서 잎과 나뭇가지를 주워 내며 말했다.

"지질학자라는 단어는 물론 몰랐지만, 나는 항상 땅 파고 돌 줍고 절벽 바라보고 그랬으니까."

마지막 절벽 얘긴 실수였다. 존에게 늘 버드만 생각하는 미친 아이로 보이고 싶지 않았다. 존은 눈썹을 찌푸렸다.

"너한텐 그 절벽이 전부인 것 같아."

하지만 목성의 달들에 대해 이야기할 때처럼 사려 깊은 목소리였다.

나는 고개를 끄덕였다. 언덕 위의 기린처럼 발가벗은 것 같은 기분을 들키지 않으려고 피라미드를 하나 더 만들기 시작했다. 이제 집에 가야겠다고 말하려는 즈음에 존이 나를 돕기 시작했다. 우리는 나무 그늘 속에서 피라미드 도시를 건설했다. 혼자서는 불가능했을 빠른 속도로, 성곽에 길에 다리에 심지어 말을 둘 마구간까지 만들었다. 섬세하게 도시가 펼쳐지는 모습이 경이로웠다. 전에는 해 본 적 없는 일이었다.

숲에서 나갈 때 존이 숄로도그를 나뭇잎 더미에 떨어뜨리는 것을 보았다.

"너 정말 그거 안 가질 거야?"

존은 당황하여 어깨를 으쓱했다.

"응, 난 별로야."

"그럼 내가 가져갈게."

몸을 숙여 작은 개 인형을 주웠다. 숄로도그를 버리고 가는 것이 불운을 가져오는 일인지 아닌지 확신하기 어려운데, 위험을 감수하고 싶진 않았다. 진심으로 존이 가져갔으면 하고 바라긴 했지만, 우리 집에 숄로도그 한 마리가 더 있어도 나쁠 건 없을 것 같았다. 존이 그걸 버리고 가려던 일이 이미 불운을 불러오는 일인지는 알 수 없었다.

집으로 돌아가는 길에, 존이 멀리 우주로 나가 돌아오지 않을 거라고 할 때 얼굴에서 좀처럼 사라지지 않던 슬픔이 자꾸 떠올랐다. 집에 가까워지면서, 지금쯤이면 집에 돌아와 보이지 않게 기다리고 있을 할아버지를 떠올렸다. 슬픈 사람이 둘이다. 할아버지는 왜 그렇게 자신을 방 안에 가두어 버리는 걸까? 어째서 힘든 일들을 털어놓고 기분을 달래지 않는 걸까? 물론 입으로 말하기는 어렵겠지만, 뭐랄까…… 표현할 방법은 있을 텐데.

집에 도착하니 할아버지 신발이 문 옆에 있었다. 할아버지가 돌아왔다는 뜻이다. 엄마도 퇴근해서 식탁에 앉아 공과금 고지서들을 훑어보고 있었다. 엄마는 직장에서도 비슷한 일을 한다며, 항상 자신이 공과금을 관리하겠다고 한다. 하지만 얼마를 지불해야 하는지가 적힌 종이 뭉치 앞에서 엄마의 이마와 눈 주변에는 걱정으로 인한 주름이 생긴다. 나는 항상 엄마 기분을 더 나쁘게 하지 않으려고 노력한다. 가장 쉬운 방법은 엄마를 내버려 두고 최대한 조용히 있는 것이다.

하지만 존의 슬픔과 할아버지의 슬픔이 내 폐를 짓누르는 듯했다. 엄마에게 이 모든 일들에 대해 묻고 싶어 견딜 수가 없었다. 엄마가 할아버지의 슬픔에 대해서는 듣고 싶어 하지 않을 것 같아서, 이렇게 묻기로 했다.

"엄마?"

엄마는 한숨을 쉬고 고지서를 또 한 장 펼친 다음, 한쪽 손으로 이마를 괴었다.

"응?"

"사람들이 슬퍼할 땐 어떻게 해야 달래 줄 수 있어요?"

엄마는 눈을 왔다갔다 매우 빠르게 움직이며 종이 위에 찍힌 뭔가를 읽고 있었다.

"달래 주기 힘들 때도 있어."

엄마가 대답은 했지만, 종이에 쓰인 것에 더 몰두하고 있다는 걸 알았다. 엄마는 수표책을 꺼내 뭔가를 적었다.

나는 고쳐 앉았다. 엄마는 내가 가 버리길 원한다.

"존이라면요?"

엄마가 고개를 들었다. 뱃속이 조여 왔다. 이제야 엄마는 귀를 기울인다.

"존이 슬퍼요."

"무엇 때문에?"

잠시 침묵이 흘렀다.

"모르겠어요."

거짓말이다. 엄마는 펜을 내려놓았다.

"그냥 네 나름대로 최선을 다하는 거야. 하지만 가끔은 슬픔이 다 지나갈 때까지 그저 기다리는 수밖에 없어. 경우에 따라선 굉장히 오래 걸리기도 하지."

엄마는 갑자기 뭔가 생각난 듯 말을 멈추었다. 하지만 바로 다음 순간, 나를 자세히 살펴보았다.

엄마의 눈길이 내 다리와 손에 묻은 흙에 닿았다.

"가서 씻어, 알았지? 너 머리카락에도 나뭇잎 붙어 있다."

"알았어요."

"나는 금방 저녁 준비할게."

내 방문을 열어 보고는 흠칫 놀랐다. 할아버지가 침대 위에 또 다른 카세트테이프를 올려 둔 것이다. 짜릿하게 소름이 돋았다. 할아버지는 이 벽 건너편에서 내가 당신 선물을 발견하기를 기다리고 있을 것이다. 할아버지는 내가 지금 이 테이프를 듣고 나중에 고맙다고 하기를 바랄까, 아니면 그 반대일까? 나는 미소를 짓고 테이프를 카세트에 넣었다.

재생 단추를 누르려는 순간, 엄마가 방문을 똑똑 두드렸다.

"주얼?"

엄마 목소리가 이상했다.

"네?"

헤드폰을 벗어 베개 밑에 넣었다. 엄마는 방문을 열었다.

"방금 맥라렌 씨하고 통화를 했어."

난 굳어 버렸다.

"아, 네."

"존을 저녁 식사에 초대해서 놀라게 해 주려고 했거든."

"맥라렌 아저씨한테 존 이야기 하셨어요?"

좋은 질문이 아니었다. 전혀.

"주얼, 존은 없어."

나는 태연한 척 표정을 바꾸지 않으려고 최선을 다했다.

"무슨 말이에요?"

나를 보는 엄마 얼굴에는 근심과 혼란이 가득했다.

"어떻게 된 거니, 주얼?"

손바닥을 내려다보았다. 엄마는 유진이 이름을 바꾼 일에 대해 이해하지 못할 것이다. 무엇보다 나는 비밀을 지키기로 약속했다. 엄마에게도 거짓말을 하고 놀란 척해야 할까? 엄마에게 진실을 말한다면, 엄마는 그걸 숨겼다고 나를 야단칠 것이다. 어찌 할 바를 몰라 눈물이 차올랐다.

내가 너무 오랫동안 대답을 하지 않았는지, 엄마는 눈썹을 찌푸리며 방 안으로 들어왔다.

"엄마가 물었잖아, 주얼."

엄마는 고개를 한쪽으로 기울이고 물었다.

"어떻게 된 거야? 존은 어디 사는 거니?"

"모르겠어요."

목소리 속 죄책감이 내 귀에도 들렸다. 엄마는 팔짱을 꼈다.

"주얼, 너 왜 그러니?"

눈물 한 방울이 뺨을 타고 흘렀다. 나는 어깨를 으쓱했다.

"맥라렌 씨가 지금 여기로 오신다고 했다."

휙 고개를 들자 눈물 한 방울이 더 흘러내렸다. 젖은 눈을 커다랗게 뜨고 엄마를 보았다.

"주얼 캠벨. 아저씨 오시면 같이 이야기해. 그러고 나서는 거짓말한 벌로 외출 금지야."

**외출 금지**. 충격을 받고 주저앉았다. 외출 금지는 한 번도 당하지 않았는데. 하지만 그보다 더 끔찍한 것은 방문을 닫기 전 엄마의 표정이었다.

엄마의 사랑 일부가 방금 휙 떠나버린 것처럼 느껴졌다.

나는 흐느끼기 시작했다. 참을 수가 없었다. 초인종이 울릴 때까지 계속 울었다.

"주얼!"

엄마가 외쳤다. 나는 숨을 크게 들이쉬고 휴지에 코를 풀었다. 그리고 터덜터덜 현관문 앞에 선 엄마를 향해 걸어갔다.

맥라렌 아저씨를 향해.

존을 향해.

존이 함께 온 것을 보고 엄마는 나만큼이나 놀란 표정이었다. 삼촌 옆에 선 존은 바지에 구멍이라도 내려는 듯 주머니 깊숙이 두 손을 찔러 넣고 있었다. 빨갛게 부어오른 내 눈을 보고 존은 고개를 숙였다.

"안녕하세요?"

나는 코 막힌 목소리로 맥라렌 아저씨에게 인사했다.

"정말 죄송합니다."

아저씨가 심각한 목소리로 엄마에게 말했다. 나는 놀라 홱 고개를 들었다. 아저씨가 죄송하다고?

"유진이 모든 걸 다 털어놓았다고 해서 그런 줄 알았습니다."

엄마가 미간을 찡그렸다.

"유진이요?"

"그런데 상황을 보아 하니, 그러지 않은 것 같네요."

아저씨는 존에게 무서운 눈빛을 보내며 얼굴을 찡그렸다. 존은 움츠러들었다.

"그러니까 이 아이가 맥라렌 씨 댁에 살긴 하는 건가요?"

엄마는 물었다.

"네, 그런데 얘 이름은 존이 아니라 유진입니다. 그렇지?"

아저씨는 존의 어깨에 손을 얹었다.

"맞아요."

존이 웅얼거렸다.

엄마는 떨리는 두 손을 얼굴에 갖다 댔다.

"아, 다행이에요. 잠시 저는 얘가 가출한 아이이거나……"

"잔인한 장난이었습니다, 유진이 한 짓은."

맥라렌 아저씨가 단호히 말했다.

"장난이라고요?"

나는 가느다란 목소리로 물었다.

"솔직하게 말해라."

아저씨가 존에게 말했다. 존은 조용했다. 나를 흘깃 보았다가 시선을 돌렸다.

"여기 도착했을 때 삼촌이 너희 집 이야기를 해 주셨어."

"계속해."

맥라렌 아저씨는 화가 섞인 한숨을 내쉬었다.

"다 얘기해 주셨어. 그러니까, 너희 오빠, 존에 대해서."

심장이 덜컥 바닥으로 내려앉았다. 그는 내내 알고 있었던 것이다. 버드와 우리 가족 이야기를.

"처음엔 장난으로 내 이름이 존이라고 하면 재미있겠다고 생각했어."

숨이 멎는 듯했다. 그러니까 모두 거짓말이었던 것이다. 절벽, 내게 한 질문들. 다 알면서 아무것도 모르는 척. 존 때문에 할아버지는 분노했고, 아빠는 존이 우리에게 온 것이 나쁜 징조라고 걱정했고, 엄마는 우리 둘, **주얼과 존**을 바라보며 행복해했는데…… 이 모든 것이 장난이었다니.

할아버지가 옳았다.

존은 나를 꾀고 있었다.

"어떻게 우리한테 이럴 수가 있어?"

나는 조용히 말했다. 눈물이 솟아 뺨으로 흘러내렸다.

엄마가 한 손을 이마에 얹고, 갈라지는 목소리로 말했다.

"이제 가 보시는 게 좋겠네요."

"어떻게 우리한테 이럴 수가 있냐고?"

나는 더 큰 목소리로 다시 말했다. 존은 움찔, 몸을 움츠렸다. 밀려오는 분노가 나를 뒤흔들었다.

"난 네가 정말 싫어!"

나는 폭발하고 말았다.

"너는 존이 아니야! 절대로 존이 되지 못해! 너한테는 멍청하고 한심한 이름이 있고, 너는 멍청하고 한심한 애야. 너는 내 친구가 아니야!"

"주얼!"

엄마가 외쳤다. 하지만 아직 끝나지 않았다.

"네 엄마가 왜 너를 버렸는지 알겠다."

눈앞에서 존의 얼굴이 일그러졌지만 나는 신경도 쓰지 않았다. 나는 방으로 달려가 모두를 뒤로하고 쾅, 문을 닫았다.

# 13

유진과 맥라렌 아저씨가 집으로 돌아간 후, 작은 노크 소리가 내 방문을 울렸다.

"네?"

팔뚝으로 코를 훔치며 대답했다.

엄마가 고개를 내밀었다.

"좀 어떠니?"

"괜찮아요."

대답하고는 다시 얼굴을 베개에 파묻었다.

엄마가 들어와 곁에 앉더니 어색하게 내 어깨에 손을 올렸다. 엄마는 포옹을 잘하지 못했다. 살짝 껴안는 포옹조차도 어색해했다. 손에 보이지 않는 비닐장갑이라도 끼워져 있는지 닿아도 닿지 않는 것만 같았다. 가끔씩 엄마는 나를 놀라게 한다. 둘이

서 썰매를 타던 날이나 존 앞에서 무척이나 행복해하며 미소를 짓던 때처럼. 하지만 엄마가 그럴 때면 나는 아프다.(가슴속 한 곳이 실제로 아프다.) 그런 순간들은 결코, 오래 지속되지 않기 때문이다.

"속상하지? 나도 속았어."

엄마가 말했다. 나는 뭐라 대답해야 할지 몰랐다. 나도 처음에는 속았지만, 어느 시점부터는 엄마를 속였다. 유진은 우리 모두를 속였다.

"자."

엄마가 부드러운 뭔가를 내 손에 얹어 주었다. 내려다보니 휴지 한 뭉텅이였다. 아주 부드러운 휴지. 나는 몸을 일으켰고, 우리는 아무 말 없이 침대에 앉아 있었다. 두 눈 사이에 누르는 듯한 두통이 느껴졌다.

마침내 엄마가 목을 가다듬었다.

"넌 그 애한테 큰 상처를 줬어, 주얼."

세상이 마구 무너지고 있었다. 그럼 유진은 우리에게 큰 상처를 주지 않았나? 모든 것이 너무나 혼란스럽고 끔찍했다. 나는 엄마가 두 팔 벌려 안아 주고 작은 새처럼 흔들어서 재워 주기를 간절히 바랐다. 하지만 엄마는 벽의 어딘지 모를 한 지점을 바라보기만 했다.

"우정을 회복하려면 많이 힘들 거야."

"난 걔랑 더는 친구 하기 싫어요."

나는 쓰라린 기분으로 말했다. 이제는 엄마에게 화가 났다. 어째서 엄마는 유진이 우리를 만난 순간부터 끔찍하고 잔인한 거짓말쟁이였다는 것을 생각하지 못하는 걸까?

"주얼, 네 마음 알아. 정말로. 그렇지만 엄마는 너한테 남에게 그렇게 함부로 말하라고 가르치지 않았어."

엄마는 내 얼굴에 덩굴처럼 붙은 머리카락을 떼어 뒤로 넘겨 주었다.

"걔는 우리한테 거짓말을 했어요. 장난으로 자기가 존이라고 했다고요."

나는 외쳤다.

"너희 둘이 노는 모습은 정말 보기 좋았어. 그 애는 정말 좋은 아이였잖아. 잠시였지만 나는……."

엄마 목소리가 흔들렸다. 나는 등 근육이 뻣뻣해졌다.

"걔랑 더는 친구로 지내고 싶지 않아요."

또 한번 말했다. 갑자기 이 일에 대해 이야기하기가 싫어졌다. 전혀. 유진이든 존이든 입양이든. 내가 그 애를 이해한다고 생각했던 것, 그 애가 나를 이해한다고 생각했던 것도 떠올리고 싶지 않았다. 목이 메었다. 그 애의 쌍안경을 박살내고 싶었다.

얼마 후, 엄마는 일어서서 방을 나갔다. 엄마가 문을 닫을 때 나는 토끼 인형을 안고서 돌아누웠다. 그 애는 내 가족을 두고 작정하고 심한 장난을 쳤다. 그런데 표정은 왜 그렇게…… 부끄러워하는 듯 보인 걸까? 티끌만큼 작아져 버리고 싶다는 듯이.

모든 게 장난이었다면 우리를 이토록 보기 좋게, 이토록 오랫동안 속였으니 신나해야 하지 않나?

침대 옆 탁자 위에 두었던 솔로도그를 쥐고 만지작거렸다. 개의 표정이 좋았다. 행복해 보이지는 않지만 강해 보이는, 사람이든 혼령이든 무엇도 두려워하지 않는 것 같은 얼굴. 어쩌면 이 개는 유진이 일종의 침입자라는 사실을 알고, 그 아이를 내쫓아서 나를 보호하고 있는 것인지도 모른다. 그걸 손에 쥐고 얼마 동안 누워 있었는지 모르겠는데, 이상한 소리가 들려 생각에서 빠져나왔다. 거친 목소리 같았다. 나는 방문으로 다가가 문을 조금 열었다. 소리는 엄마, 아빠 방에서 들려왔다. 나는 그 방 앞으로 가 귀를 쫑긋 세웠다.

엄마가 울고 있었다.

나는 마른침을 삼켰다. 엄마가 우는 모습은 정말로 싫었다. 혹은 우는 소리도. 엄마에게 이제 다시 나뿐이라는 사실이 얼마나 슬픈 일인지, 난 알고 싶지 않았다. 내 방으로 돌아갔다. 베개 밑에 두었던 할아버지의 헤드폰을 썼다. 테이프에 적힌 '멘토 음악'이란 글씨는 구불구불하고 정성스러운 글씨체로 적혀 있었다. 할아버지의 글씨체.

그다지 레게 같지 않고 더 거칠고 예스러운, 느낌이 다른 음악이었다. 레게의 드럼이나 기타 소리, 전자음은 없었고 대신 나무와 철사와 톱날 소리가 그 자리를 메웠다. 처음에는 이상하고 지난번에 받은 음악보다 지루했다. 하지만 테이프를 뒷면으로 돌릴 무렵 무슨 일인가 일어났다. 음악의 리듬이 뼛속에 스며들면서 자메이카에 부는 어둡고 습한 바람이 느껴졌다. 멘토 음악은 은근하면서도 나무 이끼처럼 뇌에 달라붙었다.

테이프를 듣고 또 듣다 보니, 슬픔의 날카로운 가장자리가 천천히 쓸려 나갔다. 내 나이 무렵의 할아버지가 춤추는 모습을 상상해 보았다. 행복한 모습. 왕처럼 당당한 자태로 서 있는 야자수. 공기를 떠도는 낯선, 잘 익은 과일 냄새.

침대 옆에 걸친 두 다리의 발가락이 박자에 맞추어 실룩거리기 시작했다. 발이 가만히 있질 못했다. 나는 한 손에 카세트를 들고 일어서 방바닥에서 리듬을 찾았다. 또 한 곡이 시작되었다. 나무로 덮인 까만 언덕들과 땅 위에 이리저리 뻗은 흙길과 반짝이는 불빛과 그 위에 뜬 별들이 보였다. 하늘을 만지려고 두 팔로 공중을 휘젓고 있었던 모양이었다.

갑자기 뒷목의 털이 섰다. 나는 눈을 떴다. 할아버지가 내 방 입구에, 부드러운 얼굴로 서 있었다.

내 입은 동그라미가 되었다. 비상사태인지 아닌지 알 수가 없었다. 멈춤 버튼을 누르고 헤드폰을 벗었다.

"하, 할아버지가 주신 음악이에요."

할아버지가 모르는 것도 아닌데 말을 더듬었다. 웃을 때처럼 할아버지의 광대뼈가 올라갔다. 나는 갑자기 수줍어졌다.

"이거 좋아요. 멘토 음악."

할아버지는 고개를 끄덕였다. 곧게 펴진 할아버지 어깨가 나를 향해 열려 있었다. 결코 이런 적이 없었는데.

"이 음악 저한테 들려 주셔서 고마워요."

헤드폰과 카세트를 내밀며 물었다.

"돌려 드릴까요?"

아니, 하고 할아버지는 손으로 말했다. 살짝 손을 젓고는 나를 가리키고 다시 자신의 귀를 가리켰다. **좀 더 들어.**

"좋아요."

대답하고서 급히 할 말을 찾느라 애를 썼다. 할아버지를 그냥 보내기 싫었다.

"어떤 곡을 제일 좋아하세요?"

할아버지는 잠시 생각했다. 그러고는 카세트를 가져가서 빨리 감기, 재생, 또 빨리 감기를 반복해서 누르다 노래가 시작되는 부분을 찾아냈다. 마침내 재생 버튼을 누르고 헤드폰에서 흘러나오는 음악을 둘 다 들을 수 있도록 소리를 최대로 높였다.

왱왱 거친 소리가 들리는 재미있는 노래였다. 나는 할아버지가 박자에 맞춰 고개를 끄덕거리는 모습을 보고 미소를 지었다. 할아버지의 눈은 그 곡의 음 하나하나를 다 안다는 말을 하고 있었다. 마치 옛 친구를 다시 만난 것처럼. 할아버지는 한 손으로 당신 다리를 두드렸다.

믿을 수가 없었다. 할아버지가 내 방에서, 다정하게, 나와 뭔가를 함께하고 있다. 우리는 대화를 하고 있다. 정말로, 태양이 폭발하는 것 같았다. 결코 일어나지 않으리라 생각한 일도 어느 날 일어나는 것이다.

할아버지에게 뭔가 보답하고 싶었다. 그 순간, 할아버지를 기쁘게 만들 일, 정말 행복하게 할 일이 하나 있다는 걸 깨달았다.

"존은 이제 안 와요."

비틀린 듯한 내 목소리에 스스로 놀랐다.

할아버지는 숨을 삼켰다. 크게 드러내지 않았지만, 나는 보았다. 노래가 끝나고 음악이 멈추었다. 테이프의 한쪽 면이 끝에 다다랐다.

"존은 저한테 거짓말했어요. 걔 진짜 이름은 유진이고, 나 다시는 걔랑 안 볼 거예요."

그 말을 하니 다시 마음속이 텅 비어 와서 울고 싶어졌다. 그건 고작 그 애가 한 거짓말의 시작일 뿐이었으니 말이다.

할아버지는 뿌듯한 표정을 지었다. 할아버지는 한 손을 내 어깨에 올렸다. 손은 놀랍도록 따뜻했다. 할아버지는 고개를 끄덕였다.

로즈마리는 효과가 있었던 것이다.

여전히 침대에 누워서 목걸이를 만지작거리는데, 자갈길로 들어오는 차 소리가 났다. 집에 가까워지더니 시동이 꺼졌다. 아빠가 퇴근한 것이다. 창문 너머로 아빠가 살며시 차문을 닫는 소리가 났다. 아빠는 결코 차문을 쾅 닫지 않았고, 우리에게도 그러지 못하게 했다. 우리는 항상 달걀 껍질을 다시 이어 붙이듯 살며시 차문을 닫아야 했다.

부엌에서 아빠의 걸음 소리가 들렸다. 아빠는 늘 다음 걸음을 땅이 잘 받쳐 주지 않을까 봐 걱정하듯 조심스럽게 걸었다.

"여보? 주얼?"

태어나 처음으로 대답을 하지 않았다. 심하게 울어서 부은 눈이 아직 가라앉지 않았기 때문에, 아빠는 나를 보자마자 질문을 쏟아낼 것이다. 유진 이야기를 하고 싶지 않았다. 그 아이가 지금 삼촌네 집에서 뭘 하고 있을지, 한참 꾸지람을 듣고 있을지, 우리를 완벽히 속인 것이 고소해서 자지러지게 웃어 대고 있을지 생각하고 싶지 않았다.

엄마가 아빠에게 대답하는 소리가 엄마, 아빠 방의 문 너머로 들려 왔다. 엄마는 어쩌면 지금까지 우느라 나보다 얼굴이 더 엉망일지도 모른다. 유진은 엄마 친구가 아니라 내 친구인데. 마음속에 어떤 분노가 움텄다. 눌러 보았지만 거의 소용없었다.

침대에 누워 천장을 보면서 엄마, 아빠의 목소리를 들었다. 닫힌 문 두 개가 가로막고 있어서 말은 알아듣기 힘들었다. 대신 긴장감과 충격을 듣는 셈이었다. 갑자기 할아버지가 된 기분이었다. 말없이 잊힌 채로 주변 모두의 말을 듣는 사람. 사람들이 자기가 하는 말이 어떻게 들리는지 깨닫지 못한다는 것도 알게 된다. 이를테면 엄마는 자신이 얼마나 무겁게 말하는지, 얼마나 짜증난 듯 말하는지를 알까? 아빠는 자기 목소리 속에 밴 차가움을 알까?

두 사람의 목소리는 점점 커지고 거칠어졌다. 방문이 열리며 말이 또렷하게 들렸다.

"그런 표정 하지 마."

엄마는 내 방 바로 앞 복도에 서서 말했다.

"로즈, 난 아무 말도 안 했어."

"했어. 표정이 다 말하고 있다고. 그리고 알아 뒀으면 하는데, 유진은 이 일과 아무런 관계가 없어."

엄마, 아빠의 숨소리가 들렸다.

"관계가 있다는 거 당신도 알잖아."

"당신은 정말……"

엄마는 부엌으로 멀어졌다. 그리고 아빠가 말했다.

"애초에 당신이 내 말대로……"

어디선가 쾅 소리가 났다. 찬장인 것 같았다.

"그만해! 현실하고 관계없는 그 바보 같은 소리들 좀 그만하라고!"

이제 아빠는 화가 나서 외쳤다.

"제발 내 말 좀 들어. 나도 참을 만큼 참았어. 이건 다 당신 잘못이야. 당신은 엄연한 사실을 부정하고 있어."

"정말 엄연한 사실은, 내가 얼간이와 결혼했다는 것뿐이야."

긴 침묵이 이어졌다. 울고 싶었지만, 그조차 두려웠다.

"그렇구나."

아빠는 조용히 대답했다.

"더피니 혼령이니 길운이니 액운이니. 나이젤, 이 나라에 사는 어떤 멀쩡한 사람이 당신을 얼간이라고 생각하지 않겠어?"

"로즈, 어머니 사진이 난데없이 벽에서 떨어졌다고."

또 한번 쾅 소리와 달그락거리는 그릇 소리가 났다.

"그게 뭐? 그런 일이야 흔히 일어나."

엄마 목소리는 팽팽한 악기 줄처럼 한층 더 높아졌다.

"아니, 흔하지 않아. 당신이 이런 식으로 이야기할 때마다 저주를 끌어들이는 거라고. 이제 더는 참지 않을 거야."

아빠가 조리대를 내리친 듯, 쿵 하는 소리가 났다.

"당신은 저주에 관해서라면 대단한 전문가구나."

엄마의 비꼬는 말투에 내 몸이 서늘해졌다.

"그러면 아버지가 더피를 감지하는 건 어떻게 설명할 건데?"

아빠도 목소리가 높아졌다.

"유진이 존인 척한 건? 사진이 떨어진 건? 버드에 대해서는 어떻게 설명할 거냐고?"

"내 아들을 그런 식으로 얘기하지 마!"

엄마가 새된 소리로 외쳤고, 손바닥으로 철썩 때리는 소리가 났다. 나는 방에서 나와 부엌으로 달려갔다. 분노의 손자국이 뚜렷한 아빠 얼굴은 여전히 한쪽으로 돌아가 있었다. 두 사람 다 나를 보지 못했다. 엄마가 분노에 떨며 말했다.

"아버님이 내 아들을 죽였어. 나한테 뒤집어씌우려 하지 마."

나는 헛기침을 했다. 두 사람은 내게로 고개를 돌렸다. 부엌 시계의 초침 소리가 크게 울렸다. 희망이 모두 빠져나가 버린 사람처럼 아빠의 어깨가 처졌다. 엄마가 떨리는 목소리로 말했다.

"주얼, 우린 네가 집에 있는 줄 몰랐어."

"나갈 거예요."

나는 감정 없는 목소리로 말했다. 등 뒤로 덧문을 닫는데, 심장이 쪼그라들기 시작했다. 느낄 수 있었다.

# 14

곧장 절벽으로 갔다. 밤에 가는 것은 처음이었다. 밤은 미지의 시간이다. 그림자들이 단단한 물체가 되고, 우리가 알던 나무들은 모습과 의미를 바꾸고, 영혼들은 자유롭게 지상을 돌아다니는 시간. 어두워지면 조심하고, 깜깜한 밤이 되면 아주 조심해야 한다고 아빠는 늘 말했다. 별다른 이유 없이 개가 짖거나 한밤중에 수탉이 운다면, 그건 동물들이 우리 눈에 보이지 않는 뭔가를(십중팔구 더피를) 보고 우리에게 알려 주는 거라고 했다. 밤이란 혼령들이 힘을 얻고 인간들은 힘을 잃는 시간이라고.

어릴 땐 바로 그 이유 때문에 어둠이 너무나 무서워 엄마, 아빠의 침대에서 잤다. 결국 엄마의 뜻에 따라 아빠는 더피가 밤에 어디에나 있는 것은 아니고, 오직 묘지 근처에만 있다고 내게 이야기했다. 나중에 아빠가 해명하기로는, 단지 나를 내 방으로 돌려보내고 엄마 신경을 거스르지 않으려 그랬다지만. 더피들은 어디에나 있다. 그러나 우리가 건드리지만 않으면 그들도 건드리지 않는다. 적어도 아빠 말에 따르면 그렇다. 그 말을 듣던 무렵, 이미 나는 밤의 절벽을 제외하고는 어둠을 거의 무서워하지 않았다.

눈이 어둠에 적응하기까지는 시간이 걸렸다. 점점 살이 차오르는 초승달은 뾰족하고 환해서 멋진 미소처럼 보였지만, 그늘은 내 기억보다 훨씬 길고 짙고 어두웠다. 너무 허둥지둥 나오느라 손전등도 챙겨 오지 못했다. 어둠에 절반쯤 가려진 세상은 모나고 차갑고 낯설게 느껴졌다.

흙길에 다다랐을 때 바람이 땅을 가로질렀고 풀잎들이 담요처럼 물결쳤다. 몸이 떨렸다. 나는 풀들이 서로 스치는 소리가 늘 좋았다. 하지만 지금은 그 소리에 소름이 돋았다. 솔로도그 가져오길 잊었다는 걸 깨닫고 나는 얼굴을 찡그렸다. 돌아가는 게 나을지도 모르겠다는 생각이 들었다. 아빠가 옳았다. 여긴 밤에 오기에 좋은 곳이 아니었다.

이를 악물었다. 아니다. 이미 여기까지 왔다. 그리고 어차피 집이 여기보다 나은 것도 아니다.

나는 내 돌들을 보고 멈추어 섰다. 달빛 속에서 돌들은 아주 달라 보였다. 은빛으로 은은하게 빛나는 동그라미는 내게 관심도 없는 듯 초연해 보였다. 동그라미 가운데에 내가 들어가는 걸 원하지 않는 것처럼. 나는 입술을 깨물고 동그라미 옆을 지나,

자석에 이끌리듯 절벽 가장자리로 다가갔다.

절벽 너머 공간은 어둠에 싸여 보이지 않았다. 어둠은 깊고 짙었다. 발을 디디면 나를 지탱해 주기라도 할 것처럼. 나는 스스로를 붙들었다. 발이 멈춘 곳을 내려다보며, 여기는 절벽 가장자리야, 하고 자신에게 말했다. 아무리 단단해 보인다 해도 어둠 위로 걸음을 내디뎠을 때 좋은 일은 일어나지 않는다. 내 앞에 허공이 크게 입을 벌리고 있다는 유일한 단서는 신발 저편에서 윙윙거리며 휘도는 바람이었다. 이렇게 늦은 밤에는 공기조차 옅고 길들여지지 않은 듯 다르게 느껴졌다.

떨렸다. 더피들이 존재한다면 이 순간 분명 여기에 있을 것이고, 나를 온통 둘러싼 채 절벽 아래로 떨어뜨리려 할 것이다. 그리고 만일 버드가 이곳에 있다면 나를 도우려 할 것이다.

"버드."

바람이 윙윙거렸다. 나는 주먹을 꼭 쥐었다.

"버드!"

나는 더 크게 외쳤다. 뜻밖에도 눈물이 뺨을 타고 흘렀다.

"도와줘! 우린 오빠가 필요해. 어떻게든 우릴 좀 도와줘!"

하늘을 올려다보았다. 유성이 지나가기를, 아니면 전에 본 오빠 모습이 천국에서 내려오기를, 혹은 대범하고 위험한 밤 독수리라도 나타나기를. 그 어떤 계시라도 나타나길 기다렸다. 하지만 아무것도 없었다.

그날 밤, 많은 조약돌을 묻었다. 어느 때보다 많은 돌을. 하지만 인생에서 처음으로 조약돌들이 너무나 작아 보였다. 그걸 깨닫고 나뭇잎과 나무 조각들을 손에 쥐어 보았지만, 그것들로도 충분치 않았다. 거기서 찾을 수 있는 가장 큰, 동그라미의 돌들보다도 큰 돌을 찾아내어 묻을 곳으로 무겁게 안고 왔다. 어깨가 아파 오고 티셔츠가 땀에 젖도록 땅을 파고 또 파서, 돌이 들어갈 만한 구덩이를 만들어 그 속에 넣었다. 하지만 돌을 다 파묻고 흙을 두드리고 나서 어쩔 줄 모르는 기분이 되었다. 찾을 수 있는 가장 큰 돌이었는데도, 너무나 작다는 걸 깨달은 것이다. 산이라도 옮겨와서 묻어야 하나 생각하는 순간, 가슴 어딘가가 쓰라렸다. 나는 그냥 포기하고 울어 버렸다.

걱정이 사라지지 않을 때는 어떻게 해야 할까? 온 지구조차도 그 걱정을 달래 주지 못할 때는? 어느덧 바람이 잦아들어 천천히 화강암 바위에 올라갔지만, 그 위에서도 나는 초대받지 못한 외로운 이방인의 마음이었다.

집에 오니 아빠가 거실에서 나를 기다리고 있었다. 독서등이 켜져 있고 아빠가 즐겨 보는 심야 티브이 쇼가 막 끝난 참이었다. 신발을 벗고 부엌에서 뭔가 찾는 척하며 마음을 가라앉혔다.

잡지를 보던 아빠가 나를 흘긋 보았다. 면도를 하지 않아 짧은 수염이 난 것을 빼고는 평소와 같은 모습이었다. 아까 일어난

싸움은 내 상상이었나 싶기도 했지만, 그건 나 자신을 속이는 짓이었다. 엄마, 아빠는 어느 때보다도 심하게 싸웠다. 서로에게 잔소리를 하거나 퉁명스럽게 말하는 일은 있었지만, 오늘은 서로에게 **소리를 지르고** 있었다.

"늦었구나."

아빠가 하품을 누르며 물었다.

"네."

"어디 다녀왔니?"

"좀 걸었어요."

거짓말을 했다. 소파 위에 개어진 담요가 있다. 아빠가 밤에 두는 물잔도 커피 테이블 위 흐트러진 잡지들 옆에 있다. 내가 베개를 보고 있다는 걸 아빠가 알아차렸다.

"오늘 밤은 밖에서 자는 게 더 시원할 것 같아서."

엄마가 아빠를 때렸다. 생각만으로도 몸속이 서늘해졌다. 수백만 가지 다른 일들을 생각하려 해도 귓가에는 엄마의 손이 아빠의 얼굴을 후려치던 소리가 자꾸만, 자꾸만 들려왔다.

"선풍기 켜 드릴까요?"

"그래."

거실을 가로지르며, 오늘의 싸움에 관해 우리는 또 얼마 동안이나 침묵할까 생각했다. 우리가 하지 않는 많은 이야기들 위에 또 하나 쌓이는 거겠지.

그렇게 쌓인 이야기들에 진절머리가 난다.

"아빠."

조용한 목소리로 물었다.

"두 분 이혼하실 거예요?"

아빠는 헛기침을 했다.

"아니다, 주얼. 대체 그런 생각은 왜 하니?"

오늘 내가 듣고 본 것을 생각하면 참 바보 같은 질문이었다. 내겐 버릇없게 들리지 않도록 대답할 방법이 없었다.

"그래, 우리는…… 가끔 의견 충돌이 있지. 단지 그뿐이야."

아빠는 독서용 안경을 벗고 두 손으로 얼굴을 비볐다.

"우린 문제없단다. 하루 이틀만 지나면 괜찮아."

속으로 한숨을 쉬고 내 방 쪽으로 갔다. 엄마, 아빠의 방문 아래로는 아무런 불빛도 보이지 않았지만, 나는 엄마가 어둠 속에 누운 채 여전히 깨어 있지 않을까 생각했다. 어쩌면 할아버지도. 모두 제각기 침대에 누워 어둠 속에서 서로를 생각하는 집이라니, 얼마나 우스운가.

방으로 들어가서 창밖의 별들을 보았다. 절벽에서 본 위치에서 아주 조금 옮겨 가 있었다. 하늘에서 밝고 대담한 빛이 번쩍했다. 숨을 죽였다. 혜성인가? 운석? 입술을 깨물었다. 유진이라면 그게 뭔지 알 것이다. 그 애가 여기 있다면 물어볼 필요조차 없겠지. 그 애는 그냥 말해 버릴 테고 나는 더 똑똑해졌을 것이다. 아무렇지 않게.

하지만 이제는 아무렇지 않은 일이 아니다. 다시는 유진과 이야기하지 않을 테니.

한숨을 쉬었고, 어떤 끔찍한 기분이 내 안에 들러붙었다. 머리 위 먼 곳의 별들은 이미 오래전에 지나 버린 시간에서 날아온 빛에 감싸여 여전히 반짝였다. 나도 지나 버린 시간으로 돌아가고 싶다고, 토끼 인형을 안으며 생각했다. 무엇을 할지는 모르겠지만, 어쨌든 그때가 나을 것 같았다. 나와 존은(그 아이가 '존'이었을 때니까) 나무도 오르고 옆구리가 아프도록 웃기도 하겠지. 나에겐 여전히 친구가 있겠지. 하지만 지금, 별들은 우리 모두에게 거짓말을 한 유진이라는 아이의 머리 위를 맴돌고 있다. 그날 밤, 나는 침대에서 오랫동안 뒤척였다. 잠들기 전 마지막으로 머릿속에 떠오른 것은 내 동그라미, 화강암 바위, 조약돌들이었다. 끝없이 펼쳐진 밤하늘 아래 앉아 있는 내 돌들.

아빠가 소파에서 잔 지 2주가 되었을 때, 엄마는 요리를 하지 않기로 결정했다. 영원히 하지 않기로 말이다. 엄마는 저녁 식탁에서 그걸 선언했다. 우리 넷은 식탁에 둘러 앉아 있었고 나방들이 창문 방충망에 부딪히고 있었다. 엄마는 식탁에 스파게티를 차려 주었다. 모두가 열심히 스파게티를 먹는데, 나는 문득 엄마가 자기 음식에 손도 대지 않는다는 걸 알아차렸다. 전혀. 대신 엄마는 의자에 등을 대고 앉아 우리를 보고 있었다.

"이게 내가 준비한 마지막 식사야."

엄마의 말에 세 사람은 일제히 쳐다보았다. 심지어 할아버지도. 그리고 기다렸다.

"밥 차리는 거 더는 못하겠어."

엄마는 식탁에서 개미 한 마리를 쓸어 냈다.

"음식 하는 데 신물이 나. 난 요리가 너무 싫어."

아빠는 냅킨으로 입을 닦았다.

"알았어."

"할인하는 음식 찾고, 사고, 다 먹고 치우는 거 전부 다 진절머리 나."

엄마는 손을 내저었다.

"얼마나 따분한 일인지 알아? 얼마나 고역인지 아냐고?"

"제가 할게요, 엄마. 나 그릴 치즈 샌드위치 잘 만들어요."

나는 애써 차분한 태도로 말했다. 할아버지는 다시 식탁을 내려다보았다.

"내 말이 무슨 뜻인지 이해 못한 것 같은데."

엄마가 조용히 말했다. 목소리 속 뭔가에 내 팔의 털이 다 일어섰다. 나는 스파게티 면을 결코 입에 넣지 못할 만큼 커다랗게 포크에 말았다.

"주얼. 칼로 잘라라. 그러다 엉망 된다."

아빠가 말했다.

"네."

할아버지의 포크가 접시를 긁었다.

"화장실 좀 갔다 올게요."

"주얼."

엄마가 나를 불렀다. 심장 소리가 커졌다. 나는 기다렸다.

엄마는 우리를 보았다. 그리고 우리가 바보이기라도 한 것처럼 천천히 말했다.

"나 다시는 음식 만들지 않을 거예요."

"로즈, 이미 한 말이잖아. 우리 알아들었어."

아빠가 말했다.

나는 엄마 발목에 매달려 **실망시켜서 죄송해요, 우릴 버리지만 마세요**, 하며 울고 싶었다. 하지만 이렇게 말했다.

"우리가 방법을 찾을게요, 엄마."

"그래."

엄마는 대답했다. 그리고 의자를 밀어 일어서서 나가 버렸다. 나는 칼로 스파게티 면을 작디작게 조각내었다.

"내일은 내가 밥할 테니까 걱정하지 마라."

엄마가 사라진 후 아빠가 내게 말했다.

"저도 케사디야 만들 줄 알아요. 토마토 수프랑 오믈렛도요."

"그래, 안다."

할아버지는 쩝쩝거리며 큰 소리로 음식을 씹었다. 할아버지를 쳐다보았는데, 할아버지도 나를 보고 있어 깜짝 놀랐다. 할아버지는 살며시 고개를 끄덕였다.

"가서 엄마랑 얘기해 볼까요?"

불쑥 말이 튀어나왔다. 아빠는 큰 소리로 한숨을 쉬었다.

"하지 마라. 도움 안 돼."

곧 아빠도 현관 발코니로 나가 앉았다. 식탁 위의 그릇 몇 개를 싱크대에 갖다 두고 나머지를 가지러 식탁으로 돌아왔는데, 남은 접시들이 모두 포개져 있었다. 할아버지가 일어서서 나를 도와주고 있었던 것이다. 한 번도 그런 적이 없었다.

나는 얼굴을 붉히며 엷은 미소를 지어 보였다.

할아버지는 자신의 이마를 가리켰다가 엄마가 전혀 손대지 않은 접시를 가리켰다.

나는 함박웃음을 지었다.

"식사 준비 도와주시면 정말 좋죠."

할아버지는 다시 고개를 끄덕였다. 내가 제대로 알아들은 것이다.

아빠는 약속대로 다음 날 식사를 준비했다. 하지만 그 다음 날에는 거의 8시가 되어서야 집에 들어왔기 때문에 내가 그릴 치즈 샌드위치를 만들어서 할아버지와 저녁 식사를 했다. 이틀이 더 지나 할아버지와 나는 그릴 치즈 샌드위치에 질렸고, 찬장 뒤쪽에 적어도 3년 동안 그대로 있었던 으깬 옥수수 통조림과 멕시코식 튀긴 콩 통조림을 처음으로 땄다. 엄마는 집에 있을 때도 나가 있을 때도 있었고, 대체로 말없이 이곳저곳에서 간단히 요기를 했다. 아빠는 뭘 먹는지 모르겠지만, 아무튼 집에서는 먹지 않았다. 아빠 역시 그릴 치즈 샌드위치에 물린 것이다.

요리라는 게, 치즈건 오믈렛이건 일단 불 위에 얹어 두고 나면 마음이 이리저리 서성대기 마련이다. 엄마와 아빠가 싸운 지 2주나 지났지만, 머릿속엔 한 장면만 계속 되풀이되는 영화처럼 자꾸 그날의 다툼이 떠올랐다. 그날 오가던 말들을 다 이해하지는 못했지만, 분명한 건 엄마, 아빠가 내게 이야기하지 않은 것이 아주 많다는 사실이었다. 아빠는 어떻게 버드의 죽음을 엄마 탓으로 돌리는 걸까? 할아버지 탓인 걸 모두가 아는데.

물론 할아버지는 의도하지 않았다. 누군가가 할아버지에게 **아이에게 버드라는 별명을 지어 주면, 그 별명은 더피를 부르거나 아이 머릿속에 혼란을 주어 결국 죽게 만듭니다**, 라고 말해 주었다면 결코 그러지 않았을 것이다. 사진 속에서 할아버지는 버드와 함께 함박웃음을 짓고 있지만, 버드를 죽인 사람은 엄마가 아니라 할아버지다. 하지만 그날 엄마도 아빠를 얼간이라 불렀다. 아빠가 정말로 똑똑한 사람이라는 것, 특히 식물과 더피에 관해 해박한 사람이라는 건 엄연한 사실이다. 그러니 엄마, 아빠 모두 틀린 거겠지.

서로에게서 멀어져 가는 우리 가족 생각에 너무 골똘히 빠진 나머지, 부엌을 가득 채운 짙은 연기도 눈치채지 못했다. 갑자기 프라이팬 기름에 불이 붙었다. 나는 펄쩍 물러서서 비명을 질렀다. 미친 사람처럼 계속 비명을 지르는 사이에 할아버지가 황소처럼 부엌으로 돌진해 들어왔다. 할아버지는 프라이팬 위에 뚜껑 같은 걸 던져 불을 끈 다음, 가스레인지를 잠갔다.

매캐한 연기가 자욱했다. 울고 싶었다.

"죄송해요, 할아버지. 그거 우리 점심이었는데."

할아버지는 놀란 눈을 커다랗게 뜨고 나를 오랫동안 쳐다보았다. 그러다 불안했던 표정을 지우고 어깨를 으쓱하며 눈썹을 올렸다. **불에 점심 한번 안 태워 본 사람이 어디 있어**, 하는 듯이. 할아버지는 연기를 몰아낼 선풍기를 가져 왔다.

연기가 거의 사라졌을 때, 할아버지는 프라이팬에 덮었던 뚜껑을 열고 속을 들여다보았다. 할아버지는 눈썹을 찌푸렸다. 또 오믈렛을 먹을 참이었구나. 이번에는 숯처럼 태워서.

"다른 음식은 제가 제대로 못 만들 것 같아서요."

발을 보며 말했다. 할아버지 콧구멍에서 바람이 나왔다. 웃음의 시작이었다. 광대뼈가 또 올라가는가 싶더니, 할아버지는 냉장고 앞으로 가서 얼린 생선을 꺼내 물에 담갔다. 생선이 녹자 기름을 두르고 베이컨, 양파, 고추와 함께 노릇하게 구웠다. 스크램블 에그처럼 보이는 노랗고 달콤한 과일 아키 통조림을 따서, 물은 따라 버리고 생선 요리에 넣었다. '아키와 소금에 절인 대구' 요리를 소금에 절인 대구 없이 만드는 할아버지 모습이 왠지 재미있었다. (우리 집에 있던 건 가죽처럼 질긴, 말린 대구였다.) 이곳 식료품 가게에서는 절인 대구를 팔지 않는다. 마찬가지로 매운 자메이카 고추도 팔지 않아서, 대신 우리는 멕시코 고추를 쓴다. 솔직히 우리 집에 아키 통조림이 있다는 사실도 놀라웠다. 할아버지가 식료품 창고 안쪽 깊숙한 곳에서 겨우 찾아내기는 했지만.

생선 요리가 익는 동안, 할아버지는 우묵한 그릇에다 밀가루, 소금, 베이킹파우더, 우유, 버터를 넣고 손으로 반죽을 하더니 레몬만 한 둥근 덩어리를 빚어서 납작하게 살짝 눌렀다. 그러고는 기름을 부은 팬에 던져 넣어 금빛으로 튀겨 냈다.

눈 깜짝할 사이에 이 모든 음식들이 만들어졌다. 믿기 어려울 정도로 맛있었다. 아빠가 만든 음식보다 훨씬 나았고 엄마의 음식과는 비교할 수도 없었다. 아빠는 자신의 아버지가 이렇게 요리를 잘한다는 사실을 분명 알 텐데. 할아버지는 그동안 왜 가만히 엄마가 만든 육즙 치킨 같은 거나 먹은 걸까?

지금까지 우리 식탁에서는 늘 음식이 남아돌았는데, 할아버지가 만든 음식은 놀랍게도 우리 두 명이 먹기에 딱 적당한 양이었다. 엄마, 아빠에게도 이 음식들을 좀 맛보여 주고, 할아버지의 요리 솜씨가 얼마나 근사한지를 보여 주고 싶었다.

"할아버지, 잘 먹었어요. 정말 맛있었어요."

나는 배를 두드리며 말했다. 할아버지의 양쪽 입가가 올라가 옅은 미소를 만들었다.

"자메이카에서 배우셨어요?"

할아버지는 고개를 끄덕였다.

"언제 한번 엄마, 아빠한테도 해 주세요."

포크로 접시 위 마지막 남은 아키 조각을 찍으며 말했다.

"깜짝 놀랄 거예요."

갑자기 할아버지 얼굴이 굳었다. 그때 깨달았다.

"일부러 두 사람분만 만드신 건가요?"

나는 조심스럽게 물었다. 할아버지는 한 손으로 굵고 짧은 자신의 머리카락을 쓸면서 시선을 획 돌렸다. 나는 조금 숨을 죽였다. 비밀이라는 게 벽돌을 가득 넣은 가방보다 무거운 경우도 있다는 사실을 전혀 알지 못했다. 지금까지는.

할아버지는 일어섰다. 할아버지가 나를 바라보는 눈빛을 보고 나도 일어났다.

"음식 만드는 방법, 저한테 조금 가르쳐 주시면 안 돼요? 정말 맛있었어요."

침묵을 메우려 애써 보았지만, 할아버지는 내 말을 듣고 있지 않았다. 할아버지는 당신 방으로 가더니 또 다른 테이프를 들고 나타나서 내게 내밀었다.

나도 모르게 입꼬리가 귀에 걸릴 듯 올라갔다. 할아버지가 손가락을 빙빙 돌렸다.

"지금 들어 보라고요?"

할아버지는 고개를 끄덕였다. 조금 긴장한 듯했다.

나는 방에서 카세트를 가지고 와, 함께 들을 수 있도록 볼륨을 높였다.

놀랍게도 테이프에 담긴 건 드럼도 현악기도 그 어떤 음악도 아닌, 누군가가 말하는 목소리였다. 남자의 목소리는 멀고 거칠었다. 목소리를 낮추어 속삭이고 있었다.

"자, 이 밸런타인데이에 우리는 숙녀 분들이 가게에서 돌아오기를 기다리고 있습니다."

어리둥절해서 할아버지를 보았다. 할아버지는 고개를 까딱하고는 눈을 반짝이며 귀를 기울였다. 테이프는 계속 돌아갔다.

"우리는 집 안을 양초와 장미로 꾸몄고 나이젤이 화장실 청소까지 했습니다."

"아버지, 꼭 그렇게 무슨 일이든 녹음을 하셔야 돼요?"

이번엔 다른 목소리가 말했다. 나이젤. 아빠다. 그러자 아까 나온 그 목소리가 웃으며 말했다.

"당연하지. 안 그러면 네가 얼마나 웃기는 놈인지 나중에 어떻게 증명하겠냐?"

그때 깨달았다.

"이 목소리 할아버지예요?"

사람 눈알이 쉽게 빠지지 않는다는 사실이 고마웠다. 그렇지 않다면 놀란 내 눈은 튀어 나가 바닥에 구르고 있을 테니까.

할아버지는 손바닥으로 식탁을 쳤다. 잔뜩 들뜬 모습으로.

"할아버지 목소리 좋아요."

부드럽게 말하자 할아버지는 조금 민망한 표정으로 목 뒤를 긁었다. 내 얼굴에도 천천히 미소가 번졌다. 테이프는 계속 돌아갔다. 아빠가 장난기 어린 목소리로 말했다.

"아무튼, 제가 화장실 청소를 한 건 아버지가 하시면 우리 집 숙녀 분들께서 더 지저분해졌다고 불평하기 때문이잖아요."

어쩐지 아빠 목소리는 젊게 들렸다. 사람이 행복하면 목소리가 젊어지는지도 모르겠다.

"자, 자, 숙녀 분들께서 진입로에 들어오고 계십니다."

테이프 속 할아버지는 속삭였다.

"오고 있어요."

아빠가 속삭였다.

"방금 내가 말했잖냐. 조용히 해라. 문 앞에 다 왔어."

"조용히 할 사람이 누군데요."

잠시 긴장된 기다림의 시간이 흘렀고, 두 남자는 갑자기 소리 질렀다.

"짜잔!"

소리 지르고 웃고 말하는 소리가 뒤엉킨 걸로 보아 엄마와 할머니는 무척 놀란 것 같았다. 엄마가 들뜬 목소리로 외쳤다.

"엄마! **우리**가 준비한 것도 보여 주자고요!"

잠시 어리둥절했지만 곧 엄마가 부른 '엄마'가 할머니라는 사실을 알아차렸다. 나를 두 배로 어리둥절하게 한 것은 엄마 목소리가 무척이나…… 행복하게, 자유롭게 들린다는 사실이었다.

엄마가 커다랗고 맑은 목소리로 말했다.

"정말, 우리 집 신사 분들은 어쩌면 이렇게 로맨틱하실까! 초콜릿이며 이런 것들을 다 준비하고! 자, 그럼 우리가 준비한 걸 보여 드릴게요."

아빠와 할아버지는 웃기 시작했다.

"양말?"

아빠 목소리였다. 할아버지가 코로 웃었다.

"당신이 제일 좋아하는 색깔이잖아."

할머니 목소리였다.

"내가 세상에서 본 가장 고급스러운 양말이야, 내 사랑."

할아버지가 말했다.

거기서부터 우리는 더 들을 수 없었다. 이 시간이면 직장에서 일하고 있어야 할 엄마가 웬일인지 집 안으로 걸어 들어왔기 때문이다. 엄마는 우리를 똑바로 보았지만, 카세트도, 헤드폰도, 할아버지와 내가 다정하게 함께 있는 것도 전혀 알아차리지 못했다.

눈에 눈물이 가득했기 때문이다. 나는 일어섰다.

"엄마, 무슨 일이에요?"

"우리 이제 어쩌면 좋니?"

말끝에 울음이 섞여 있었다. 엄마는 한 손으로 입을 막았다. 할아버지는 긴장했다.

나는 속이 울렁거렸다.

"무슨 말이에요?"

"주얼 캠벨, 너 절벽에서 뭘 하고 있었던 거야?"

할아버지 눈이 커졌다. 나는 입을 떡 벌렸다.

"난 그냥……"

"이젠 아무래도 상관없어. 다 소용없다고."

엄마의 목소리는 울음이 섞여 흔들리고 있었다. 엄마는 식탁에 앉아 두 손으로 얼굴을 가렸고 한참 말없이 그대로 있었다.

"돌로 동그라미는 왜 만들었어?"

엄마는 식탁에 대고 속삭였다. 세상이 빙글빙글 돌았다.

"나도 모르겠……"

"거짓말하지 마."

엄마 목소리가 굵어졌다. 엄마는 나를 보았다.

"거긴 네가 가면 안 되는 곳이잖아."

엄마는 잠시 뜸을 들였다.

"아빠에 대해서나 아빠가 하는 말에 대해서 사람들이 이상하게 생각하지 않게 하려고 내가 얼마나 오랫동안 애썼는데, 이제는 네가 이러니?"

"전 나쁜 짓 안 했어요."

엄마는 끙, 하고 신음했다.

"정말이에요."

"네가 뭣 때문에 그렇게 하든, 사람들은 받아들이질 않아."

엄마는 뺨에 흘러내리는 눈물을 닦았다.

"네가 돌로 동그라미를 만든다는 이야기를 로빈슨 씨가 들었대. 주얼, 나는 관청에서 일해. 그걸 잊어 버렸니?"

로빈슨 씨. 엄마의 상사이자 칼레도니아 카운티의 모든 일을 책임지는 자치관청장. 칼레도니아 장로교 목사.

오해다.

"제가 설명할 수 있……"

"늦었어."

엄마는 다시 두 손으로 얼굴을 감쌌다.

"이미 엄마가 관뒀어. 쑥덕거리는 소문에 진절머리가 난다고 말하고 나왔어."

엄마의 말을 머리로 이해하기까지 길고 두려운 시간이 흘렀다. 마침내 이해한 순간, 죽고 싶었다.

엄마가 직장을 그만둔 것이다. 나 때문에.

절벽의 돌들에 대해 아는 사람은 단 한 명뿐이다.

유진.

# 15

아빠가 일을 마치고 돌아왔을 때도 엄마는 여전히 식탁에 있었다. 나는 방문을 열어 둔 채 침대에 누워 있었다. 아빠의 발소리는 현관문 안으로 들어오자마자 멈췄다. 엄마가 집에 있어서 놀란 모양이었다.

"이제 나 직장 없어."

엄마의 조용한 말과 함께 집 안 온도는 급격히 떨어졌다.

"뭐?"

"나 잘렸어."

잠시 침묵.

"아니, 내가 그만뒀어."

"뭐라고?"

"청장한테 당신 밑에서 더는 일 못하겠다고 했어."

"세상에! 로즈, 문제가 있다는 건 알았지만, 도대체 왜?"

"주얼 때문이야."

"주얼이 이 일하고 무슨 관계가 있는데?"

"가서 직접 물어 봐."

"도대체……"

"직접 물어 보라고."

사방이 조용했다.

눈물이 뜨겁게 솟아올랐다. 내가 유진을 친구로 삼지만 않았더라도 이 모든 일은 일어나지 않았을 것이다.

모두 내 잘못이다.

"주얼!"

아빠의 부름에 나는 무거운 발걸음으로 부엌으로 갔다. 아빠의 서류 가방은 부엌 한가운데에 떨어져 있었다.

"앉아 봐라."

아빠 말에 순순히 따랐다.

"어떻게 된 거니?"

아빠의 목소리는 화가 나거나 두려울 때처럼 떨렸다. 어쩌면 둘 다일지도 모른다.

대답하고 싶었다, 정말로. 나는 그 절벽에 간다고. 그곳이 내 걱정을 달래 주고 진짜 나 자신이 되게 해 준다고 말하고 싶었다. 한 친구를 만났는데 알고 보니 친구도 아니었고 그 아이를 믿은 건 실수였다고. 지금 내 가슴에는 거대한 블랙홀이 소용돌이친다고. 내가 모두의 인생을 망치고 있다고 말하고 싶었다.

한마디도 빠짐없이 다 말하고 싶었지만, 하지 않았다. 두 손만 내려다보았다. 눈물이 뺨을 타고 흘러내렸다.

"주얼이 아직도 그 절벽에 간대."

엄마의 말에 아빠가 눈을 휘둥그레 떴다.

"그리고 청장 말로는 그 절벽에서 돌로 만든 동그라미를 누가 봤는데, 주얼이 만든 거고 주얼이 그걸로 이상한 짓을 한다고 소문이 났대. 도대체 거기서 무슨 일이 일어나고 있는지 모르겠다는 거야. 그냥 너무 별나대."

엄마는 잠시 말을 멈추었다.

"농담이라는 듯이 웃어 대며 그 말을 하는데, 나는 무슨 뜻으로 하는 말인지 다 알겠더라고. 그래서 말했어. 어떻게 내 딸이 뭔가 나쁜 짓을 하고 있다는 듯이 말할 수가 있냐고. 자기 관할 지역에 도는 소문에 제대로 대처하지도 못하는 겁쟁이라고."

"당신이 그렇게 말했다고?"

엄마는 대답 대신 희미하게 웃었다. 그리고 말했다.

"겁쟁이라고 하니까 열 받아 하더라. 내친 김에 나도 겁쟁이 밑에서는 일하기 싫다고 했지. 그리고 나왔어."

나는 훌쩍이며 울었다.

"나는 잘못한 거 없어요."

"네가 잘못한 일은 부모 말을 안 들은 거야."

엄마 목소리는 더 날카로워졌다.

"중요한 건 네가 말을 안 들어서 내가 직장을 잃은 거라고."

"돌로 동그라미를 만들었어?"

아빠는 물었다. 목소리가 이상했다.

나는 마른침을 삼켰다. 엄마, 아빠는 내게 모든 걸 비밀로 하는데, 왜 나는 모든 것을 말해야 하나?

"아빠 말에 대답해."

엄마가 말했다.

딜레마다. 눈물만 쏟게 될 텐데도 입을 여는 것과 입을 꾹 닫고 모든 비난을 받아들이는 것 중 어느 쪽이 더 나쁠까?

"애가 어떻게 되어 가는지 당신 보여?"

아빠에게 말하는 엄마의 목소리는 여전히 조용했다. 거의 애원하는 지경이었다.

"당신이 믿은 미신 때문에 우리 딸이 미쳐 버렸잖아."

엄마는 이마를 두 손으로 받쳤다.

"제가 청장님이랑 이야기해 볼게요."

나는 간절히 말했다. 엄마는 끙 앓는 소리를 냈다.

"다 이해하시도록 전부 얘기할게요."

아빠가 이를 악물었다. 침을 꿀꺽 삼켰다.

엄마의 두 손 뒤로 훌쩍이는 소리가 들렸다.

"우리 주택 융자금은 어떻게 내지?"

아빠가 성큼성큼 부엌에서 나갔다.

"제임스 아주머니네에서 일손이 필요할지도 모른댔어요. 빵

집에서요."

나는 속삭였다. 엄마는 주먹으로 쾅 하고 식탁을 내리쳤다.

"청장한테 찍혔는데 누가 나한테 일자리를 주겠니?"

엄마의 손마디가 하얗다. 내 안에서 뭔가가 내려앉으며 눈물이 터졌다.

"제가 가서 나쁜 짓은 하지 않았다고 얘기할게요. 그러면 엄마도 다시 일을……"

"사람들은 자기 믿고 싶은 대로 믿는 거야. 반박한다고 되는 게 아니야."

엄마는 작게 젠장, 하고 내뱉었다.

"죄송해요, 엄마! 정말 정말 죄송해요!"

"죄송해한다고 먹고살 돈이 나오는 게 아니야!"

쿵쿵 발소리를 내며 아빠가 현관으로 나갔다. 한 손에는 갈색 종이 봉지를 든 채. 아빠가 집 밖으로 나가며 덧문을 쾅 닫고 자갈을 밟는 소리가 들렸다.

"나이젤, 어디 가?"

가슴이 철렁 내려앉았다. 엄마와 나는 집 밖으로 나가 아빠를 따라갔다. 아빠가 차에 탔다.

"타."

우리는 순순히 따랐다.

아빠가 기어를 넣자 차는 진입로로 나아갔다. 꽉 잡은 운전대로 방향을 홱 틀어 도로로 들어섰다.

어디로 가고 있는지 깨달았다. 아빠는 절벽으로 가려는 것이었다.

"주얼은 똑똑한 아이야."

가속 페달을 세게 밟으며 아빠가 말했다. 차가 앞으로 휙 쏠렸다.

"내가 주얼을 잘 가르치도록 당신이 내버려 두기만 했어도 주얼은 절벽에 가지 않았을 거야."

토끼 한 마리가 길에 뛰어들었다. 아빠는 그것을 피하느라 방향을 꺾었다.

"여보!"

엄마가 차문에 어깨를 부딪으며 외쳤다.

"당신이 주얼을 무지하게 만든 거야."

아랑곳하지 않고 아빠가 말을 계속했다.

"주얼 머릿속에 생각이 제대로 박혀 있지 않다면 그건 다 당신 때문이야. 당신은 주얼을 보호하기 위해서 아무것도 하지 않았어."

"뭐? 당신은 헛소리 따위를 믿잖아. 바보 같은 짓이라고!"

아빠는 세게 브레이크를 밟아 길가에 차를 댔다. 차문을 홱 열어젖히고는 성큼성큼 흙길을 향해 걸었다. 우리는 아빠를 쫓으며 절벽까지 달려야 했다. 내 동그라미를 본 순간, 아빠는 얼어붙듯 멈추었다. 목에서 이상한 외마디 비명이 흘러나왔다. 아빠는 엄마에게 소리쳤다.

"다 당신 때문이야! 여태까지 나는 늘 주얼을 보호하려고 노력했는데."

"나 때문이라고?"

엄마는 아빠 앞에 바짝 다가섰다.

"나도 그동안 주얼을 보호하려고 노력했다고"

"더피들에게서 말이야!"

"당신한테서 말이지!"

엄마, 아빠가 이 절벽에, 그것도 내 동그라미 앞에 서 있다는 사실이 너무나 이상했다. 모두 다 잘못된 것 같았다. 햇빛의 각도마저도. 엄마, 아빠는 내가 조약돌을 묻은 곳을 짓밟고 섰다.

"주얼. 여기는 더피가 득실거리는 곳이야."

그리고 아빠는 누구에게인지 모를 말을 외쳤다.

"내 자식을 또 이 절벽에서 잃지는 않을 테다!"

그러자 엄마가 말했다.

"여기는 **더피로 득실거리는 곳**이 아니야. 나는 바로 그런 말도 안 되는 이야기에서 주얼을 보호하려고 노력해 왔다고."

"그래서 어떻게 됐는데?"

아빠는 동그라미를 가리키며 물었다.

"당신이 아무리 부인해도, 혼령의 세계는 있어. 온 방향에서 우리를 압박하고 있다고."

"말도 안 되는 소리 좀 하지 마."

"그리고 그 혼령들은 우리 가족한테 화가 났어. 로즈, 당신 때문에. 당신이 그들을 무시하니까……"

"내가 주얼한테 바란 단 한 가지는 분별 있고 현실적인 아이가 되는 거였어."

아빠는 코웃음을 쳤다.

"당신 마음대로 생각해. 주얼이 여기에 오는 게 바로 그 계시야. 우리가 주얼을 제대로 가르치지 않으니까 다른 게 가르치고 있잖아."

아빠는 동그라미로 곧장 걸어가 돌 하나를 들었다.

내 일곱 살 생일 기념 돌이다. 숨이 멎을 듯했다.

아빠는 우리를 보았다.

"우리가 막지 않으면 더피가 주얼마저 꾀어 버릴 거야."

그리고 아빠는 돌을 절벽 너머로 던졌다.

"안 돼애애애!"

나는 아빠에게 달려가며 비명을 질렀다.

"안 돼요! 제발! 이것만은, 제발……"

아빠는 팔을 붙잡은 나를 떨쳐 냈다. 엄마가 달려와 나를 꽉 붙들었고, 나는 그대로 아빠가 내 동그라미를 갈기갈기 찢어 돌들을 하나하나 허공으로 던져 버리는 모습을 보았다. 아빠는 가지고 온 종이 봉지에 든 쌀을 한 줌씩 땅에 흩뿌린 다음, 성수를 뿌리고 동그라미가 있던 자리에는 십자가상을 두었다.

화강암 바위 너머 구름 한 점 없는 하늘에 오래도록 메아리치는 비명을 들었다. 그것이 나였는지는 아직도 잘 모르겠다.

나는 집으로 가는 길에도, 그날 저녁에도, 다음 날도 말을 하지 않았다. 단 한마디도. 사실 남은 삶 동안 다시 말을 하고 싶지 않았다. 사랑하는 것을 빼앗기면 말은 무의미해진다. 텅 비고 무력하며 거짓된 말이 무슨 소용일까? 영원의 마지막 순간까지 침묵하지 않을 이유가 있을까?

다음 주 내내 엄마, 아빠는 집에서 좀 더 많은 시간을 보냈다. 엄마는 마을 이곳저곳에 전화를 걸어 일자리가 난 곳이 없는지 알아보았지만, 역시 없었다. 아빠는 야근하는 날을 제외하고는 일이 끝나는 즉시 집으로 왔다. 아빠는 시리얼과 함께 먹을 우유를 많이 사 왔다. 쌀도 더 사 왔다.

나는 방에 틀어박혔다.

엄마는 나와 이야기해 보려 했고, 아빠도 마찬가지였다. 나를 보호하려고 절벽 아래로 돌들을 던져 버린 거라고 설명하려 했다. 다 나를 위한 것이었다고. 그런 이야기에 내 입은 더욱 잠겨 버릴 뿐이었다. 나를 베어 안에 있던 모든 것을 꺼내어 가 버리고는 어떻게 나를 보호했다고 말하는 걸까? 끔찍했던 그날 오후에 엄마, 아빠가 한 말들을 생각할 때마다 머리가 아팠다.

우리는 믿기 어려울 만큼 서로 다른 눈으로 세상을 본다. 누군가는 이것이 하늘이라고 말해도 다른 누군가가 아니, 이건 혼령들의 집이야, 할 수 있다. 둘은 정확히 똑같은 것을 보고 있는데 말이다. 누군가는 이곳이 특별한 장소라고 하는데, 다른 누군가는 그저 돌덩이들일 뿐이라고 말한다. 그러자 또 다른 누군가는 이곳이 사실 위험한 장소라며 그 돌들을 절벽 아래로 던져버린다.

목이 메었다. 몸을 일으켜 내 방 선반 위에 모아 놓은 돌멩이들을 꺼냈다. 손으로 한가득 그러모아서 아프도록 세게 움켜쥐었다. 생각하지 않으려 애쓰는데도 자꾸만 허공으로 떨어져 내리는 내 돌들이 보였다.

떨어지는 것들에 대해 더는 생각하고 싶지 않았다. 돌멩이들을 침대에 내려놓고, 목에 걸린 금 목걸이를 만지작거리며 손가락에 부드러운 감촉을 느꼈다.

갑자기, 처음으로 버드가 뛰어내린 후 훨훨 나는 모습이 보였다. 얼굴에 태양 같은 미소를 띠고 두 팔을 활짝 펼쳐 하늘을 품에 안는, 믿기 어려운 모습이었다. 등에 전율이 흘렀다. 누가 알겠는가? 어쩌면 그날 버드가 정말로 **날았을지**. 지금 이 순간도 날아오르고 있을지.

뚱뚱하고 까만 파리가 방 안에서 윙윙거리다가 내 책상 의자 등받이에 앉았다. 파리는 그곳에서 가만히, 오랫동안 나를 바라보았다. 그러다가 뒷다리로 날개와 배를 자꾸만 문질러 먼지와 때를 씻어내더니 거미줄 무늬로 반짝이는 두 날개를 떨면서 날개 아래쪽을 씻기 시작했다.

문에서 가볍게 두드리는 소리가 났다. 문 앞으로 다가가 조금 열어 보았다. 할아버지 모습이 문틈으로 가느다랗게 보였다.

할아버지는 전에 한 번도 내 방 문을 두드린 적이 없다. 나는 문을 조금 더 열고, **아직 입에서 말이 나오려 하지 않아요**, 라는 눈빛을 보냈다.

할아버지의 입가가 조금 올라가는 걸 보니 기분이 나아졌다. 말하지 않는 나를 이해해 줄 사람이 세상에 있다면, 그것은 할아버지일 것이다.

할아버지가 내 방 안을 두리번거렸다. 나는 의자를 뺐다. 할아버지는 그 의자에 나는 침대에, 우리는 그렇게 말없이 앉아 있었다. 어색했다. 무슨 말이나 어떤 행동이라도 해야 할 것 같아, 내키진 않았지만 일어나서 도미노 게임이라도 꺼내려 했다. 할아버지가 한 손을 올렸다. **그냥 아무것도 안 하고 앉아 있어도 돼**, 라고 말하듯이. 나는 어리둥절한 채로 다시 앉았다. 잠시 후 뭔가가 변했다. 방 안의 어색함이 사라졌고, 그렇게 말없이 함께 있는 것도 기분 좋았다.

한 번도 누군가와 침묵을 나누어 본 적이 없었다. 우리 집에서는 침묵을 방패와 칼처럼 휘두른다. 침묵을 이용해 사람을 밀어내거나 상처 입힌다. 하지만 지금 내 방에 앉아 있는 할아버지와 나는 전혀 다르다. 우리에게 내려앉은 침묵은 상상할 수 있는 가장 부드럽고 안전한 담요 같다. 내가 그저 나 자신이게 해 주는 담요. 할아버지는 그동안 집 안에 가득했던 고함 소리 때문이든 고요함 때문이든, 아마도 엄마, 아빠와 나, 그리고 절벽에 일어난 일들을 알고 있을 것이다. 하지만 할아버지와 말 한마디 나누지 않아도, 지금 나는 할아버지가 하고 싶은 말을 크고 또렷하게 알아들을 수 있다. **나는 네 곁에 있단다.**

우리는 따뜻하고 포근한 방 안에서 마음을 꺼내 놓은 채 오랫동안 앉아 있었다. 영화나 노래에서는 마음이 언어를 통해 전해진다고 하지만, 그게 아니라는 걸 그때 배웠다. 마음이란 언어에 다 담기 어려운 것 같다. 아무튼 그날 내 마음은 지독한 열병을 앓았고, 그 침묵 속에서 할아버지가 시원한 비를 데려왔다.

# 16

며칠 후, 늦은 밤 몰래 집을 나와 맥라렌 아저씨네 나무로 갔다. 어쩔 수가 없었다. 마치 팔이나 다리 하나가 없어진 것처럼 절벽이 그리웠고, 절벽 대신 들판 한가운데에 있는 나무도 그리 나쁘지 않겠다는 생각이 들었다. 아빠도 이 부근에 더피가 있다고는 하지 않았으니까. 하지만 솔직히 점점 엄마, 아빠도 그리 많은 것을 알지는 못한다는 생각이 들었고, 뭐든 **나를 위해서** 그렇게 한 거라는 엄마, 아빠의 말은 이제 지겨웠다.

멀리서도 그 아이가 다가오는 걸 알 정도로 발소리가 요란하게 울렸다.

"너 거기 있어?"

유진의 목소리를 듣는 것만으로도 몸이 긴장했다. 나는 아래를 내려다보았다.

"응. 이 나무에 오면 안 된다느니 뭐니 하는 말은 듣고 싶지 않아. 너는 그런 말을 할 자격이 전혀, 전혀 없고 나는 앞으로 절대 말도 하지 않을 테니까, 유진 너랑은."

말들이 입 밖으로 나오는 순간, 내가 다시 말문을 열었다는 것과 방금 절대 말도 하지 않을 거라고 한 유진에게 말을 하고 있다는 것을 깨달았다.

"이름 그렇게 말한 거…… 정말로 미안해."

"난 네 한심한 이름 이야기를 하는 게 아니야. 절벽 이야기를 하는 거야."

"뭐?"

"알잖아."

유진을 내려다보았다. 내 마음 절반은 그리움에 겨워 당장 내려가서 꼭 안아 주고 싶었고, 다른 절반은 나뭇가지를 하나 꺾어 그를 세게 후려치고 싶었다.

유진은 목 뒤를 긁었다.

"절벽이라니?"

모른 척하는 품이 아주 그럴싸했다. 하지만 나는 다시는 속지 않을 것이다.

"그만해. 너 때문에 이제 우리 엄마는 직장도 잃었어. 엄마, 아빠는 그 일로 나를 원망하고 있고, 우리 가족은 이제 집을 잃을지도 몰라. 참 고맙다."

"주얼, 무슨 이야기인지 모르겠어. 나는 아무 말도 안 했어."

"누구한테 말했어?"

따져 물었지만 마음은 조금씩 혼란스러워지고 있었다.

"절벽 이야기? 아무한테도 안 했어."

유진은 선선히 대답했다.

"그런데 너희 어머니 직장을 잃으셨다고?"

너무나 혼란스러워 입을 열 수가 없었다. 그러는 동안 유진이 밧줄을 타고 나무 위로 올라와서 내 바로 아래에 있는 두 번째 가지에 앉았다.

"솔직하게 말하든가 아니면 내려가."

내 목소리도 이렇게 명령조로 나올 수 있다는 게 놀라웠다.

"너희 어머니는 괜찮으셔?"

나는 목소리를 높였다.

"누구한테 고자질했는지 말하라니까. 그리고 그 사람들한테 가서 그것도 네 징글징글한 거짓말 중 하나였다고 말하라고!"

오랫동안 유진은 대답이 없었다. 밤의 어둠 속에서 귀뚜라미들만이 우리 주변의 공기를 진동시키며 울고 있었다. 그가 나무에서 내려가 집으로 돌아갈 거라고 생각했을 때였다.

"주얼."

"왜?"

"나 여기에 매일 밤 왔었어. 그때…… 이후로."

조심스러운 목소리였다.

"널 만나면 이름에 대해서 사과하려고."

갑자기 목에 덩어리가 차올랐다.

"뭐? 정말이야?"

목소리가 흔들렸다.

"정말이야. 매번 나무 밑에서 '너 왔어?' 하고 말해 보고, 네가 없으면 다시 집으로 돌아갔어. 그러느라 모기 물린 자국들도 보여 줄 수 있어."

내 안에 있는 줄도 몰랐던 댐이 터졌다. 눈물을 멈추려 두 손바닥으로 눈을 눌렀지만 소용없었다.

"이름에 대해서는 미안하다면서 어떻게 절벽에 대해서는 암말도 안 해? 네가 우리한테 무슨 짓을 했는지 몰라?"

유진은 조용히 대답했다.

"주얼, 나는 절벽에 대해서 아무 말도 안 했어."

"사람들이 아는데."

"어떤 사람들?"

"청장님. 그리고 전부 다."

눈물이 턱을 타고 흘러내렸다.

"내가 절벽에서 돌들하고 같이 많은 시간을 보낸다는 소문이 돈다잖아. 그리고 청장님은 자기 밑에서 일하는 사람이 남들이 수군거릴 빌미를 만드는 게 싫대."

"정말이야?"

"그래서 엄마가 근거 없는 소문에 맞설 용기도 없는 상사와 일하기 싫다 말하고 나와 버렸대."

"정말로?"

유진은 감명을 받은 목소리였다. 그래서 더 화가 났다.

"너 때문에 이젠 직장이 없으시다고!"

"난 그 절벽 얘기 안 했어. 한마디도."

"어떻게 널 믿지, 존?"

그는 나뭇가지 위에서 고쳐 앉았다. 나는 조용히 덧붙였다.

"아니, 유진."

"아니, 괜찮아. 주얼, 있잖아,"

유진은 깊은 숨을 들이쉬었다.

"처음엔 장난으로 존이라고 했어. 널 전혀 몰랐으니까. 나한테 너는 그냥, 오빠가 어릴 때 죽고 저주니 혼령이니 희괴한 이야기들에 얽힌 이상한 집 여자아이일 뿐이었어. 네가 이 나무로 걸어오던 순간에 그 캠벨 가족의 딸이라는 걸 알았어."

"길에서부터 나란 걸 알았다고?"

당황스러웠다.

"너희 집 방향에서 걸어오고, 이 마을 사람들과는 생김새도 다른데 너 아니면 누구겠어?"

"아."

"그래서 내 이름이 존이라고 했어."

유진은 잠시 뜸을 들였다.

"널 조금 놀라게 하려고. 그래, 그랬던 것 같아. 삼촌이 너희 가족은 미신을 믿는다고 하셨거든. 네가 이렇게 똑똑하고 재미

있는 아이일 거라고 생각 못했어. 그리고 난 존으로 있는 시간이 길어질수록 더 좋았어. 존일 때 기분이 더 좋더라고."

"그러면 너희 삼촌은 어떻게 네 거짓말에 대해서 아셨어?"

"삼촌이 너희 가족 이야기를 처음 들려 주셨을 때, 내가 웃으면서 '내 이름이 존인 척하면 재미있지 않겠어요?' 했더니 삼촌이 '절대로 하지 마라.' 하시기에 그냥 한번 해본 소리라고 했지. 진지하게 한 말 아니라고. 삼촌은 네가 찾아와서 존을 만나러 왔다고 했을 때까지 아무것도 모르셨어."

존은 말을 이었다.

"그리고 이름 가지고 거짓말한 거 그다지 큰일도 아니잖아."

혼란에 빠져 그의 얼굴을 보았다. 내게는 무척이나 큰일인데.

"나는 부모님한테 항상 거짓말하는데, 뭐. 사실 내가 거짓말하는 걸 좋아하셔."

"그럴 리 없어."

"정말이야."

뭐라고 더 대꾸해야 할지 몰랐다. 유진은 아주 확신에 차 보였다. 하지만 거짓말하는 것을 부모님이 좋아하신다니 그럴 리가? 반딧불이들이 나타나, 땅 위 가득히 작은 빛을 흩뿌렸다. 위에서도 아래에서도 반짝였다.

"너 입양된 거 사실이야?"

유진은 잠깐 동안 대답을 하지 않았다.

"응."

"그리고 네 본명은 유진이야?"

유진은 또 한번 잠시 조용했다.

"응."

"맥라렌 아저씨는 정말 네 삼촌이고."

"응. 엄마가 아기를 낳으실 거라서 내가 이곳에 온 거야. 친자식이지."

유진의 목소리가 조금 굳었다.

"아기 맞을 준비를 하는 동안, 우리 부모님이 날 삼촌한테 떠넘긴 거야."

마음이 툭 내려앉는 듯했다. 그동안 유진이 삼촌 이야기를 하기 싫어한 것도 당연했다. 어떻게 유진에게 그럴 수가?

"다들 그 아기가 생겨서 행복하다고 내가 말하길 바라. 그래서 난 그렇게 말해. 다 거짓말이지만. 내가 그 말을 하면 할수록 더 좋아하지. 거짓말인 줄은 본인들도 알면서 말이야."

잠시 반딧불이들을 바라보다 유진은 말했다.

"그게 이름에 대한 것보다 훨씬 나쁜 거짓말이잖아."

살며시 바람이 불어왔고, 빗방울이 떨어질 때처럼 나뭇잎들이 떨렸다.

"절벽에 관해서 무슨 일이 일어났는지 난 몰라. 그래도 돕고 싶어."

유진은 말했다. 나는 한참을 고민했다.

"그래, 알았어."

이를 달처럼 드러내며 웃는 유진의 미소가 보였고, 내 마음도 환해졌다.

우리는 나무에서 내려왔다. 유진은 말했다.

"네가 원하면 계속 존이라고 불러도 돼."

나는 천천히 대답했다.

"아니야, 괜찮아. 그래도 가끔씩 나도 모르게 존이라고 할 때 기분 나빠하지 않을 거지?"

"다시는 육즙 치킨 안 먹는다고 네가 기분 나빠하지 않으면."

그날 저녁 식탁에서 유진이 지어 보이던 표정이 바로 떠올랐다. 유진은 엄마의 요리를 또 먹어야 하나 걱정할 필요가 없지만, 그 이야기는 나중에 하기로 했다. 나는 그냥 크게 웃어 버렸고, 숨통이 트인 것처럼 기분이 가벼워졌다. 마치 내 집으로 돌아온 것처럼.

다음 날, 창밖을 내다보는데 아빠의 묘목들이 심상치 않아 깜짝 놀랐다. 축 처지고 시들어 있었다. 아빠가 가족 생활비를 더 벌기 위해 맥스 가전에서 늦게까지 일하느라 텃밭을 돌볼 시간이 없어진 것이다.

더 나쁜 일은 로즈마리까지 말라 죽어 버린 것이었다. 남김없이 모두.

나 말고는 아무도 눈치채지 못한 것 같았다. 심지어 이제는 할아버지마저도 특별히 많은 보호막이 필요하지 않다고 생각하는 듯 빨간 스웨터며 양말이며 말굽을 벽에서 떼어 내었다.

엄마, 아빠는 요즘, 수천 년 동안 땅속에서 단단해진 '보석'이 아니라 금방이라도 깨질 물건처럼 나를 조심스레 대하느라 다른 데 신경 쓸 여유가 없었다. 엄마, 아빠는 늘 조용히 말을 나누었고 나를 평소보다 더 많이 쳐다보지 않으려 노력했다. 나는 엄마, 아빠가 바라는, 아무런 문제도 일으키지 않는 착한 아이가 되고 싶었지만, 그러기에는 이미 늦었다.

입술을 깨물었다. 내가 할 수 있는 일은 별로 없지만, 아빠 텃밭에 남아 있는 것들에 물을 줄 수는 있다. 뒷마당을 가로질러 호스를 끌고 와서 묘목 하나하나에 작은 물웅덩이가 생기도록 물을 주었다. 토마토에도, 오이에도 물을 주었다. 죽은 로즈마리는 뿌리까지 모조리 뽑아 쓰레기통에 버렸다. 창문으로 보고 있었던 모양인지 할아버지가 텃밭에 나와서 구름 낀 하늘 아래 함께 섰다.

방금 뽑아 버린 로즈마리를 생각하며, 나 역시 뿌리 뽑힌 기분이었다. 말을 하고 싶어도 하지 못할 때면 할아버지도 그런 기분이리라 생각했다. 그렇게 말없이 같이 서 있다가 할아버지를 보며 물었다.

"할아버지, 왜 말씀을 안 하세요?"

할아버지는 놀라서 움찔했다. 내가 물어서는 안 될 질문을 한 걸까? 아니면 내가 이제 다시 말을 한다는 사실 때문일까?

"저한테 주신 테이프 정말 환상적이었어요."

나는 슬며시 미소를 지었다.

"다들 강가에 갔던 날 부분이 정말 좋았어요. 물 튀기고 엄청 소리 지르고."

엄마는 지저분한 강바닥에서 물풀을 뽑아 아빠 바지에 넣었다. 아빠는 미친 사람처럼 비명을 지르고 엄마는 의기양양하게 소리를 질렀다.

나는 호스를 다음 식물들에게 가져갔다. 밭에 물을 주고 있어서 다행이었다. 할아버지를 쳐다보지 않아도 되니까.

"그리고 할아버지랑 할머니가 항상 서로에게 농담하고 이야기 나누시는 것도 참 좋았어요."

나는 곁눈으로 당황한 듯한 할아버지 모습을 보았다.

"버드가 죽은 건 정말 슬픈 일인 거, 저도 알지만요. 아무리 그래도 왜 말을 안 하세요?"

마침내 고개를 들어 할아버지와 눈을 맞추었다.

"그날 밤 무슨 일이 있었던 거예요?"

할아버지의 입술이 실룩거렸다. 별안간 그 연못가로 돌아간 것처럼 할아버지 얼굴에 슬픔이 뒤덮였다.

"저한테는 얘기하셔도 돼요, 할아버지. 아무 말도 안 할……"

할아버지가 갑자기 긴장해서, 나는 그 시선을 좇았다. 엄마가 비탈진 풀밭 위를 걸어 우리 쪽으로 오고 있었다.

"주얼, 너 한참 찾았어."

엄마는 내가 할아버지와 함께 있는 모습을 보고 눈을 휘둥그레 떴다.

"우린 죽 여기 있었어요."

며칠 만에 뱉은 내 첫 마디에 엄마 고개가 획 젖혀졌다.

"정말 잘됐구나."

엄마는 무척이나 행복한 표정으로 이렇게 말했다. 그러고는 상황에 맞지 않는 말인 걸 깨달았는지 덧붙였다.

"내 말은, 네가 기분이 나아 보여서 잘됐다고."

나는 어깨를 으쓱했다.

"조금요."

"그래, 정말 다행이야."

엄마는 할아버지를 흘깃 보았다.

"가서 나갈 준비 해. 우리 약속이 있어."

"약속이요?"

"그래, 너랑 나."

엄마는 재빨리 말했다. 엄마는 왜 내 옆에 할아버지가 서 있지 않은 것처럼 행동하는 걸까? 엄마는 할아버지에게 알은체도 하지 않았다.

"늦지 않으려면 우리 지금 가야 해."

"알았어요."

나는 할아버지를 향해 돌아섰다.

"저 대신 물 좀 마저 주실래요?"

할아버지는 호스를 받았다.

"고마워요."

엄마는 입을 딱 벌렸다. 그러고는 얼굴을 붉혔다.

할아버지를 허물없이 대하는 내 모습에 엄마가 한 방 먹은 것이다.

약속이란 성당에서 신부님을 만나는 것이었다. 성당은 우리 집에서 60킬로미터쯤, 아무도 우리에 대해 모를 만큼 멀리 떨어져 있었다.

고속도로에 들어섰을 때 나는 물었다.

"근데 왜요? 우리는 이제 성당 안 나가잖아요."

"그래, 맞아. 그런데 아빠랑 나는 네가…… 누구와 이야기를 나눠 보는 게 좋겠다고 생각했거든."

"무슨 이야기요?"

엄마는 내 질문에 답하지 않고 말을 이었다.

"다른 사람들도 있겠지만, 아빠가 이분을 먼저 만나 봤으면 하더라고."

한숨이 나왔다. 창문에 빗물이 흘러내렸다. 빗물은 한결같이 내려와 땅을 부드러운 회색으로 적셨다. 차문에 붙은 비닐을 뜯으며, 오늘은 텃밭에 물을 주지 않아도 됐구나, 하고 생각했다. 할아버지와 함께 시간을 보낸 것은 좋았지만 말이다.

하지만 할아버지는 내가 유진과 다시 친구가 되었다는 사실을 알면 무척 화를 낼 것이다. 비밀이 또 생겨났다고 생각하니 가슴이 조여 왔다. 내가 유진과 이야기하는 걸 보면, 정말로 할아버지는 당장 뛰쳐나가 새 로즈마리를 한 더미 구해 올 것이다.

나는 여전히 문제를 일으키고 있다.

"주얼, 그거 뜯지 마."

엄마가 교회 주차장으로 차를 몰고 들어서며 말했다. '성 미카엘 교구는 여러분을 환영합니다!'라고 적힌 간판이 보였다.

"뭘 도와드릴까요?"

안으로 들어서니 접수 담당자가 물었다. 둥글게 틀어 올린 그녀의 금발은 염색을 한 게 분명했다. 타고났다고는 믿기 힘든 머리카락이었다.

여자는 내 머리카락을 쳐다보았다. 아마 나와 같은 생각을 하는 모양이었다.

"짐 신부님과 약속을 했는데요."

"아, 네."

그는 우리가 어떤 관계인지를 파악하려는 듯 엄마와 나를 번갈아 쳐다보았다. 그러고는 미소를 지었다.

"가서 말씀드리겠습니다."

그는 우리를 십자가 하나와 많은 책, 편안한 의자 몇 개가 놓인 작은 방으로 안내했다. 잠시 후 한 남자가 들어와 우리와 악수했다.

"만나서 반갑습니다, 캠벨 부인."

코에 작은 거북이가 들어간 듯한 혹이 있었지만, 그의 미소는 눈빛에까지 스며 있었다.

"이 아이가 제 딸, 주얼입니다. 여기에 온 건 얘한테…… 문제가 좀 있어서예요."

"어떤 문제가 있습니까?"

짐 신부는 자신의 의자에 앉으며 물었다. 그는 기대에 찬 눈빛으로 나를 보았다.

이것이 엄마, 아빠가 원한 일이었다고? 내가 낯선 사람에게 더피와 동그라미와 돌들에 관한 문제들을 이야기하는 것? 화가 나서 가슴속이 뜨거워졌다. 나는 의자 팔걸이를 힘껏 쥐었다.

"우리는 모두 인생에서 문제를 가지고 있습니다. 때로는 그에 관해서 이야기하는 것도 도움이 되지요."

두고 볼 일이지, 하고 생각했다.

"주얼, 신부님께 무슨 일이 있었는지 말씀드려."

잠시 동안, 엄마는 내가 어떻게 이야기하기를 바랄까 생각했다. 그러다 깨달았다. 이제 엄마를 행복하게 해 주려고 노력하는 데 지쳤다는 것을. 아빠도 마찬가지다. 내가 보기에 엄마, 아빠는 나를 행복하게 해 주려고 노력하지 않았다. 엄마, 아빠는 내 돌들을 절벽 너머로 던져 버리고 그곳에 가는 걸 금지했다.

엄마, 아빠는 할아버지를 바보 취급한다. 엄마, 아빠는 내가 화살촉을 찾아 땅을 파는 것도, 중요하다고 생각하는 일에 대해 이야기하는 것도, 정말, 정말로 행복하게 여기는 일을 하는 것도 원치 않는다.

나는 신부를 똑바로 쳐다보았다.

"많은 문제가 있어요."

그는 기다렸다.

"엄마는 우리 가족이 성당에 더는 못 다니게 해요. 종교란 사람들을 복종하게만 하는 거짓말 덩어리라면서요."

"주얼!"

엄마는 외쳤다.

"그렇지만 저는 세상에 우리가 모르는 많은 것들이 있다고 생각해요. 그들은 분명히 존재하고 우리에 대해서도 분명히 안다고 생각해요."

엄마는 일어서서 내 팔을 잡았다.

"나가자."

짐 신부가 한 손을 올렸다.

"캠벨 부인, 따님 생각을 들어 볼 가치가 있다고 생각하지 않으십니까?"

나는 엄마의 대답을 기다리지 않았다.

"아빠도 기독교인이지만 다른 것들을 믿어요. 더피니 액운이니 길운이니 하는 것들이요. 비록 이 나라에서는 그런 걸 다들 미신이라고 불러서 남들 앞에선 그런 이야기를 안 하시지만요."

"캠벨 부인."

짐 신부는 의자로 손짓했다. 엄마는 어두운 얼굴로 자리에 앉았다.

"그리고 엄마, 아빠는 우리 오빠가 날아 보려고 했던 절벽에 제가 간다는 이유로 무척 화가 나 있어요."

"날아 보려 했다고?"

엄마는 한 손을 머리에 얹었다.

"네, 그렇지만 떨어져서 죽었어요. 여섯 살이었거든요."

침묵이 흘렀다.

짐 신부는 두 눈썹을 올리며 말했다.

"네 오빠 일은 정말 안타깝구나, 주얼."

그는 진심으로 말하고 있었다.

"아주 슬픈 일이구나."

나는 어깨를 으쓱했지만 목이 메어 왔다.

짐 신부는 다리를 꼬았다.

"그런데 너는 그 절벽에 간다고? 거기서 무얼 하니?"

"제 돌들에게 이야기를 해⋯⋯ 아니, 했어요."

나는 엄마에게 살기등등한 눈빛을 쏘며 말했다. 엄마는 큰 한숨을 내뱉었다.

"돌들에게 이야기를 한다고?"

짐 신부는 나를 골똘히 바라보았다.

"네, 그리고 풀들에게도, 하늘에도, 해에게도 해요. 우린 서로 이야기를 나눠요."

이제는 막힘이 없었다. 짐 신부는 정말로 깊이 관심을 보이는 것 같았고, 그래서 나는 계속 말하고 싶어졌다.

"그 절벽은 특별해요. 거기에는 뭔가 있어요."

"어떤 것 말이냐?"

나는 어깨를 으쓱했다.

"잘 모르겠어요. 그렇지만 거기에 가는 순간, 뭔가 다르다는 걸 느낄 수가 있어요. 주유소나 슈퍼마켓에 갔을 때의 느낌과는 달라요."

나는 고쳐 앉았다.

"거긴…… 특별해요. 성당에 들어갔을 때 느낌과 비슷해요."

짐 신부는 몸을 앞으로 내밀었다.

"돌들이 무슨 말을 하니?"

나는 잠시 생각했다. 엄밀히 보자면, 돌들이 정확히 말을 건네는 건 아니지만, 어쨌든 나는 그들의 말을 들을 수 있다. 할아버지와 있을 때처럼. 그건 다르게 말하고, 다르게 듣는 것이다.

"그건 '우리가 네 곁에 있어.' 같은 말들이에요."

방 안 커다란 괘종시계의 초침 소리가 또렷이 들렸다. 시계추의 흔들림이 잠시, 방 안에 흐르는 침묵의 길이를 쟀다. 땅에 묻은 조약돌들에 대해서도 정말 이야기하고 싶었지만, 엄마는 다리를 꼬고 발을 까닥거리며 좋지 않은 신호를 보내고 있었다.

짐 신부는 마침내 엄마를 보았다. 그리고 부드럽게 물었다.

"미사에 마지막으로 오신 게 언젭니까?"

엄마의 입술이 부루퉁해졌다. 나만 거기에 없다면 당장에 뛰쳐나갈 표정이었다.

"5년, 아니 6년쯤 됐어요."

"그리고 따님이 절벽에서 겪는 일로 걱정이 많으시군요."

"애 아빠랑 저 둘 다 걱정해요. 각자 다른 이유로."

짐 신부는 일어서서 책장으로 다가갔다.

"하느님께서 우리에게 말씀을 전하시는 방법에는 여러 가지가 있습니다. 많은 경우는 성당을 통해서 하시지요. 하지만 주얼이 성당에 다니며 자라지 않았다면, 하느님께선 자신의 자녀에게 다른 방식으로 말씀을 건네실 겁니다."

엄마는 동상보다 더 굳어 있었다.

짐 신부는 책 한 권을 꺼냈다.

"돌들과 대화를 하던 훌륭한 인물이 계셨단다."

"정말이요?"

이번에는 내가 몸을 앞으로 내밀었다.

"그분은 해와 달, 그 모든 것과 이야기를 나누셨지."

"어디 사시는데요?"

짐 신부는 웃었다.

"돌아가신 지 몇 세기는 지났어. 이름은 성 프란체스코야."

"잠시만요."

엄마 목소리가 날카롭게 가로막았다.

"제 딸은 그 절벽에서 돌로 동그라미를 만든다고요. 이 일로 저는 직장을 잃었고요."

짐 신부의 어깨가 반듯하게 펴졌다.

"제 남편은 거기에 악령들이 있다는 소리를 해요. 전 돌에게 말을 건다는 이유로 이 아이가 성인이라고 말씀하시는 걸 듣고 있지 않을 겁니다."

엄마는 몸을 숙여 가방을 집었다.

"성 프란체스코는 많은 고통과 가난을 견뎌 내셨지요."

짐 신부는 말했다. 나는 세차게 고개를 끄덕였다.

"우리도 내야 할 돈을 못 내고 있어요."

엄마의 입에서 작은 탄식이 튀어나왔다.

"됐어요. 그만 나가자."

하지만 나는 움직이지 않았다.

"신부님, 악령이 있어요? 더피가 우리를 꼬드겨요?"

엄마는 굳어 버렸다. 짐 신부는 잠시 그대로 앉은 채 턱을 쓰다듬었다.

"영혼들은 존재한단다. 천사들과 악마들, 좋은 영혼과 나쁜 영혼. 우리는 어떤 영혼이 있는지, 어떤 영혼을 믿을지 잘 살펴야 한단다."

"어떤 영혼인지 우리가 어떻게 알죠?"

"그들은 다양한 모습으로 나타나기 때문에 구분하기가 쉽지 않아. 가장 좋은 방법은 그들이 우리에게 무엇을 원하는지에 주목하는 거란다. 그들이 하느님을 찬미하기를 원하는지 우리들 자신을 찬미하길 원하는지."

내가 돌들에게 말을 하는 것이 무엇을 찬미하는 일인지는 알 수 없었지만, 그 돌들은 언제나 내게 따뜻한 집처럼 느껴졌다.

"때때로 인간을 통해 말씀을 전하기도 하시지만, 사실 하느님께선 온갖 창조물들을 이용하실 수 있단다."

"하느님은 어디에나 계시니까요."

내가 말했다.

"그래."

"그러면 돌에서 하느님의 일부가 보이는 거니까, 제 돌들도 아름다운 거네요."

짐 신부는 미소를 지었다. 엄마가 정말로 나가고 싶어 했기 때문에 그는 짧은 기도로, 하느님이 우리를 악에게서 보호해 주실 것이고 우리는 하느님의 축복을 주변 어디서나 찾을 수 있을 거라고 했다. 또 하느님이 잊지 않고 돌을 만들어 주셨다는 데 감사했다. 돌은 우리에게 인내하는 법을 가르쳐 주기 때문에.

나는 그 말이 좋았다.

# 17

엄마는 집으로 오는 길에 아무 말도 하지 않았다. 내겐 나쁘지 않은 일이었다. 그 덕에 짐 신부가 한 말들을 생각할 수 있었다. 생각하면 할수록 더 많은 질문들이 생겨났다. 천사와 성인은 반드시 사람이어야만 할까? 그렇지 않다면 유진과 내가 다시 가까워지게 해 준 맥라렌 아저씨네 나무 역시 천사일 것이다.

차가 집에 가까워지면서 천사나 성인은 아주 멀리 있는 것처럼 느껴졌다. 나무들 너머 하늘에 해가 걸려 있었다.

"어땠어?"

마중 나온 아빠가 물었다. 태양빛의 각도 때문에 아빠의 형체를 따라 금빛 테두리가 생겼다. 아빠는 두 손을 바지에 닦았다. 밀가루가 잔뜩 묻어 있었다.

"아주 멋진 시간이었어."

냉담한 어조로 엄마는 대답했다.

"신부님께서 성인들은 돌들에게도 말을 걸기 때문에 걱정할 게 아무것도 없다고 하시네."

"그렇게 말씀하셨어?"

아빠가 움직였고, 햇빛도 따라 움직였다.

엄마는 억지웃음을 지었다.

"신부님하고 주얼하고 죽이 맞던데."

"주얼에게 기도해 주셨어?"

"기도는 했어."

"아니, 내 말은……"

아빠는 이마를 찌푸렸다.

"악령들을 쫓는 기도를 해 주셨냐고?"

엄마가 되묻더니 어깨에 걸린 가방 끈을 고쳐 멨다.

"아니, 나이젤. 안 하셨어. 필요 없다고 생각하신 거지. 다음 번에는 내가 거기 가기 전에, 신부님께 뭘 부탁하길 바라는지를 정확히 말해 줘."

나는 눈물을 참으며, 언쟁하는 두 사람을 뒤로하고 집으로 들어왔다. 누군가에게 침묵으로 상처를 내는 것과 말로 상처를 내는 것 중 무엇이 더 나쁜지를 알 수가 없었다.

할아버지 방문을 두드렸다. 대답이 없어서 나는 안을 살짝 들여다보았다. 할아버지는 없었다. 내 방으로 돌아와 카세트에 할아버지가 준 멘토 테이프 하나를 넣었지만, 엄마와 아빠가 나누는 말들이 벽 너머에서 희미하게 들려오는 지금, 할아버지의 음악조차도 가슴에 얹힌 무거움을 덜어 주지는 못했다. 나는 부엌으로 가서 다시 신발을 신었다.

"어딜 가?"

아빠가 물었다. 도둑이라도 보듯 나를 똑바로 주시하며.

"밖에요."

"아빠한테 말투가 그게 뭐야?"

엄마가 말했다.

"절벽에 안 가요."

또 한번 말투을 지적받기 전에 집을 나왔다.

내 생각대로였다. 사슴 길의 수풀 사이로 발자국이 보였다. 발자국을 따라가니, 곧 앞이 트이고 연못이 보였다. 그리고 할아버지도 보였다. 지난번과 똑같은 자리에서, 두 손에 머리를 묻고 어깨를 푹 수그린 채 할아버지는 앉아 있었다. 부드러운 파스텔로 그린 듯한 연못은 거울처럼 하늘을 비추었다.

손을 둥글게 말아 입에 대고 외쳤다.

"할아버지!"

할아버지는 고개를 들었고, 가만히 있을까 달아날까 고민하는 사슴처럼 나를 오랫동안 쳐다보았다. 나는 살짝 손을 흔들었다. 할아버지도 어색하게 손을 들어 보였고, 나는 비탈진 풀밭을 걸어 할아버지 가까이로 갔다. 할아버지는 내가 곁에 함께 앉도록 조금 옆으로 비켜 주었다.

매미 소리가 요란했다. 소리는 아름답기도 했고 지독하기도 했다. 그렇게 작은 존재가 어쩌면 이토록 시끄러운 소리를 낼까? 그리고 할아버지처럼 큰 존재는 또 어떻게 아무 소리도 내지 않을까?

침묵만으로 가득 찬 우주라 해도 서로 끔찍하고 차가운 말들만 주고받는 엄마, 아빠의 대화보다는 나을 것이다. 테이프 속에 있던 밸런타인데이의 웃음과 행복은 다 어디로 갔을까? 나는 허벅지 옆 나무껍질을 만지작거리며, 기쁨이란 어린아이와 같다고 생각했다. 먹여서 돌보지 않으면, 죽어 버린다.

"할아버지, 엄마랑 아빠는 왜 항상 화가 나 있어요?"

할아버지에게 '맞다,' '아니다'로 대답할 수 있는 것 말고는 질문하지 않아야 했지만, 나오는 말을 막지 못했다.

할아버지는 코로 큰 숨을 내쉬고는 고개를 저었다. 무슨 의미인지 이해하기 어려웠다.

"그리고 할아버지는 왜 그렇게 슬프세요?"

할아버지는 고개를 돌려 나를 보았다. 바로 그 순간까지 할아버지의 눈이 그렇게 깊고 그득하고 짙은지 몰랐다. 두 눈은 한없이 부드러우면서도, 영원히 멈추지 않고 이어지는 블랙홀처럼 지독한 아픔이 있었다. 할아버지를 보는 것만으로도 나는 울고 싶어졌다. 어쩌면 그래서 할아버지는 그동안 누구와도 눈을 맞추지 않으려 했는지 모르겠다.

"테이프를 정말 많이 만드셨더라고요."

목소리가 조금 떨렸다.

"저는 거기에 나오는 할아버지 웃음소리가 좋아요."

할아버지 얼굴이 더욱 우울해지더니 다시 연못을 향했다. 할아버지가 일어섰고, 곧 나도 따라 일어서서 함께 연못을 바라보았다. 연못은 분홍색에서 주황색으로, 또 보라색으로 변해 가다 불이 붙은 것처럼 보였다. 그때, 내 절벽이 나를 아는 것만큼 이 연못도 할아버지를 잘 알겠다는 생각이 들었다. 지구가 얼마나 많은 방법으로 우리의 슬픔을 안아 주는지 감탄하고 있을 때, 할아버지가 내 어깨에 팔을 둘렀다. 이제는 내가 그대로 있어야 할지 달아나야 할지 모르는 사슴이 되었다. 할아버지의 팔은 따뜻하고 어색하고 다정했고, 내 심장은 일 분에 백만 번의 속도로 뛰고 있었다. 바로 **이 사람이 푸바**였기 때문이다.

"다 버드 때문이죠?"

딱히 질문은 아니었다.

계속 먼 곳을 보는 할아버지의 시선이 '그래.' 하고 대답했다.

"그러니까 할아버지가 진짜로 잘해 주신다고?"

그날 밤, 유진이 물었다. 우리는 사상 지평선에 있었다. 유진은 거대한 개똥벌레라도 된 듯 손전등을 켰다 껐다 했다.

"잘해 주신다는 표현으로는 부족해. 할아버지가 듣는 음악을 나한테도 들려 주셔."

유진과 나는 밀린 얘기가 많았다.

"우와, 나라도 완전 고맙겠다."

손전등 불이 꺼졌다. 다시 켜졌다.

"무슨 일이 있었던 거야? 왜 변하신 거지?"

불이 꺼졌다.

나는 어깨를 으쓱했다.

"몰라. 어쨌든 이제는 정말 달라지셨어."

불이 켜졌다.

"이야. 그러면 이젠 내 얼굴에 주먹을 날리지 않으실 거란 얘긴가?"

불이 꺼졌다.

"아, 이렇게 말이야?"

나는 암흑 속에서 손을 뻗어 유진의 얼굴을 꼬집었다.

"야, 하지 마!"

유진은 소리쳤지만 웃고 있었다.

나도 웃으며 손전등을 유진의 손에서 빼앗았다.

"불 껐다 켰다 하지 좀 마."

손전등 불을 켜서 유진에게 던졌다.

얼마 후 우리는 조용해졌다. 별이 빛나는 밤에 어울리는 조용함이었다. 백만 년 만에 사상 지평선을 다시 찾은 기분이었다. 마지막으로 왔을 때는 존과 함께였던 것을 생각하면 사실 거의 그런 셈이었다. 우리는 나무 꼭대기의 동그란 하늘 속 별들을 올려다보았다. 우주 비행사가 된다는 건 꽤 멋진 면이 있는 것 같다. 별들을 가까이에서 볼 수 있으니. 모든 문제들을 뒤로하고 떠날 수 있으니.

"할아버지는 아마 여전히 네 얼굴에 주먹을 날리실 거야."

내 말에 유진이 고개를 젖혔다.

"왜?"

이번에는 내가 선생님이 된 기분이다.

"왜냐하면, 할아버지는 너를 더피라고 생각하시거든."

유진은 코웃음을 쳤다.

"내가 더피라고?"

유진에게 아직 그 이야기를 안 했다는 걸 잊고 있었다.

"네 이름도 존이었고, 네 외모도 버드가 살아 있다면 닮았을 것 같고. 그래서 할아버지는 네가 사람 형상을 하고서 나를 속이려 드는 더피라고 생각하셔. 그래서 너를 때리신 거야."

"세상에."

유진은 고개를 저었다.

"뭐, 네가 날 속이기는 했지. 할아버지 생각처럼."

"사람 형상을 한 더피?"

유진은 어이가 없다는 듯 눈을 뒤집었다.

"말이 돼?"

유진은 쟁여 놓은 그래놀라 바 하나를 집었다.

"나 더피 아니라고 직접 말해 볼게."

"소용없어. 이미 그렇게 생각해 버리신걸."

유진은 나에게도 그래놀라 바 하나를 내밀었고, 나는 배고픔을 느끼며 한 입 베어 물었다. 이 간식은 제법 중독성이 있었다.

"청장도 마찬가지야. 우리 엄마도 그 사람 설득 못한대."

"그러면 우리가 가서 이야기해야겠는데."

유진의 말이 농담인지 진담인지를 파악하려 노력했다.

"진지하게 하는 말이야. 내일 가자."

유진이 남은 걸 모두 입안에 쑤셔 넣는 바람에, 그래놀라 바는 끈적이는 커다란 덩어리가 되어 버렸다. 어찌나 큰지 유진은 입을 다물지도 못했다.

나는 웃음을 터뜨렸다. 유진도 웃으려 했지만 입 때문에 웃어지지 않았고, 그 모습에 나는 더욱 깔깔 웃었다.

"할아버지가 이 모습 보시면 바로 너한테 주먹 날리시겠다."

유진은 팔꿈치로 나를 밀쳤다. 그리고 한참 동안 쩝쩝 소리를 내며 입속의 곡물 덩어리를 씹었다.

"너희 할아버지는 왜 그렇게 늘 화가 나 계셔?"

"왜 그렇게 슬프시냐고는 물어 봤어. 버드 때문이래."

"그래. 그런데 왜 화가 나 계시냐고?"

놀라운 질문이었다. 자라면서 나는 한 번도 할아버지가 왜 화가 나 있는지 의문을 품지 않았다. 할아버지는 그냥 화가 난 사람이었다. 세상이 그렇게 돌아가듯이. 해가 떠오른다. 해가 진다. 달이 뜬다. 할아버지는 화를 낸다. 하지만 땅속에 켜켜이 지층이 쌓이듯, 사람에게도 서로 다른 여러 면이 있는 것 같다. 내면을 파 보면 다른 층을 만난다. 그 다른 층은 때로 우리를 놀라게 한다.

"할아버지가 버드를 죽게 만들긴 했어. 의도하진 않았지만."

손끝으로 땅 위에 동그라미를 그렸다. 이것도 결국 버드 이야기구나, 하는 생각에 화가 솟고 어지러워지는 마음을 가라앉히려고 애썼다. 또 한번.

"음…… 내가 태어날 때 오빠는 이미 세상을 떠나고 없었지만, 아직도 다들 오빠 때문에 싸우고 있어. 꼭 오빠가 집에 있는 것처럼."

"있다고 볼 수도 있지."

"그날 무슨 일이 일어난 게 분명해. 할아버지가 그랬어."

"말씀을 안 하시는데 어떻게?"

나는 다리의 모기 물린 자국을 만지작거렸다.

"말없이도 정말 많은 얘기를 나눌 수 있어."

우리는 조용해졌다. 말없음에 대한 말들로 입이 수줍어진 것처럼. 우린 사상 지평선에서 나와 나무숲 가장자리에 섰다. 지평선 한쪽 끝에서 다른 끝까지 별들이 가득 펼쳐져 있었다. 귀뚜라미 소리와 어두운 옥수수 밭을 스치는 산들바람 사이로 담요처럼 따뜻하고 도톰하고 편안한 침묵이 다시 흘렀다. 나는 이런 침묵으로 감싸 안아 주는 사람과 돌과 식물과 함께 살아갈 수 있다면, 그 삶을 무엇과도 바꾸지 않으리라 생각했다.

그때 유진이 나와 같은 기분을 느꼈는지 부드럽게 말했다.

"있잖아, 너랑 너희 오빠는 근접 쌍성 같아."

"뭐?"

"근접 쌍성. 별 말이야. 별들은 혼자 있는 경우가 거의 없어."

유진은 으쓱하는 목소리로 말했다.

"무리 짓기도 하지만, 두 개씩 있는 경우가 가장 많아. 쌍성."

"아아."

버드와 내가 하늘에서 반짝이는 별이라고 상상하니 기분이 좋았다.

"쌍성을 이룬 별들은 가끔 굉장히 가까운 거리에서 서로의 궤도를 돌아. 평소보다 훨씬 가까이에서. 그래서 **근접** 쌍성이라고 하는 거야. 둘 중 질량이 작은 별이 더 큰 별의 궤도를 돌지."

"중력도 더 강한 별이겠네."

내 말에 유진은 미소를 지었다.

"두 별 사이가 아주 가까워지면 서로 물질을 전달하기도 해."

"서로에게 어쩐다고?"

"별의 일부분이 떨어져 나와서 중력에 이끌려 상대 별로 가는 거야. 반대로 되기도 하고. 두 별 모두 서로 영향을 받는 거지."

"그러면 각자 서로의 일부를 가지고 있겠네?"

"그렇지. 그런 이유로 별의 성분도 변하고 향후에 발달해 나가는 과정도 달라져."

유진은 하늘을 향해 고개를 젖혔다.

"너랑 버드 사이와 비슷해. 너도 속에 버드를 품고 있잖아. 어디든 지금 있는 곳에서 버드도 마음속에 널 품고 있을 거고."

바로 그때 나는 이유도 모르는 채 울기 시작했다. 겨우 며칠 만에 유진 앞에서 두 번째로 우는 것이었다. 마음속에 난 구멍들을 보여 주는 것 같아 사람들 앞에서 우는 걸 좋아하지 않는다. 요즘 이렇게 눈물이 왈칵 쏟아지는 걸 보면, 내 안에는 생각보다 더 많은 구멍이 있었던 모양이다. 그래도 유진 앞에서는 괜찮았다. 유진은 나와 닿지는 않을 정도의 가까운 거리에 그저 서 있을 뿐이지만, 그렇게 사려 깊게 서서 유진의 마음은 내 마음에 이야기를 하고, 내 마음은 귀를 기울여 왔음이 틀림없다. 얼마 지나 기분이 한결 나아졌으니 말이다. 숨을 고르고 있을 때 유진은 별자리들을 하나하나 가리키기 시작했다.

그리고 다시 떠올려 주었다. 페르세우스 유성우가 다가오고 있다는 것을.

# 18

청장에게 가서 이야기를 하자던 유진은 진심이었다. 다음 날 우리는 자전거를 타고 자치관청 앞에서 만났다.

"우린 미쳤어."

나는 말했다. 유진은 상황에 맞추어 좋은 셔츠까지 입었다.

"우리 아니면 누가 하겠어?"

유진은 미소 지었다.

서늘한 사무실 안으로 들어가자 마침 비서인 바워즈 부인이 마스카라 바르기를 막 끝낸 참이었다. 나이 든 사람이 무슨 마스카라까지 바르나 싶어 웃음이 났다. 어차피 칼레도니아 카운티에는 그런 걸 알아봐 줄 사람도 없는데.

"웬일이니, 주얼?"

바워즈 부인은 가식적인 미소를 보이며 물었다. 그리고 유진을 보더니 눈이 동그래졌다.

"친구도 같이 왔구나. 이름이 뭐였더라? 맥라렌 씨 조카지?"

"유진이에요."

유진은 친절하고 예의 바르게 말했다.

"그래, 유진. 삼촌한테 네 이야기 들었단다."

그는 펜을 손가락 사이에 끼우고 빙빙 돌렸다.

유진은 미소를 지었다.

바워즈 부인의 목소리는 무척 컸다. 불편하거나 겁이 날 때 내는 큰 목소리였다. 나는 대기실을 둘러보았다. 긴 머리를 목 뒤로 넘겨 하나로 묶은 제임슨 부인이 잡지를 훑어보고 있었다.

"청장님과 이야기를 좀 하고 싶은데요."

나는 어른처럼 말하려고 애썼다.

"어머나, 이런. 그러려면 미리 약속을 잡아야 하는데."

바워즈 부인은 전혀 아무렇지 않은 척 말했다.

"약속이요? 지금은 주민 면담 시간이잖아요."

오래전에 청장은 지역 주민 누구나 찾아와서 걱정거리를 이야기할 수 있는 주민 면담 시간을 공표했다. 엄마는 흘러 다니는 소문이나 쑥덕거리려는 청장의 핑계라고 했지만, 난 퍽 유용하겠다고 생각했다.

바워즈 부인은 나를 쳐다보지도 않고 말했다.

"그렇기는 한데, 청장님께서 지금 아주 바쁘시거든."

"기다릴 수 있어요."

"미리 약속을 잡고 다시 와야 할 것 같구나."

아아, 피가 끓기 시작했다. 나는 숨을 깊이 들이마셨다.

"그렇지만 그럴 거면 왜……"

"주얼 어머니 때문에 이러세요?"

유진이 끼어들었다.

"지금이 주민 면담 시간이면 주얼이 무슨 이야기를 하건 관계없이 응해 주셔야 하잖아요."

바우워즈 부인은 헉 하고 숨을 들이마셨다. 그러고는 높아진 목소리로 대답했다.

"그런 게 아니야. 단지…… 청장님이 아이들하고는 보통 이야기를 안 하셔서 그래."

"청장님 자녀들한테는 참 안된 일이네요."

나는 말했다.

"이제 그만해."

바워즈 부인이 쏘아붙이더니 두 눈을 가늘게 떴다.

"난 너희 둘이 왜 여기에 왔는지 잘……"

나는 바워즈 부인 못지않게 큰 목소리로 대답했다.

"저희가 온 건요. 사람들의 수군거림 따위에 쩔쩔매는 청장님은 겁쟁이고, 절벽에 있는 돌들은 청장님과 아무 관계도 없으니 전혀 상관하실 일이 아니라고 말하려고 왔어요."

바워즈 부인의 입이 떡 벌어져 턱이 책상에 닿을 지경이었다.

"그리고 저희 엄마가 이제는 직장이 없어서 슬프시다는 것도

요. 아무리 청장님이라고 해도, 들리는 풍문을 다 믿으실 건 아니라는 말도 하러 왔어요. 그리고 가끔씩은 사람들 편에서 소문에 맞서기도 해야 한다고요. 우리 엄마처럼요. 그리고……"

한번 발동이 걸리자 멈추래야 멈출 수가 없었다.

"제가 청장님께 하려던 말은 지금 다 했으니까, 딱히 소문이나 쑥덕거린다는 시간에 만날 필요가 없어졌네요. 제가 한 말 잘 전해 주세요."

바워즈 부인은 차가운 미소를 지었다.

"물론이지, 주얼. 그럴게."

하지만 나는 움직이지 않았고 유진도 마찬가지였다.

"뭐가 더 남았니? 내가 좀 바빠서 말이야."

"지금 드린 말씀 적으시길 기다리고 있는데요."

유진이 말했다.

바워즈 부인의 얼굴은 지우개처럼 붉어졌다. 종이 한 장을 홱 집어 뭔가를 휘갈겨 적었다.

마침내 그곳에서 나오려고 몸을 돌렸을 때, 제임슨 부인이 우리의 시선을 피하는 모습을 보았다. 하지만 제임슨 부인은 다시 나를 보았고, 그 짧은 순간 나는 그가 이미 엄마에 대해 들었음을 알아차렸다.

모두가 들은 것이다.

"절벽으로 가자."

밖으로 뛰쳐나와 유진에게 말했다.

"거길?"

나는 휙 돌아서서 그를 마주 보았다.

"나는 갈 거야. 너도 오고 싶으면 와."

유진은 두 손을 들었다.

"알았어, 알았어."

하지만 얼굴은 웃고 있었다.

"누구도 나한테 어딜 가라 마라 할 수 없고, 잘 알지도 못하면서 사실이 아닌 걸 지어낼 수는 없어."

입이 어찌나 빠르게 움직이는지, 말이 되는지 아닌지도 모를 정도였다. 이렇게 나오는 대로 내뱉은 적이 없었는데, 해보니 확실히 후련했다. 유진은 너무 놀라 눈썹이 거의 이마 꼭대기로 솟을 지경이었다. 그동안 있었던 일들을 말해 주긴 했지만, 바로 눈앞에서 이런 내 모습을 보기 전까지 모든 게 얼마나 변했는지 실감하지 못한 모양이다.

우리는 중심가인 브로드 스트리트의 두 블록을 자전거로 달려, 가장 빠른 지름길로 절벽에 갔다. 유진이 내게 돌아온 것이 정말 기뻤다. 할아버지도 정말 좋지만, 할아버지는 결코 바워즈 부인 앞에 서지도, 그에게 내가 건방지게 이야기하도록 내버려 두지도 않았을 테니 말이다.

나는 눈을 감고도 절벽에 갈 수 있었다. 보이지 않는 줄이 내 심장에 연결되어 길과 들판 너머로 나를 팽팽하게 끌어당기는 것만 같았다. 바로 그때, 장소란 여러 면에서 사람과 비슷하다는 것을 깨달았다. 장소는 우리가 가고 난 후에도 우리를 생각하고, 우리가 돌아오기를 기다리고, 돌아오면 정말로 기뻐한다. 유진과 나는 자전거를 어느 배수로 옆에 세워 두고 길을 달렸다. 너무 빠르지도, 그렇다고 너무 느리지도 않게, 손가락을 활짝 펴고 그동안 내가 놓친 모든 것을 만날 준비를 하고서. 유진은 나와 속도를 맞추었다. 불평하지 않고, 이미 안다는 듯 왜냐고 묻지도 않고.

거의 다다랐을 때, 나는 소리 내어 웃기 시작했다.

"뭐야?"

유진은 숨을 헐떡거리며 물었다.

"아까 네가 '지금 드린 말씀 적으시길 기다리고 있는데요.'라고 했을 때, 사실 나도 딱 그 말 하려고 했거든."

"설마."

유진은 커다란 미소를 지었다.

나는 고개를 저었다.

"내가 말한 거 적기 전까지는 발도 안 뗄 작정이었어."

"나도! 우리가 동시에 말했다면 진짜 웃겼을 것 같지 않냐?"

"그랬으면 우리가 방금 주문을 걸었다고 해도 됐을 거야. 그러면 기겁해서 마스카라로 자기 눈 찌르고 난리가 났겠지."

나는 활짝 웃었다.

하지만 절벽에 이르렀을 때, 서늘하게 멈춰 서고 말았다.

"세상에."

유진은 탄식했다.

내 마음 한 부분은 아빠가 내 돌들을 절벽 아래로 던져 버린 일이 사실이 아니기를 바란 것 같다. 그리고 더 커다란 부분은 내가 없는 사이에 그 돌들이 다시 공중을 가르며 거친 협곡 위로 날아올라 제자리에 털썩 떨어졌기를 바란 것 같다.

눈을 떼기 어려웠다. 돌들은 정말로 사라지고 말았다. 아빠가 둔 십자가에는 이미 흙이 얇게 덮여 있다.

엄마, 아빠가 내 동그라미를 버렸다.

뭔가 나쁜 일이 일어나면, 때로는 너무 끔찍해 말로 표현하기가 어렵다. 그리고 뭔가 정말, **정말로** 나쁜 일이 일어나면 우리 마음은 어찌할 바를 몰라 마비되고 만다. 엄청나게 슬프고 끔찍한 기분 속에서 갑자기 팟! 모든 감각이 닫혀 버리는 것이다.

어쩌면 마음은 그런 식으로 죽는지도 모른다.

"너희 부모님이 이렇게 만들었다는 게 믿기지가 않아."

"나를 보호하기 위해서래."

씁쓸하게 대답하고는 주위를 둘러보았다.

내가 조약돌을 묻었던 땅은 엄마, 아빠가 짓밟아 어지럽게 망가뜨렸다. 열세 개의 어두운 표식들이 유령처럼 둥글게 남았다.

나는 십자가상을 쥐고 절벽 너머로 있는 힘껏 던져 버렸다. 그것은 공중에서 빙그르르 곡선을 그리다가 중력을 이기지 못하고 땅으로 곤두박질쳤다. 어디에 떨어졌는지는 보이지 않았다. 이제 나는 그런 것도 상관하지 않는다. 마음속에 무감각함이 점점 자라난다. 조금 전에는 비장 왼쪽 어디쯤에 자리하던 무감각함이 이제 폐와 위와 신장에까지 퍼져 안을 텅 비워 간다.

아무것도 중요하지 않다. 오직 버드만이 중요하다. 버드는 날아가 버렸는데.

"못 참겠어."

나는 천천히 말했다. 유진이 내게 더 가까이 몸을 기울였다.

"뭐라고?"

"못 참겠다고."

더 크게, 더 거칠게 대답했다.

"우리 엄마, 아빠 말이야."

몸을 굽혀 일곱 살 기념 돌이 있던 자리에 손을 대었다.

"오로지 버드 생각밖에 안 해."

부드러운 흙을 손가락 끝으로 쓰다듬었다.

"버드 때문에 싸워. 버드 때문에 슬퍼해. 그럼 나는?"

두 손으로 주먹을 쥐었다.

"주얼……"

"그럼 나는?"

이렇게 말하자 정말로 후련하고 자유로워지는 기분이었다. 그 말들이 열쇠가 되어 가슴속에서 억눌리고, 갇히고, 잊힌 것들을 해방시킨 것처럼.

"우리 엄마, 아빠가 나한테 여기 오는 이유는 물어보지도 않은 거 알아?"

잠겨 있던 공간에서 분노가 솟구쳐 나왔다.

"나를 쳐다보지도 않는 거 알아? 제대로 보질 않아. 너나 할아버지가 나를 쳐다보는 것처럼 보지 않는다고."

유진은 눈썹을 찌푸렸다.

"난 네가 이러는 모습 처음이라 쳐다보는 거야."

"그리고 나는 이제 더피가 있건 없건 신경 안 써. 엄마, 아빠가 싸우는 이유는 어차피 말도 안 되니까."

나는 화강암 바위의 높이를 가늠해 보았다.

"있잖아, 나 한 번도 꼭대기까지 올라가 본 적 없거든. 해보자. 지금."

유진이 내 어깨를 잡았다.

"진정해, 주얼. 우리 가자."

"버드가 떨어진 게 아니라면?"

"그게 무슨 소리야?"

유진의 목소리는 점점 흔들리고 있었다.

"뛰어서 날았다면?"

"말도 안 되는 소리를 하고 있어. 당연히 떨어졌지."

"사실은 절벽에서 뛰어도 떨어지지 않는 거라면? 내가 뛰어서 날아오르면 어떡할래? 내가 실제로 해내면?"

유진은 내 얼굴에 대고 고함을 쳤다.

"너 한 대 맞을래? 그래야 그만할래?"

나는 유진의 팔을 밀어냈다.

"아아, 그러니까 너는 혼자만 날아가 버리고 싶다, 이거구나. 미래의 우주 비행사 씨. 사람들 전부한테서, 친구들한테서까지 떠나 버리겠다면서."

유진은 멍하니 서 있었다. 나는 공중에 메아리치는 분노를 듣고서야 내가 소리를 지르고 있다는 것을 깨달았다.

유진은 말했다.

"그런 의미는 아니었어."

나는 돌아섰다. 이제 풀들이 길게, 8월의 풀들답게 자랐다. 유진에게서 몇 걸음 떨어져 긴 풀잎의 줄기를 쓸며 손가락 끝으로 씨앗을 모았다.

유진은 주머니에 손을 찔러 넣고는 화강암 바위로 성큼성큼 걸어가 발로 바위를 몇 번 찼다. 그러고는 거기에 이마를 대고 눈을 감았다. 나는 헷갈렸다. 유진이 떠나고 싶어 한다고 생각했는데.

"내가 싫어하는 게 뭔지 알아?"

유진이 조용히 말했다. 나는 풀잎 하나를 더 뜯어 씨앗을 모았다. 기다렸다.

"'너 형제 있어?' 하는 질문이 정말 싫어."

유진은 웃었지만 정말로 웃는 건 아니었다.

"나는 그 질문에 대답을 못해."

유진의 목소리가 어딘지 변했다. 그는 딱히 내게 이야기하고 있는 게 아니었다.

"어떻게 대답하겠어? 난 모르는데. 날 낳아 주신 엄마한테 다른 아이들이 또 있을지. 내 형이나 누나, 동생들이 있을지. 엄마가 그 아이들을 키우기로 했을지. 아님 그러지 않았을지."

그 말에 마음이 출렁거렸다. 유진 말이 맞았다. 비록 '한때 오빠가 있었지만 오래전에 죽었어' 하더라도, 나는 대답할 수 있다.

"나한테 오는 많은 질문들이 가끔 너무 버거워. 어떨 땐 다 뒤로하고 떠나고 싶어. 전부 다."

"그래도 사람들은 너를 소중하게 생각해."

"우리 부모님은 새로 태어날 아기를 더 소중하게 생각해."

어두운 목소리였다. 그때, 아주 짧은 그 순간에 유진은 깨달았다. 나를 아주 오랫동안 바라보다가, 흔들리는 눈빛으로 시선을 돌렸다.

나는 세 번째 풀잎을 꺾었다.

"있잖아, 저 바위는 네 기분을 이해해."

유진의 입술이 실룩거렸다. 조금은 놀리듯 되물었다.

"그래?"

"그럼. 저 바위는 미아석이거든."

유진은 나를 찬찬히 보았다.

"그게 뭐야?"

"아이오와에는 원래 화강암이 없어. 사암, 석회암, 백운암이 있지. 퇴적암도 있고. 화강암은 북쪽에 있어. 캐나다라든지. 그렇지만 여기 있는 이 바위는 화강암이야. 분명히."

"어떻게 여기 온 건데?"

"빙하의 흐름을 타고. 마지막 빙하기 동안, 빙하가 한 지역의 바위며 온갖 것들을 옮겨다가 다른 지역에 떨군 거야. 심지어 수천 킬로미터 떨어진 곳에 옮겨 놓기도 했지.

"그래?"

유진의 목소리가 멀게 느껴졌다.

"응. 그래서 주위와 같지 않은 돌을 미아석이라고 해."

나는 풀을 또 한 잎 뜯어 손가락에 감았다.

"아이오와에서 멈춰 선 빙하가 녹기 시작하면서 그때까지 운반해 온 것들을 다 떨구었어."

나는 잠시 뜸을 들였다.

"이 지역의 것들과는 다른 암석이 정말 많아."

유진은 제 신발을 빤히 보았다. 나는 손가락에 감은 풀을 풀었다.

"이 바위는 여기 것이 아니지만, 이제는 여기에 속해."

유진은 움직임 없이 서 있었다. 그러다 천천히 바위에 등을 대고 미끄러져 땅에 앉았고, 고개를 무릎에 묻으며 두 팔로 몸을 감쌌다. 화강암 바위의 서늘한 그늘이 또 다른 담요가 되어 유진을 감쌌다. 유진은 그렇게 아주 오랫동안 앉아 있었다. 나는 무엇을 해야 할지 몰라 어색하게 움직였다.

갑자기 유진이 고개를 들었다. 그리고 내게 물었다.

"왜?"

나는 그저 서 있었다.

"왜?"

유진은 다시 물었다. 입술이 조금 떨렸다. 유진은 답을 구하는 듯 나를 보았다. 진실한 답을 얻을 수 있다면 무엇이라도 하겠다는 듯이.

나는 숨을 죽였다. 유진이 무엇에 대해 '왜'라고 묻는지 전혀 알 수 없었다. 부모님이 왜 동생을 가진 것인지? 친어머니가 왜 자신을 포기했는지? 친어머니는 왜 좀 더 노력하지 않았는지?

"모르겠어."

나는 이렇게 대답했다.

유진은 고개를 저으며 주먹으로 살짝 바닥을 쳤다. 대답을 찾을지 찾지 못할지도 모르는 '왜', 화강암 바위 역시 묻고 있었을 그 '왜'는 아주 커다란 질문으로 느껴졌다.

그때 생각이 하나 떠올랐다. 나는 조약돌을 하나 주워 유진에게 걸어갔다.

"이거 네 거야."

나는 돌을 내밀었고 유진은 나를 보았다.

"네 질문을 위한 거라고."

나는 조약돌을 묻는 땅으로 가서 흙을 조금 파고, 그 속에 그 돌을 두었다.

"이 땅속에 내 걱정들이 담겨 있어. 내가 바라는 것들도. 내 질문들까지 모두."

나는 흙으로 돌을 덮고는 가볍게 두드렸다.

"이제 네 질문은 혼자가 아니야."

집에 와 보니 엄마, 아빠는 없었다. 할아버지는 방 침대에 앉아 창밖을 내다보고 있었다.

"할아버지?"

고개를 돌려 나를 보더니 할아버지의 두 눈이 부드러워졌다. 나는 할아버지의 눈이 그렇게 변하는 것이 좋았다.

"저한테 빌려주신 테이프 가져왔어요. 저는 음악 테이프 중에서 멘토 음악이 제일 좋아요. 할아버지랑 엄마, 아빠, 오빠 목소리를 녹음한 테이프도 좋았는데, 다 듣지는 못했어요."

사실이었다. 테이프 속 할아버지와 버드 목소리, 그리고 엄마, 아빠 목소리에까지 넘치는 행복을 듣다 보면, 어쩐지 곧 멈춤 버튼을 누를 수밖에 없었다.

뭔가를 무척 심각하게 생각하는 듯, 할아버지의 입술이 가늘어졌다. 그러더니 할아버지는 전등을 올려놓은 나무 상자로 가서, 전등을 바닥에 내려놓고 그 상자를 옆으로 돌렸다.

그것은 상자가 아니었다. 아니, 상자이기도 하고 아니기도 했다. 속이 빈 나무 정육면체의 한쪽 면에는 중간 크기의 구멍이 나 있었고, 그 구멍에서 금속으로 된 뭔가가 긴 손가락들처럼 튀어나와 있었다. 내가 뭐라고 말하기도 전에 할아버지는 그 위에 앉아 두 손바닥으로 상자 옆면을 몇 번 두드리고 금속으로 된 부분을 손끝으로 뜯었다.

무슨 일이 일어나고 있는지 깨닫고 나는 정신이 아득해졌다.

할아버지는 음악가였던 것이다.

그리고 지금 할아버지가 만들어 낸 소리와 리듬은……

"테이프 속 멘토 음악, 할아버지가 연주하신 거였어요?"

자랑스러움이 비친 미소로 할아버지의 온 얼굴이 환히 밝아졌다. 미소는 금세 사라졌지만 나는 그 햇살을 보았다.

침대에 앉아서 할아버지가 박자를 두드리고 금속 막대 같은 것을 뜯는 모습을 바라보았다. 강렬하고 생동감 넘치는 소리가 울려 퍼졌다. 할아버지의 연주가 빨라질수록 더 활활 타올랐다.

"옛날엔 노래도 하셨어요?"

할아버지는 고개를 끄덕였지만 눈에선 미소가 휙 사라졌다.

"이런 것들을 다 하시면서 말은 안 하세요?"

내뱉고 말았다. 할아버지는 고개를 저었고 고요함이 방을 메웠다. 할아버지는 일어나서 한숨을 쉬더니 악기를 다시 돌려놓았다. 뒷면만 보이도록. 다시 그저 상자가 되도록. 할아버지는 그 위에 전등을 올렸다.

"그러지 마세요, 할아버지."

나는 간청했다. 할아버지는 다시 고개를 저었다.

"음악 연주는 하셔도 되잖아요. 연주엔 말이 필요 없잖아요."

그 순간, 문이 쾅 닫히는 소리가 나고 엄마, 아빠가 집 안으로 걸어 들어왔다. 바워즈 부인에게 하고 싶은 말을 하고 나서인지, 유진과 나눈 대화에서 힘을 얻어서인지, 아니면 오직 침묵뿐이던 공간에서 할아버지와 대화를 나누고 할아버지가 연주하는 음악을 들었기 때문인지, 나는 끊임없이 말을 하고 싶었다. 할아버지 방을 박차고 나가 엄마, 아빠가 장바구니를 내려놓는 부엌으로 갔다.

"할아버지는 왜 말을 안 하시는 거예요?"

거의 따지다시피 물었다.

엄마, 아빠는 굳어 버렸다. 잠시 후 정신을 차린 아빠가 조심스럽게 말했다.

"그게 무슨 말이냐? 너도 알잖아. 버드가 죽었기 때문이지."

"네. 그런데 왜 아직도 말을 못하시냐고요?"

나는 두 손으로 허리를 짚었다.

"언제 어디서나 사람들은 죽지만, 그렇다고 온 세상 사람들이 말을 안 하는 건 아니잖아요. 얼마 동안은 슬퍼하겠지만…… 할아버지는 왜 말을 못하세요?"

아빠는 호주머니에 든 동전을 짤랑거리며 부엌에서 나가려는데, 엄마가 웃기 시작했다. 세찬 웃음 소리였다.

"당신, 그러니까 주얼이 혼령들의 세계는 알아야 하지만 그

저주에 대해서는 알면 안 된다는 거야?"

엄마는 물었다. 등이 뻣뻣해지기 시작했다.

"저주요?"

"말해, 나이젤. 이건 분명 어떤 계시야."

엄마가 조롱하듯 말했다.

"주얼은 알 필요 없어."

아빠는 단호한 목소리로 대답했다. 여전히 우리를 등진 채.

"아, 이제는 계시를 안 믿나 봐?"

엄마는 의기양양하게 말했다.

"참 편리하네. 당신이 말하지 않으면 내가 해."

길고 끔찍한 침묵이 이어졌다.

아빠는 돌아섰지만 나를 쳐다보지는 않은 채 말했다.

"주얼, 네 오빠에게 버드라는 별명을 지어 준 대가로 할아버지의 입에 저주가 걸렸다."

나는 숨이 턱 막혔다.

"누가 할아버지에게 저주를 걸어요?"

아빠는 엄마를 본 다음 나를 보았다. 얼굴을 찡그렸다.

"내가."

# 19

"아빠가 뭘 했다고요?"

손이 입 쪽으로 올라갔다.

"주얼, 네가 생각하는 그런 게 아니다."

아빠는 재빨리 받아쳤다. 한 팔을 뻗으며 나를 향해 한 걸음 다가왔다. 나는 두 걸음 물러났다.

"여보, 주얼을 몰아붙이지 마."

엄마가 말했다.

나는 아빠를 보고, 다시 엄마를 보았다. 모든 것이 무너진다. 한 갈래로 묶은 엄마 머리에서는 머리카락이 빠져 나와 있다. 아빠의 까만 신발은 닳아서 흠집투성이다. 나는 소파에 털썩 주저앉아 두 손으로 머리를 감싸 쥐었다. 이럴 수는 없다. 아빠는 내게 이야기하길 좋아한다. 아빠는 텃밭과 음악을 사랑한다.

아빠가 할아버지에게 저주를 걸었다. 자신의 아버지에게. 푸바에게.

"사고였어."

나는 아빠를 노려보았다.

"정말이요? 사고로 저주를 걸 수도 있어요? 저한테 그런 말은 안 하셨잖아요."

아빠는 움츠러들었다. 깊은 숨을 들이쉬고 셔츠 깃을 당겼다.

"주얼, 할아버지는 더피를 믿지 않으셨다."

"그래요? 그럼 쌀도요? 로즈마리도요?"

아빠는 한숨을 쉬었다.

"그건 버드가 죽은 다음이야. 이미 너무 늦은 후에."

아빠는 진심이었다. 머리가 지끈거렸다. 뇌를 쥐어짜며 혹사하는 기분이다.

"그런 식으로 주얼을 고문하지 마. 그냥 말해 줘."

엄마는 팔짱을 끼었다. 아빠는 또 호주머니 속 동전들을 짤랑거렸다. 나와 마주친 아빠의 두 눈은 놀랍게도 너무나 두려워 보였다.

"할아버지와 할머니가 미국에 처음 오셨을 때, 할아버지는 이곳에도 더피가 있다고 믿지 않으셨다. 더피들이 물을 건너 쫓아오지는 않는다고 하셨지. 자메이카를 떠나지 못한다고. 미국인들이 로즈마리를 그저 먹는 것이라고 여긴다면 우리도 그래야 한다고."

아빠가 내 소파 옆자리에 앉았지만, 우리 사이에는 끔찍하고 차가운 바다가 있는 것만 같았다.

"미국인들은 더피를 쫓으려고 애쓰지 않아도 아무 일 없으니까, 우리한테도 아무 일 일어나지 않을 거라고 하셨다."

아빠는 주머니에서 동전 하나를 꺼내 쥐더니 엄지와 검지로 세게 문지르기 시작했다. 행운을 불러오려는 것인지 그저 초조해서 하는 행동인지 알 수 없었다.

"할머니는 자신의 경고를 심각하게 받아들이지 않는 할아버지에게 화가 나셨지."

아빠는 시선을 돌렸다.

"할머니는 이전 마을에서 부적을 잘 만들기로 이름난 분이셨어. 이런 것들에 대해서 잘 아셨지."

부적이라. 악령에게서 사람들을 보호하는 것. 그 순간 내가 할머니에 대해 얼마나 모르고 있었는지를 깨달았다. 사실 할머니뿐 아니라 모두를 말이다. 할아버지가 엄마만큼이나 이런 일들을 믿지 않았다니, 혹은 아빠가 자신의 아버지에게 저주를 걸었다니, 나는 짐작조차도 하지 못했다.

"할아버지는 자꾸만 여기는 다르다고 우기셨어. 만일 더피가 있더라도, 힘이 없을 거라고."

아빠 목소리가 서늘해졌다.

"그러다 버드가 뛰어내린 거네요."

나는 속삭이듯 말했다.

이제는 많은 게 이해가 되었다. 할아버지는 사실상 자신이 더피를 집으로 불러들인 것이나 다름없기에 그렇게 슬퍼했던 것이다. 화가 나는 것도 당연했다. 아빠에게, 그리고 자기 자신에게. 할아버지가 더피니 쌀이니 로즈마리니 하는 것들에 그렇게까지 집착하고, 유진을 그토록 경계한 것도 다 그래서였다. 할아버지는 버드에게 한 일을 뉘우치며 다시는 더피를 불러들이지 않으려고, 우리를 보호하려고 애써 온 것이다.

"내가 버드를 발견했어."

아빠는 잠긴 목소리로 말했다.

"아빠가요?"

아무도 내게 누가 먼저 오빠를 발견했는지 말해 주지 않았다. 아무도 그날 밤에 대해서는 이야기하지 않는다.

"할아버지는 나와 같이 버드를 찾고 계셨어. 내가 그 아이를 발견했을 때는 이미……."

아빠는 시선을 돌렸다.

"할아버지에게 너무 화가 난 나머지 그 자리에서 무시무시한 짓을 했다. 그건 저주가 아니야. 저주를 걸려던 게 아니었어."

아빠는 두 손에 머리를 묻고 어깨를 떨기 시작했다.

"내 아들이 싸늘히 품에 안겨 있는데, 머릿속에는 아버지만 아니었다면 이 아이가 여전히 살아 있으리라는 생각뿐이었어."

"그래도 어떻게 저주를 거셨어요? 왜 저주를 풀지 못해요?"

아빠는 고개를 저었다.

"못 푼다, 주얼."

내 목소리는 점점 커졌다.

"왜요? 아빠가 건 저주면 아빠가 풀 수 있잖아요."

"노력해 봤다. 할머니도 노력해 보셨어."

아빠는 빨간 눈으로 나를 보고 고개를 저었다.

"어떻게 푸는지를 몰라."

나는 일어섰다.

"어떻게 할아버지한테 그럴 수가 있어요?"

"주얼, 소리 지르지 마."

엄마는 말했다. 엄마 얼굴은 침울하고 피곤해 보였다. 아빠는 아무 말도 하지 않았다.

"어떻게, 저주를 걸어 놓고는 푸는 법을 모를 수가 있어요?"

할아버지는 아마도 방에서 이걸 다 듣고 있을 것이다.

"모르겠다, 주얼. 그렇지만 나는 그날 아들을 잃었어."

**딸을 얻으시기도 했잖아요**, 하고 소리치고 싶었다. 나는 두 손에 고통이 느껴질 정도로 세게 주먹을 쥐었지만, 이내 심호흡을 했다. 그 순간 유진과 함께 우주로 가는 로켓을 타고 모두에게서 멀어질 수만 있다면 무엇이든 할 것 같았다.

"할아버지는 좋은 분이에요. 친절하고 재미있으세요."

나는 아빠를 노려보았다.

"할아버지는 일부러 버드를 죽이신 게 아니에요. 아빠가 저주를 거는 바람에 할아버지는 말문을 닫아 버리셨잖아요. 음식도 만들지 않고 노래도 하지 않고 악기도 연주하지 않으시잖아요. 아빠가 할아버지 마음을 닫아 버렸기 때문에."

아빠는 일어섰다.

"주얼, 나도 이렇게 되길 바라진 않았어. 제발, 이해해 다오."

나는 아직 할 말이 남아 있었다.

"아빠는 나한테 어른들을 존경하라고 하셨잖아요. 그런데 아빠는요?"

아빠는 얼굴이 굳었다.

"네가 생각하는 그런 게 아니야, 주얼……"

"아빠 말이 맞았어요."

나는 내뱉었다.

"어떤 말이?"

나는 턱을 치켜들고 말했다.

"세상에는 절대로 용서하지 못하는 일들이 있다는 말이요."

엄마는 젖은 눈으로 무척이나 오랫동안 나를 바라보았다.

할아버지는 방에 있었다. 나는 들어가 두 팔로 할아버지를 안았고, 할아버지도 나를 안아 주었다. 나는 물러나 할아버지를 빤히 보았다. 얼굴을 보고 모두 다 사실임을 알았다. 한마디도 빠짐없이 모두.

"아아, 왜 안 될까요? 어떻게 해야 저주가 풀릴까요?"

할아버지는 고개를 저었다. 나는 할아버지를 똑바로 보았다.

"할아버지, 저는 할아버지랑 이야기를 나누고 싶어요."

할아버지는 마른침을 세게 삼키며 입술을 꾹 다물었다. **나도 알아.**

"말씀하세요, 할아버지."

할아버지의 한 손을 움켜잡자 할아버지도 내 손을 꼭 쥐었다.

그때 엄마와 아빠가 거실에서 다투는 소리가 들렸다. 또다시.

그 소리를 무시하려 애쓰며 말했다.

"어떻게 해야 할아버지 목소리를 되찾을지 제가 알아낼 거예요. 설사 그게 저주라고 해도 해결책을 찾아낼 수 있어요. 찾을 거예요."

할아버지는 한숨을 쉬었다. 이미 포기했다는 듯이. 나는 화가 났다.

"왜 버드한테만 푸바가 있고, 나한테는 없어요?"

눈앞에서 할아버지 얼굴이 일그러졌지만, 상관없었다. 사실이니까. 나는 지키려고 애쓸 기회도 얻기 전에 모든 걸 잃었다.

할아버지는 방 창문으로 걸어가, 얼굴에 드러난 모든 아픔을 내가 보지 못하도록 몸을 돌리고 들판을 바라보았다. 같은 방에 있는데도 우리 사이에는 바다가 가로놓인 듯 했다. 나는 화가 나서 귀가 뜨거워졌다.

"할아버지, 저……"

그때 갑자기 아빠 목소리가 커다랗게 들렸다.

"그만해, 로즈. 그건 내 잘못이 아니었잖아."

"아, 그래? 당신이 애를 아무 데나 쏘다니게 뒀으면서."

두 사람의 목소리 속 뭔가가 나를 얼어붙게 만들었다.

"내가 그렇게 둔 게 아니야."

아빠가 화를 내며 반박했다.

"당신은 그토록 소중한 텃밭에 있었잖아. 아이들은 어른이 계속 지켜봐야 하는 거 몰랐어? 내가 계속 잘 보라고 했잖아!"

엄마 목소리가 벽을 타고 올랐다.

할아버지가 내 눈을 깊이 들여다보았다. 할아버지의 얼굴은 두려움에 휩싸여 있었다.

"겨우 잠깐 동안이었어. 당신은 그 잠깐을 가지고 평생 나를 비난할 거야?"

"그 잠깐이 몇 시간이 되고 우리 아들 인생이 됐어."

나는 할아버지와 마주 보았다. 버드가 뛰어내린 날 밤의 이야기이다.

이 이야기는 듣지 말아야 한다는 걸 깨달았다. 하지만 할아버지 방에서 나가지 않았다. 엄마, 아빠를 말리지 않았다.

"당신이 어머니하고 집에 들어가면서 나한테 아무 말 안 했잖아. 어머니가 그 애랑 놀고 계셨는데."

"아아, 이 집에서 나는 모든 걸 다 해야 하는구나? 음식 만들고 청소하고 버드 돌보고, 동시에 아기도 낳고? 왜 그래야 돼?

당신은 텃밭에서 시간이나 보내고 자메이카에 대한 공상이나 하려고?"

"당신이 아이를 낳을 줄 알았더라면 나는 텃밭에 가지도 않았을 거야. 당신도 알잖아."

아빠가 거실을 걷는 소리, 엄마가 뒤따르는 소리가 들렸다.

"아기는 그렇게 정해 놓은 날짜에 맞춰서 나오는 게 아니야. 아기가 나오려 하면, 그때 나오는 거야. 몇 주 전에 나오려 하면, 몇 주 전에도 나온다고."

할아버지가 다가와 나를 침대에 앉혔다. 그러고는 두 사람의 싸움을 말리러 가려는 듯했지만, 나는 할아버지의 팔을 붙들었다. **말리지 마세요. 전 알고 싶어요.**

"적어도 나한테 뭐라도 말해 줄 수는 있었잖아. 무슨 말이든. 어머니가 버드를 안 보고 계신 걸 내가 어떻게 알겠어?"

"버드. 난 그 이름이 싫어. 그 애 이름은 존이라고. 그 애를 당신한테 맡기고 안심해서는 안 되는 거였는데!"

"우리가 그 애를 얼마나 정신없이 찾아다녔는지 당신이 알기나 해?"

갑자기 아빠가 흐느꼈고, 목소리는 여자아이처럼 높아졌다.

"우리가 얼마나 무서웠는지 당신이……"

"아들이 행방불명인데 아기를 낳는 건 쉬웠을 것 같아?"

엄마가 날카롭게 소리를 질렀다.

"나는 그때 주얼을 낳고 싶었을 것 같아? 나는 주얼을 원하지 않았어! 내 아들을 원했다고! 그런데 내 아들은 어디 있어? 내 아들…… 존, 내 아들……"

바로 그 순간, 심장이 무감각해졌다. 아무것도 느낄 수 없었다. 누군가 녹슨 삽으로 심장을 파내서 들쥐 잡듯 후려쳤다 해도 나는 알아채지 못했을 것이다.

**나는 주얼을 원하지 않았어! 내 아들을 원했다고!**

나는 원치 않는 아이였다. 이 세상으로 나오는 순간에조차.

할아버지 침대에서 일어나 천천히 방문을 열었다. 엄마는 식탁에 엎드린 채 흐느끼고 있었다. 아빠는 문 앞에서 신발을 신고 있었다. 나는 그들을 보았다. 예정보다 일찍 태어나기는 했지만 나는 나름의 역할을 했다. 엄마, 아빠를 행복하게 해 주려고 정말로 열심히 노력했다. 엄마, 아빠는 나를 원해야 했지만, 그러지 않았다. 자신들이 해야 할 역할을 하지 않았다.

노력조차 하지 않았다.

엄마가 고개를 들었다.

"주얼?"

놀란 표정이었다. 내 존재를 잊어 버렸던 것처럼.

나는 대답하지 않았다. 부모가 나라는 존재를 원하지 않았다면, 나는 그저 짐이었다는 얘기다. 그들을 기쁘게 하려고 노력하는 데 시간을 낭비해 왔다. 애초에 불가능한 일이었음을 나는 몰랐다.

지금까지는.

아빠가 신발 끈을 다 묶었다.

아빠가 그토록 텃밭 가꾸기를 좋아하지 않았더라면 버드가 마음대로 쏘다니지 않게 지켜보았을 것이고, 버드는 뛰어내리지 않았을 것이다. 나에게는 오빠가 있었을 것이고, 엄마, 아빠도 나를 원했을 것이다. 할아버지가 오빠를 버드라고 부르지 않았더라면 더피가 오빠 귀에다 절벽에서 뛰어내리라고 속삭이지 않았을 것이고, 아빠는 할아버지를 저주하지도 않았을 것이다. 엄마는 아빠가 내게 더피에 관해 가르친다 해도 내버려 두었을 것이고, 나도 절벽을 멀리했을 것이다.

이제는 그런 것들이 다 의미 없는 것 같다.

"주얼?"

이번에는 아빠였다.

버드와 나는 정말로 근접 쌍성이다. 오빠는 내 일부이다. 그리고 오빠는 날아가 버렸다. 오빠 역시 엄마, 아빠가 뭐라고 하든 상관하지 않았다.

두 사람 다 이제 나를 보고 있다.

"저를 원하지 않으셨던 거네요. 두 분 다."

"주얼, 나는 그런 게……"

엄마 얼굴이 붉어졌다.

"버드만 원하신 거예요. 그날 나도 태어났는데."

"당연히 우린 널 원했다, 주얼."

아빠가 말했다. 하지만 가까이 다가오지는 않았다.

"오빠가 떠나고 나서 엄마, 아빠는 다 포기해 버렸어요."

"오해야, 주얼."

아빠는 어깨를 펴며 말했다.

"나는요?"

"그게 무슨 말이니?"

엄마가 물었다.

"나는요?"

더 크게 물었다. 엄마, 아빠는 내가 점점 커져 방 안을 가득 채우기라도 한 듯 나를 보았다. 뒤에서 다가오는 할아버지 발소리가 들렸다.

"버드만 중요하잖아요. 버드는 죽었는데."

엄마는 마른침을 삼켰다.

"오빠는 죽었어요."

"주얼."

아빠가 나를 불렀다.

"땅속에 묻혔어요. 죽어서."

엄마가 몸을 움직였다.

"너 이제……"

"엄마, 아빠는 내 돌들을 던져 버렸어요."

내뱉고서 내 목소리가 흔들리지 않은 데 놀랐다. 내 목소리는 강했다. 단단했다. 차가웠다.

"절벽에 있던 내 돌들을 다 던져 버렸다고요. 이해하려고 노력조차 안 했어요. 두 사람 다 정말 싫어요."

"주얼 캠벨. 너 우리한테 이렇게 말하면 안 되는……"

아빠 목소리가 높아졌다.

"날 이해하려고 노력조차 안 했어요."

나는 주먹을 쥐었다.

"저를 원하신 적도 없죠. 이제는 원하는 척 안 하셔도 돼요."

아빠는 마른침을 삼켰다.

"나갈게요."

나는 문을 향했다.

"주얼, 우리 이야기를 좀 해 보자."

엄마는 말했다.

"싫어요."

아빠가 내 어깨에 손을 얹었다.

"앉아 봐라."

"손대지 마요!"

나는 소리치며 야생 동물처럼 아빠에게서 펄쩍 물러섰다.

할아버지가 이글거리는 눈으로 내게 다가왔다. 할아버지는 턱으로 문을 가리켰다. **내가 함께 가마.**

조용했다.

엄마와 아빠는 한참 서로를 바라보며 눈으로 생각을 주고받았다.

"저녁 먹을 시간까지 돌아와."

엄마는 무거운 목소리로 말했다.

밖으로 나가자 할아버지가 따라왔다. 물론 아무 말 없이 나왔지만, 사실 할 말도 없었다. 달리 뭘 할 수 있겠는가? 한 지붕 아래에 사는 사람들 사이가 어쩌면 이리도 멀고 먼 걸까?

이렇게나 외로운 적이 없었다.

"이런 법이 어디 있어요, 할아버지?"

나는 속삭였다. 할아버지는 자갈길 위에 멈춰 서서 나를 안아주었다. 스펀지에서 더러운 비눗물을 짜내듯 심장으로 손을 뻗어 내 슬픔을 모두 짜내어 주고 싶은 할아버지의 마음을 읽었다. 하지만 소용없었다.

내가 누구의 동정도 원치 않는다는 사실을 깨닫자 등이 뻣뻣해졌다. 할아버지의 동정조차도 원하지 않는 것이다. 그 순간, 나는 앞으로도 원하는 것을 결코 얻지 못하리라는 걸 깨달았다. 내게 그 동그라미가 얼마나 중요한지, 그 절벽이 얼마나 특별한지 이해받고 싶고, 지질학자가 되고 싶은 것이며 땅을 파서 화살촉을 즐겨 찾는 것, 나 자신으로 사는 것도 다 이해받고 싶다.

하지만 그런 일은 결코 일어나지 않는다. 할아버지에게조차도. 사실 할아버지는 내가 절벽에 가는 것을 제일 먼저 말릴 사람이다.

가슴속에서 거대한 빙하가 깊고 어두운 틈을 쩍 벌렸다. 그 속에서 맹세가 흘러나왔다. 나는 이제 사람들을 행복하게 만들려고 더는 애쓰지 않을 것이다. 나는 누구도 필요하지 않다. 이제부터는 내가 하고 싶은 것을 할 것이다.

할아버지가 갑자기 내게서 물러섰다. 그리 멀지 않은 곳에서 유진이 우리를 향해 걸어오고 있었다. 할아버지의 턱에 힘이 들어갔다. 할아버지의 그 넉넉하고 인정스러운 마음이 순간 닫혀 버리는 듯 보였다. 나를 그토록 꼭 안아 주었던 할아버지는 애초에 없었던 것처럼. 할아버지는 결코 유진을 받아들이지 않을 것이다. 그렇게 생각하니 더욱 화가 치밀었다.

"안녕."

유진에게 외치자 할아버지가 내 팔꿈치를 잡았다.

나는 할아버지를 보며 잡힌 팔꿈치를 뺐다.

"유진은 더피가 아니에요."

유진은 어색하게 손을 마주 흔들었다. 소중한 친구지만, 이 아이도 결코 할아버지를 받아들이지 않을 것이다. 더피들이 어떻게 우리 가족의 삶을 망쳤는지도 이해하지 못할 것이다.

할아버지의 얼굴이 비틀리고 분노에 휩싸였다.

내 안의 틈이 점점 커져 더욱 넓게 갈라졌다.

"유진은 더피가 아니에요."

다시 한번, 더 큰 소리로 말했다. 분명 유진은 내 목소리를 들었을 것이다.

"주얼."

유진이 외쳤다. 그리고 열 걸음쯤 떨어진 곳에 멈추어 섰다.

"안녕하세요, 할아버지?"

유진은 긴장한 목소리로 인사하고 나에게 말했다.

"안 그래도 너 만나서 놀러 갈까 했는데 나와 있네."

할아버지는 두 눈을 가늘게 뜨고 나를 다시 집 쪽으로 잡아끌기 시작했다. 할아버지가 나를 보호해 주려는 것임은 알았지만, 다시 한번 그 손길을 뿌리치고 유진에게로 다가갔다. 허둥지둥 뒤쫓아 온 할아버지가 내 티셔츠 윗부분을 잡아당기는 바람에 목에 건 금 목걸이가 드러났다.

할아버지는 헉, 숨을 들이쉬었다. 나는 몸을 돌리며 외쳤다.

"그만하세요!"

유진은 어쩔 줄 모르는 듯했다.

"나 그냥 나중에 와도 되는……"

"이제 이런 거 지긋지긋해!"

할아버지와 유진 모두에게 외쳤다.

나는 뛰었다. 두 발이 절벽을 향해 내달렸다. 버드가 뛰어내리는 모습을 보고, 내 조약돌들을 품어 주고, 내게 돌들을 선물해 주고, 그 돌들이 떨어지는 모습도 지켜본 절벽이다. 자석처럼 절벽이 나를 끌어당겼다. 나는 집으로 날아가는 새처럼 그곳으로 달려갔다.

유진은 급히 나를 뒤쫓아 달렸지만, 이번에는 내가 더 빨랐다. 길에서 벗어나 옥수수밭을 가로질렀다. 열 맞추어 선 옥수수들은 이제 충분히 키가 자라서 나를 숨겨 주었다. 윤기 흐르는 검은 수염을 달고 잘 익은 옥수수들은, 들판을 뛰쳐나가 씨앗들과 영원을 품은 대초원의 긴 수풀 속으로 뛰어가는 내 모습을 지켜봐 주었다. 내 두 발은 회오리바람처럼 나를 흙길로, 그리고 절벽으로 데려다 주었다.

그다지 숨이 가쁘지 않았고 전혀 힘들지도 않았다. 두 발은 땅에 닿는 듯 마는 듯 가벼워 거의 날아가다시피 했다. 유진은 작은 돌과 나뭇가지들을 땅 속으로 차 넣으려는 듯 발을 놀리며 뒤쫓아 왔다. 오솔길 끝에 금세 절벽이 나타났다. 나는 전력으로 달려 내 조약돌들이며 동그라미의 흔적만 남은 곳을 지났다.

나는 유진보다 훨씬 먼저 바위에 도착했다. 늘 손을 짚던 익숙한 곳들이 하나하나 그대로 있었다. 손가락은 강철 발톱이 되고 두 발은 스파이크가 되어 울퉁불퉁한 바위 표면을 기어올랐다. 곧 유진이 여기에 도착하리라는 것을 알기에 그 어느 때보다도 빠르게 올랐다. 힘이 넘치는 다리로 계속 올라가, 유진과 함께 앉았던 바위 의자마저도 지나쳤다. 나는 한계 지점에 가까워졌다. 더 높이 올라가면 바위 표면이 낡은 가죽처럼 부드러워지고 손을 짚을 만한 곳들도 겨우 옴폭 들어간 정도라, 늘 되돌아 내려가는 위험한 지점.

하지만 지금 나는 되돌아 내려갈 마음이 없다. 바위 꼭대기까지 올라가고 싶다. 유진이나 그 누구의 도움도 필요하지 않다. 아무도 필요 없다. 꼭대기에 올라가면 날 것이다. 버드처럼. 그제야 엄마와 아빠는 나를 보겠지. 그때 슬퍼하고 분노해 보았자 자신들의 잘못이다. 엄마, 아빠는 내 돌들을 절벽 아래로 던져 버렸다. 그 돌들은 내 일부였는데, 나 역시 가면 안 되리라는 법이 있을까?

절벽에 막 도착한 유진은 내 조약돌들이 모여 있는 곳을 넘어 바위로 달려왔다.

"주얼!"

유진은 바위를 급히 오르며 외쳤다.

"제발 멈춰!"

나는 결코 멈출 마음이 없었다. 한계 지점을 지나 보니 손으로 붙잡을 곳은 내 생각보다 더 마땅치 않았고 발끝도 디딜 곳을 찾지 못해 바위를 긁었다. 하지만 이상하게도 어떤 짜릿짜릿한 에너지가 핏속에 스며든 것처럼 손가락과 팔뚝과 다리에는 힘이 넘쳤고, 아주 약간 움푹한 곳만 있어도 거기에 몸무게를 싣고 계속 올라갈 수가 있었다. 전에는 느껴 보지 못한 기분이었다. 운명을 내가 완전히 결정하고 통제하는 기분.

아무도 나를 꺾지 못한다.

유진은 이제 우리가 함께 앉았던 위치에 다다랐다. 내가 손을 짚었던 지점을 찾기 위해 필사적이었다.

"그만해, 주얼! 이러지 마!"

내려다본 유진의 얼굴은 그 어느 때보다도 잔뜩 겁에 질려 온통 일그러져 있었다.

아무 대답도 하지 않았다. 유진조차 나를 말리지 못한다.

유진이 내가 짚었던 곳이 아닌, 더 좋지 않은 위치에 한 손을 짚고 다음 붙잡을 곳을 찾아 손을 뻗는 모습이 곁눈으로 보였다.

"내려가!"

유진에게 외치고는 약간 기우뚱해져서 재빨리 내가 붙잡은 곳으로 시선을 돌렸다. 바위 꼭대기는 5, 6미터쯤 남은 것 같았다. 유진이 점점 나와 가까워지고 있었다. 유진에게 지금 경로대로 계속 오다가는 더 오르지도 내려가지도 못하게 될 거라고 말하려 했지만, 그 순간 내가 다음으로 붙잡을 움푹한 곳과 발끝을 걸칠 만큼 튀어나온 곳을 찾았다. 조금 멀리 보니 바위 꼭대기에 접근할 경로가 흐릿하게……

"주얼!"

유진의 비명이었다. 본능적으로 터져 나오는 날것의 비명. 손가락이 미끄러지는 희미한 소리에 내 심장이 멈추었다. 고개를 돌렸을 때, 아무것도 붙잡지 못한 채 구부러진 유진의 손가락들이 보였다. 유진의 까만 얼굴과, 내 눈에 고정된 채 공포에 질려 커다랗게 뜬 하얀 눈, 그리고 둥그렇게 벌어진 입이.

유진은 뒤로, 허공으로 떨어졌다.

"존!"

깊고 어두운 곳에서 비명이 터져 나왔다.

그의 몸은 공중에 잠시 떠 있는 듯했다. 중력뿐만 아니라 거기 있지만 우리가 보지 못하는 온갖 힘들이 끌어내리기 직전인 상태로, 지극히 무력하게. 유진이 허공에 떠 있던 찰나, 할아버지가 오솔길을 달려 절벽에 도착했고, 떨어지려는 소년과 "존!"

이라는 내 비명을 맞닥뜨린 할아버지가 입을 벌렸다. 고통스럽게 뒤틀린 동물 같은 괴성이 목에서 터져 나왔다. 그리고 유진이 떨어지는 것을 보았다. 허공을 가른 그의 몸이 바위 아래 땅에 털썩 떨어지는 것을.

할아버지의 비명이 들렸다.

나 역시 절벽에서 가장 가까운 응급대원 윌리엄슨 선생님의 집에 달려가 소리를 질렀다. **떨어졌어요, 절벽에서, 존이.** 나는 영문을 몰랐지만, 선생님은 나를 한참, 지나치게 한참이나 쳐다보았다. 마치 내가 미쳤다는 듯이. 존은 이미 죽었다는 듯이.

# 20

마침내 윌리엄스 선생님은 밖으로 나섰지만, 그것은 내가 "유진이요, 존이 아니라." 하고 가까스로 내뱉게 된 후였다. 선생님은 미친 사람처럼 손바닥으로 주머니를 더듬어 열쇠를 찾았다. 우리는 트럭에 올라타고 절벽으로 달렸다. 선생님은 미리 911에 전화를 했지만, 절벽에서는 한참 떨어진 곳에서 와야 하기에 시간이 꽤 걸릴 것이었다.

선생님은 가는 내내 나를 쳐다보지 않았다. 한 번도. 어깨가 귀에 붙을 정도로 바짝 올라가 있었다.

나는 말을 멈추지 않고 쏟아냈다.

"일부러 떨어지려고 한 건 아니었는데, 보니까 걔가 막 떨어져서, 그래서 지금 그 바위 밑에 있고요, 걔가 정말 무서워했고요, 다 제 잘못이에요……"

짧고 거친 숨을 몰아쉬던 내 시야에 조금씩 반짝이는 빛이 보이기 시작했다.

"주얼, 숨을 천천히 쉬어 봐라. 정신 차리지 않으면 너까지 기절하고 말 거야. 내가 어떻게 해보마."

그는 전문가다운 목소리로 이렇게 말했다. 트럭은 카운티 라인 로드로 들어서서 흙길을 달렸다. 도착하자 할아버지가 유진에게 몸을 숙인 채 흙바닥에 무릎을 꿇고 있었다. 유진은 움직이지 않았다. 할아버지는 서둘러 일어나서 우리에게 달려왔다.

윌리엄슨 선생님은 트럭에서 내려 뒷좌석에 있는 구급상자를 들었다.

"얼마나 높은 데서 떨어졌니?"

그는 나에게 물었다.

"8, 9미터쯤에서."

할아버지가 대답했다. 쉰 목소리로 속삭이듯이. 심한 패혈성 인두염에 걸린 목소리나 녹슨 경첩에서 나는 소리 같기도 했지만, 정말로 할아버지 목소리였다.

윌리엄슨 선생님이 눈을 휘둥그레 떴다.

"저기서."

할아버지는 바위의 의자 부분 위쪽을 가리켰다. 그리고 자신을 쳐다보는 윌리엄슨 선생님을 쳐다보았다.

"뭐 해요? 어떻게 좀 해봐요!"

윌리엄슨 선생님은 구급상자를 들고 달려가 무릎을 꿇고 유진에게로 몸을 숙였다. 내 심장은 터질 것만 같았다. 나는 장비를 꺼내는 윌리엄스 선생님을 보다가, 의식이 없는 유진에게 말을 걸고 있는 할아버지를 보았다. **말을 하는** 할아버지라니. 이 끔찍한 상황 가운데, 나는 웃음이 났다.

돌아보면 할아버지 입에 걸린 저주는 그날 풀렸다고 할 수 있지만, 어째서 그전까지 아빠도, 할머니도, 나도, 할아버지 자신조차도 그 저주를 풀지 못했는지는 앞으로도 알 수 없을 것이다. 내가 아는 것은 특별한 장소에서 특별한 일들이 일어난다는 사실, 그리고 때론 바로 그런 일들이 미스터리라고 불린다는 사실이다. 사실 특별한 장소는 어디에나 있다. 내가 보기에 어떤 장소들은 **그 자체**로 특별하다. 태초부터 특별했고 언제까지나 특별할 그 절벽처럼 말이다. 또 어떤 장소들은 우리가 그곳에서 하는 일들 때문에 특별해지기도 한다.

예를 들면 그 병원도 그랬다. 유진을 태운 구급차가 병원에 도착해서 의사들이 서둘러 그를 데려갔을 때, 할아버지는 직접 병원 전화를 들고 엄마, 아빠에게 오라고 말했다. 그 일 덕분에 내게는 병원이 꽤나 특별한 장소가 되었고, 그 전화기도 꽤나 특별한 전화기가 되었다.

의사들이 유진의 쇄골이며 갈비뼈, 팔을 치료하고 엑스레이로 몸속을 검사하던 며칠 동안, 할아버지와 나는 매일 차로 65킬로미터를 달려 병원으로 왔다. 수다스럽다고 하긴 어려운 할아버지지만, 차로 이동하거나 기다리는 동안의 할아버지는 12년간 한마디도 하지 않았던 것에 비하면 수다스럽게도 느껴졌다. "좀 괜찮냐, 주얼?" "도미노 게임 가져올까?" 같은 말을 하는 할아버지 말이다. 말을 한마디씩 할 때마다 그 말들은 점점 더 강해지고 단단해지고 안정감이 생겼다. 누군가가 할아버지의 말들 위에 얇게 쌓여 있던 먼지층을 닦아 내고 그 아래에 있던 화강암 산을 발견한 것처럼.

그동안 반가운 비가 내려 대기실 창문을 두드렸다. 맥라렌 아저씨가 우리와 함께 기다렸다. 아저씨는 우리에게 말을 별로 걸지 않았고 가까이 앉지도 않았지만, 내가 그의 조카를 죽일 뻔했으니 이상한 일도 아니었다. 맥라렌 아저씨는 가능한 자주 유진의 상태를 확인하고 우리에게 회복 중임을 알려주었다. 유진의 부모님이 오고 있다는 소식도 전했다. 동부 지역에서 일어난 커다란 태풍 때문에 비행이 지연되었지만, 이제는 이곳으로 오고 있다고 말이다.

그 말을 듣고 나는 얼어붙었다. 유진 부모님께 나는 무슨 말을 할 수 있을까? 천하무적이 된 기분이 들면서 댁의 아드님은 미처 생각 못했는데, 그 아이는 나를 구하려다가 죽을 뻔했다고? 마음은 부끄러움에 휩싸였고 바위를 오르며 느꼈던 힘은 낡은 엔진처럼 시동이 꺼져 버렸다.

같은 날 오후, 간호사들이 이제는 유진을 보러 가도 된다고 허락했다. 하지만 유진은 내내 잠만 잤기 때문에 그다지 신나는 시간이 아니었다. 병실 침대에 누운 유진은 너무 달라 보였다. 삐쩍 마르고, 전혀 강해 보이지 않았다. 우리를 보고도 고개조차 들지 못했다.

그토록 약하고 무력한 그를 보려니 힘들었다. 유진이 누구에게도 그런 모습을 보여 주고 싶지 않으리라는 것을 알기 때문이다. 그리고 유진이 나를 도우려고, 내려오라고 설득하려다가 그렇게 다쳤다는 점 때문에 더 힘들었다. 내가 그 바위를 오르지 않았다면 이 모든 일들은 일어나지 않았을 것이다.

이상하게도, 다친 것은 유진이었지만, 나 역시 온몸이 아팠고 마음속도 엉망으로 부서져 있었다. 내가 버드와 근접 쌍성이라면, 유진과도 그런 게 아닐까. 한 명 이상과 근접 쌍성이 될 수는 없지만, 정말, 정말 운이 좋다면 그럴지도 모른다. 모든 사람들 주변에 근접 쌍성인 사람들이 있다면, 우주로 날아가서 돌아오고 싶어 하지 않는 사람은 아무도 없을 것이다.

다음 날 대기실에서 누군가 내 어깨를 두드렸다.

"네?"

맥라렌 아저씨 옆에 두 사람이 서 있었다. 남자의 밝은 갈색 머리카락은 경황이 없어 미처 이발도 하지 못한 것처럼 안경을 가리도록 자라 있었다. 여자는 물론, 임신 중이었다.

"주얼, 유진 부모님들이시다."

나는 일어나 깊은 숨을 들이쉬었다.

"안녕하세요? 만나 봬서 반갑습니다."

나는 예의 바르게 인사했다. 어른스럽게 보이려고 잔뜩 애쓰며 손을 내밀었다. 어처구니없게도, 왈칵 눈물이 쏟아졌다. 내가 이분들한테 무슨 짓을 한 거지? 그저 이해받고 싶었던 것뿐인데, 모두가 다쳤고 모두가 낙담했다. 아무도 다시는 내게 말을 하지 않는다 해도 결코 원망하지 않을 것이다.

그렇기에 나는 훌쩍이는 소리에 놀랐다. 고개를 들어 보니 유진 엄마가 자신의 얼굴에 흐르는 눈물을 닦고 있었다. 유진 아빠의 얼굴은 근엄했다. 허리가 막대처럼 꼿꼿했다.

"죄송해요. 일부러 그런 건 아니었어요."

나는 조그맣게 말했다. 두 사람은 내 앞에 어색하게 서 있었다. 놀랍게도 다음 순간, 유진 아빠도 어깨를 수그리더니 울기 시작했다. 유진 엄마가 그를 안았고 두 사람은 서로에게 의지해 오랫동안 울었다.

더욱 놀랍게도, 유진 엄마가 나를 그 포옹 속에 끌어당겼고 유진 아빠가 커다란 두 팔을 우리 모두에게 둘렀다. 두 사람에게서 공항에 발이 묶인 시간의 냄새가 났고, 내 자책감은 더욱 깊어졌다. 유진의 엄마, 아빠는 나 때문에 삶을 멈추고 여기로 온 것이다.

우리가 서로에게서 물러났을 때, 유진 아빠가 말했다.

"전화를 받고 너무나 무서웠다."

매우 마른 체격에서 놀라울 만큼 낮고 굵은 목소리가 나왔다. 나는 비통하게 고개를 끄덕였다. 무슨 할 말이 있을까?

"우린 유진을 정말 많이 사랑해."

유진 엄마가 아직 흐느낌이 남은 목소리로 이야기했다. 한 손은 둥근 배 위에 얹혀 있었다.

나는 마른침을 삼키고 다시 조그만 목소리로 말했다.

"죄송해요."

유진 아빠가 고개를 절레절레 저으며 말했다.

"네가 한 일을 돌이킬 수는 없다, 주얼. 우리는 각자가 저지른 실수를 안고서 살아가야 해."

그는 잠시 멈추었다 말을 이었다.

"네가 이 일을 오랫동안 잊지 않을 거라 믿는다."

나는 발만 내려다보았다. 죽는 날까지 잊지 못할 것이다.

그의 얼굴이 조금 부드러워졌다.

"그런데 주얼, 우린 사실 너한테 정말로 고마워하고 있다."

나는 이해가 가지 않아 고개를 들었다.

"저한테 뭐가요?"

유진 엄마가 슬픈 미소를 지었다.

"유진이 그동안 힘든 시간을 보냈다는 거 알아. 우린 정말 어떻게 해야 할지 모르는 상황이었어."

유진 아빠는 유진 엄마에게 민망해하는 시선을 보내더니, 유진이 하던 것처럼 두 손을 호주머니에 찔러 넣었다. 그러고는 다시 괜찮아진 모양인지 안경을 올리고 큰 숨을 쉬었다.

"이번 여름에 유진이 정말로 변했어. 좋은 쪽으로 말이야."

그는 어색하게 몸을 움직였다.

"방금 보고 왔는데, 네 걱정만 하더라."

그의 입술에서 웃음기가 새어 나왔다. 유진 엄마가 고개를 끄덕이더니 얼굴을 붉히며 말했다.

"우리 역시 그동안 실수를 많이 했어. 네가 유진한테 정말 좋은 친구가 되어 주었다, 주얼."

나는 유진 엄마의 신발에 그려진 초록색 꽃무늬에서 눈을 떼지 않았다. 두 사람은 유진의 이름에 얽힌 거짓말을 알고 내가 던진 끔찍한 말에 대해 모르는 게 분명했다.

유진 아빠가 목을 가다듬었다.

"우리 아들이 정말 똑똑한 아가씨와 친구가 된 것 같더구나."

내 얼굴에 어리둥절함이 드러난 모양인지 유진 아빠가 덧붙였다.

"유진이 그동안 네 얘기를 많이 했어. 머릿속에 든 지식이 아주 많아서 언젠가는 유명한 지질학자가 될 거라면서."

그는 눈을 가린 머리카락을 넘겼다.

"우리 애가 여간해선 누굴 그렇게 칭찬하지 않는데 말이야."

따뜻함이 머리부터 발끝까지 가득 찼다. 유진이 내게 훌륭한 과학자가 될 거라고는 얘기해 줬지만, 부모님에게까지 내 이야기를 했으리라고는 생각조차 못했다. 나는 할아버지를 흘깃 보았다. 할아버지도 자랑스러워 보였다. 유진 부모님의 눈이 내 시선을 따라왔다.

"저희 할아버지세요."

유진 엄마는 곱슬한 금발 한 가닥을 귀 뒤로 넘기며 말했다.

"참 훌륭한 손녀를 두셨네요."

"좋은 씨앗은 좋은 나무로 큰다지요."

할아버지는 말했다. 처음 듣는 표현이었지만, 마음에 들었다.

유진이 퇴원하기 전날 밤, 우리는 병실에서 침대를 올렸다 내렸다 하면서 놀았다.

"주얼, 내 미트로프 좀 먹을래?"

유진은 포크로 미트로프를 찌르며 물었다.

"아니, 우리 엄마가 만든 거랑 너무 닮았어."

유진은 싱긋 웃었고, 나도 따라서 웃다가 엄마가 이젠 요리를 하지 않는다는 사실을 떠올렸다. 나는 한숨을 쉬었다.

유진은 내 얼굴을 곰곰이 살폈다.

"너 엄마 생각 하는구나?"

나는 고개를 끄덕였다.

"그럴 줄 알았지! 내가 점쟁이야."

유진은 미소 지었다.

"아니야, 너는 그…… 근접 쌍성에서 궤도를 도는 별을 뭐라고 했지?"

유진의 눈이 진지해졌다.

"동반성."

나는 손가락으로 딱 소리를 냈다.

"그래, 그거. 너는 내 동반성이야."

기계에서는 웅웅거리는 소리가, 지나가는 간호사들의 신발에서는 끽끽대는 소리가 났다. 유진이 손을 잡는 바람에 깜짝 놀랐다. 기대하지 않은 선물을 받았을 때 같은 놀라움이었다. 우리는 손을 잡고 서로 연결된 별들처럼 오랫동안 앉아 있었다.

하지만 뭔가가 마음을 불편하게 해서, 나는 손을 뺐다. 그리고 조용히 말했다.

"있잖아, 네가 여기 있는 건 내 탓이야, 알지?"

유진은 시선을 돌렸다.

"내가 그 바위를 오르지 않았더라면 너는 날 따라오지도 않았을 테고 이런 일은 일어나지 않았을 거야. 내가 멍청하게 구는 바람에 너는 죽을 뻔했어."

나는 목이 멘 채 말을 이었다.

"그날 사고 이후로, 매일 밤 끔찍한 악몽을 꿔."

유진은 뭔가를 말하려는 듯 입을 열었지만, 바로 그때 간호사가 들어와 유진의 혈압을 확인하고 차트에 뭔가를 기록했다. 나는 간호사들이 들어올 때가 싫었다. 간호사들은 유진이 엄청나게 똑똑하거나 강하거나 용감한 아이가 아니라, 마치 아기인 것처럼 다룬다. 유진은 그걸 신경 쓰지 않는 것 같아 놀라웠다.

간호사가 나간 후, 유진은 조용히 말했다.

"처음에는 너한테 엄청나게 화가 났어. 네가 한 짓은 정말 멍청했으니까."

유진은 잠시 뜸을 들였다.

"그렇지만 떨어지는 건 너일 수도 있었어."

유진의 두 눈은 짙고 가득 차 있었다.

"네가 떨어지지 않아 다행이야."

유진은 시선을 돌렸다. 우린 둘 다 숨쉬기가 쉬워졌다.

"게다가 네가 나한테 뭔가를 깨닫게 해 줬어."

나는 눈썹을 찡그렸다.

"뭘?"

"어쩌면 우주 비행사가 되는 게 최선은 아닌 것 같다는 거. 그러니까 내 말은, 좀 외롭지 않겠어?"

나는 미소를 지었다.

"아니, 내가 듣기로는 거기엔 이야기할 돌들이 많다던데."

"그러면 네가 우주로 가든가."

나는 웃음을 터뜨리고 고개를 절레절레 흔들었다.

"절대 안 가. 우리 집안은 원래 고소공포증이 있어."

유진은 배를 잡고 웃었다. 우리는 간신히 진정해야 했다.

"오늘 며칠이야?"

유진의 물음에 답해 주었다.

그의 얼굴이 환해졌다. 쉽게 지치는 요즘이라 예전만큼은 아니지만 그래도.

"페르세우스자리 유성우. 오늘밤 시작해."

나는 불을 끄고 창가로 갔다. 겨우 몇 분도 지나지 않아 하늘에 곡선을 그리는 빛 한 줄기가 보였다.

"우와, 세상에!"

숨이 멎을 만큼 아름다웠다.

"하나 봤어?"

유진은 침대에서 목을 빼고 물었다.

대답하기도 전에 하나를 더 보았다. 그리고 또 하나 보았다.

"이제 시작일 뿐이야. 최고는 지구의 자전을 타고 우주 속으로 뛰어드는 한밤중이야."

그러나 정말이지, 병실에서 불을 끄고 단둘이 있는 이유가 쏟아지는 유성우를 보려는 것이라는 말을 간호사는 좀처럼 믿지 않았다. 간호사는 떨어지는 유성 하나를 직접 보고 감탄사를 내뱉고 난 후에야, 거기다 유성과 혜성의 차이점에 대해 술술 말하는 유진을 보고 나서야 우리를 **정말로** 믿고 내버려 두었다. 물론, 유진 부모님의 허락을 받고 문도 열어 둔 채로 말이다.

병원에서 유진을 대하는 할아버지의 모습이 전보다 차분해 보였다. 그동안 함부로 대한 것이 미안해서인지, 아니면 더피는 엑스레이를 찍지 못할 테니 자신이 틀렸다는 결론을 내려서인지는 모르겠다. 아니면 할아버지에게 걸린 저주가 풀린 일에 유진도 관계가 있으니, 설사 더피라 하더라도 그리 나쁜 더피는 아니라고 생각해서인지도 모르겠다. 유성우가 시작된 밤, 집에 도착했을 때 할아버지는 휘파람을 불고 있었다. 이미 내 마음을 알아차린 할아버지는 내게 물어볼 필요도 없었다. 우리는 뷰익 범퍼에 함께 앉아 아득히 먼 곳에서 또 다른 먼 곳으로 하늘을 달리는 유성들을 바라보았다.

나는 목에 앉은 모기를 내리쳤지만, 이미 늦은 다음이었다. 물렸구나. 나는 티셔츠를 헤집고 긁었다.

목을 긁을 때 할아버지가 내 목걸이를 본 모양이었다. 고개를 끄덕이고는 이렇게 말했다.

"그거 네 할머니 목걸이다, 알지?"

깜짝 놀란 내 얼굴을 보더니 할아버지는 이렇게 말했다.

"할머니가 늘 하고 다녔어. 내가 그걸 거실 액자 뒤에 뒀지."

그래서 액자가 떨어질 때 함께 떨어진 거구나.

"그런데 왜 거기다 두셨어요?"

할아버지의 눈에 잔뜩 주름이 졌다. 할아버지는 한 손으로 다른 팔을 문지르며 말했다.

"할머니 가까이에 있으라고 그랬지."

유성이 또 하나 하늘에서 반짝였다. 밤공기가 내 안에 닻을 내렸다.

"할머니 거면…… 그럼 부적 같은 거예요?"

할아버지는 어깨를 으쓱했다.

"행운을 불러오기 위해서라고 말은 했지만, 내 생각에 할머니가 그걸 하고 다닌 이유는 아름다워서였던 것 같아."

나를 보는 할아버지의 눈은 그 목걸이가 내게도 아름답게 어울린다고 말하고 있었다.

두 팔로 할아버지를 꼭 안았다. 우리는 마음이 가득 차올라 더는 담지 못할 때까지 페르세우스자리 유성우를 보았다. 내가 목걸이를 발견한 다음에 행운이 찾아온 것은 우연이 아닌지도 모른다. 처음에는 그렇게 보이지 않았지만. 혹은 순전히 우연이었고 목걸이는 그저 목걸이인지도 모른다. 사실, 난 우연인지 행운인지, 더피인지 혼령인지, 신인지 아니면 다른 미스터리인지, 그런 게 다 뭐가 뭔지 모르겠지만, 두 팔을 활짝 벌리고 받아들이는 법은 안다.

어느 날 내 방 침대 위에, 북미 대륙의 주요 광물, 보석, 화석에 관한 양장본 지질학 책이 놓여 있는 것을 보고 정신이 아득할 정도로 놀랐다. 표지에서 광택이 흐르는 아름다운 책이었다. 조심스레 품에 안고서 할아버지의 선물인지를 물으러 가던 나는 거실에 조용히, 매우 평화롭게 앉아 있는 엄마, 아빠를 보았다.

물을 필요 없었다. 엄마, 아빠도 말해 줄 필요가 없었다.

"고맙습니다."

엄마는 고개를 끄덕였다. 입술에 뿌듯한 미소를 짓던 아빠가 말했다.

"네가 좋아할 것 같아서 준비했다."

"좋아요."

목이 메어 왔다.

"그런데 저 이 책 못 가져요."

나는 겨우 말했다. 그리고 책을 엄마, 아빠에게 내밀었다.

엄마가 고개를 갸웃했다.

"왜?"

"우리 형편에 너무 비싼 책이에요. 그리고 나, 이제는 돌에 관심 없어요."

거실은 조용해졌다. 이전과는 다른 조용함이었다.

나다워지려고 했더니 모든 게 엉망이 되더라는 말을 도저히 할 수 없었다.

엄마, 아빠는 아주 오랫동안 서로를 쳐다보았다. 그러다 엄마가 목을 가다듬었다.

"다니던 직장에서 제 발로 나오는 거, 청장한테 맞서는 거, 정말로 어려운 일이었어. 그렇지만 그게 옳은 일이라고 생각했어.

내가 누구인지를 스스로 숨기면, 결코 나답게 살지 못해."

엄마는 고쳐 앉았다.

"내 말 이해하겠니?"

나는 고개를 끄덕였다. 엄마를 바라보니 마음이 두터워지는 기분이었다. 엄마의 눈 속에는 여전히 무거움이 있었다. 엄마는 여전히 슬펐다. 하지만 이번에는 달랐다.

"그리고 때로는 서로 양보해야 할 때가 있어."

엄마는 부엌 창문 옆 구석을 고개로 가리켰다.

"아빠하고 엄마가 그동안 이야기를 해 봤어. 올겨울에는 저 자리에 코코넛 화분을 둘 거야. 그때까지 묘목이 죽지 않고 자란다면."

"당연히 그때까지 자라지."

꼭 할아버지처럼, 아빠의 양쪽 입꼬리가 올라갔다. 아빠는 헛기침을 하더니 화제를 바꾸었다.

"그리고 절벽 말이다, 주얼."

나는 기다렸다.

"거기 흙이 꽤 좋더구나."

멍한 눈으로 아빠를 보았다.

"거기에 로즈마리를 좀 심어 줄까 한다. 널 보호해 주겠지."

아빠는 코를 문질렀다.

"그리고 나한테 성수가 좀 있다. 아주 강력해. 절벽에 갈 때 그걸 가지고 가라."

그때 나는 깨달았다. 엄마, 아빠는 여전히 절벽의 의미를 이해하지 못하지만(어쩌면 영원히 이해하지 못하겠지만) 이해하려 애쓰고 있다는 것을. 우리는 모두 노력하고 있다.

그것으로 충분했다.

할아버지도 노력하고 있었다. 부엌은 갑자기 카레와 마늘과 타임 향으로 가득 찼다. 할아버지는 우리가 돕지도 못하게 했다. 우리는 식탁에 앉고 할아버지가 음식을 차려 주어야만 했다. 할아버지는 항상 아빠에게 가장 먼저 음식을 주었다. 음식 한 접시를 누군가의 앞에 놓는 것만으로도 수많은 말들을 대신할 수 있다는 사실은 참 재미있다. **미안하다**, 또는 **우리 다시 잘 지내보자**, 또는 **사랑한다**. 할아버지는 이제 말을 할 수 있지만, 여전히 말이 전혀 필요하지 않은 일들도 있다.

어느 저녁, 밥을 다 먹었는데 이상하게도 식탁을 치우려는 사람이 없었다. 가족들을 그저 서로 흘끔거리기만 했다. 내가 일어서서 접시를 치우려는데, 엄마가 재빨리 말을 꺼냈다.

"아빠랑 엄마가 싸우는 소릴 듣게 해서 정말 미안하다."

엄마는 안절부절못했다.

"네가 듣는 줄 모르고 한 얘기였어. 원래 사람이 싸우다가 마음이 많이 아프면 진심이 아닌 말도 하게 되고 그렇단다."

나는 기다렸다. 비록 여전히 화가 나 있었고 엄마를 이해하고 싶지 않았지만, 이미 조금은 이해해 버린 듯했다. 유진의 본명을 처음 알게 됐을 때, 독한 말들이 그냥 입에서 튀어나올 정도로 마음이 많이 아팠다. 엄마가 말하는 것도 그런 거겠지.

"사람이 화가 나면 말이 원하는 대로 분명하게 나오지 않아."

엄마는 오랫동안 시선을 돌렸다가, 가슴속에 코끼리라도 있는 것처럼 한숨을 쉬었다.

"주얼, 내가 그때 말하고 싶었던 건 말이야, 버드에 대해 걱정할 일 없이 너를 낳았더라면 좋았을 거라는 얘기였어. 네가 세상으로 오는 순간이 내 인생에서 가장 기쁜 순간 중 하나였더라면 좋았을 거라는 뜻이었어."

엄마의 두 눈이 지쳐 보였다. 나는 시선을 떨구고 식탁 위의 먼지를 만졌다. 엄마는 떨리는 숨을 들이쉬고는 커피를 조금씩 마셨다.

"어쨌든, 그런 말을 듣고 기분이 끔찍했을 거야."

엄마가 아빠를 보자, 아빠가 목을 가다듬고 말했다.

"본인이 아프면 다른 사람들에 대해서 잊기 쉬워. 우린 너를 상처 줄 생각이 아니었다, 주얼. 우린 한 번도 그런 마음이었던 적 없어."

할아버지가 무릎 위에 숨겨 두었던 카세트를 들어 식탁 위에 놓았다. 할아버지는 나를 향해 아주 은근한 미소를 짓더니, 버튼을 눌렀다.

머릿속은 온통 몽롱했다. 지금 가족들은 내가 화를 낼 만했다고 말하는 건가? 어느 쪽이건 나는 그 카세트의 멈춤 버튼을 간절히 누르고 싶었다. 가족들과 버드의 행복한 순간을 또 듣는 것이 아직은 내게 너무 힘든 일이었다.

속이 바싹 타들어 가는데, 테이프에서 첫 마디가 들렸다.

"안녕, 주얼?"

나는 입을 딱 벌렸다. 오래된 테이프에서 내 이름이? 이건 엄마의 옛날 목소리인데 어떻게……?

"안녕, 귀염둥이. 나는 아빠야. 거기서 잘 지내고 있어? 나올 준비가 됐니?"

나는 엄마, 아빠를, 그리고 할아버지를 보았다. 아랫입술이 떨렸다. 식탁 너머 세 사람은 모두 내게 미소를 보냈다. 나는 다시 카세트로 눈을 돌려 거기에 인생이 달린 것처럼 뚫어져라 쳐다보았다.

"에이, 아직은 안 나오지."

할아버지 목소리였다.

"아직 신문을 다 못 읽었을 텐데. 미래의 대통령이 되는 법을 배우고 있을 거라고."

할아버지는 잠시 뜸을 들였다.

"주얼, 사랑한다. 우린 너를 기다리고 있어요."

목이 메었다. 거의 눈에 보일 듯 했다. 세 사람이 녹음기 앞에 옹기종기 모여서 스피커에 대고 말을 하는 모습이. 오직 나를 위해서.

"나오면 넌 할아버지가 만든 스튜를 아주 좋아하게 될 거다."

할머니였다.

"엄마 뱃속에서 나오는 그날부터 먹고 싶을걸. 우유는 댈 것도 아니야."

"아이고, 그만해. 내 스튜가 그 정도는 아니지."

"왜 부끄러워하시나? 그 정도로 맛있지."

할머니는 할아버지에게 말했다.

그때, 어린 목소리가 흘러나왔다.

"너는 내 동생이 될 거야."

나는 숨을 멈추었다.

"그래도 내가 네 오빠니까, 넌 내가 시키는 대로 해야 돼. 알았지?"

모두가 웃었다.

"아이 참, 버드, 그 말밖에 할 말이 없어?"

엄마가 물었다.

"음……."

버드는 생각했다.

"아니, 또 있어. 우린 슈퍼맨 놀이를 할 거야. 네 아이스크림을 나한테 줄 수도 있고. 너랑 나랑은 제일 친한 친구가 될 거야. 영원히."

몇 주 후, 유진은 부모님을 따라 버지니아로 갔다. 유진은 여전히 움직임이 무척 느렸고 깁스와 붕대에 싸여 있었지만, 불편하지 않을 좋은 비행기 좌석을 확보했다. 어차피 유진의 학교도 학기 시작이 코앞이었다. 떠나기 전날 밤, 유진은 우리 집 거실에 있었다. 나는 그의 깁스 위에 그림을 그렸다.

"또 꽃을 그리는 거야?"

유진은 보려고 애쓰며 고개를 돌렸다. 나는 씩 웃고는 빨간 매직펜을 집어 유진의 팔 뒷면에 계속 그렸다. 유진은 앓는 소리를 냈다.

"야, 나 꽃 그림 도배해서 학교에 가고 싶지는 않다니까."

"나 지금 이빨 그려 넣고 있잖아, 응?"

"안 보이거든. 네가 뭐 그리는지 하나도 안 보인다고."

나는 파란색 매직펜을 쥐었다.

"네 근사한 과학적 지식을 이용해서 해결해 봐. 아니면 학교 여자애들이 수군거릴 때까지 기다리든가."

가장 친한 친구가 깁스를 하면 좋은 점은 나를 멀리 쫓아오지 못한다는 점이다.

하지만 부모님이 데리러 왔을 때, 유진의 기분은 무척 달라졌다. 짐도 다 쌌고 동쪽 해변의 집으로 갈 준비가 끝났다. 유진은 어색하게 움직였다.

"넌 정말로 나한테 중요한 걸 가르쳐 줬어. 알아?"

"뭘?"

"아이오와는 정말 별 볼 일 없을 거라 생각했거든. 그런데 여기엔 내가 생각한 것보다 훨씬 많은 게 있었어."

유진의 얼굴은 긴장한 듯 보였다. 유진이 하는 말의 의미를 알 것 같았고, 그게 어쩐지 민망했다.

"사상 지평선이 널 그리워할 거야. 화강암 바위도."

내 말에 유진은 고개를 끄덕였다.

갑자기 생각이 나서 방으로 달려가 내가 모아 둔 돌멩이들을 쥐고 돌아왔다.

"이거 전부 내가 모은 미아석이야."

"주변이랑 다른 돌들?"

나는 유진을 마주 보고 말했다.

"어디에나 있어."

유진이 준 쌍안경을 두르고 그의 가족과 함께 공항으로 갔다. 유진이 작별 인사로 나를 있는 힘껏 포옹할 때, 쌍안경이 가슴을 꾹 눌렀다. 나는 그 쌍안경으로 볼 수 있는 만큼 오랫동안 하늘 위의 유진을 바라보았다. 시릴 때까지 눈 속에 담았다. 멀리 파랗고 파란 곳으로 비행기가 점이 되어 사라질 때까지.

차를 타고 칼레도니아로 돌아오는 길에 도자기 솔로도그가 여전히 내 주머니에 있다는 사실을 깨닫고 어쩔 줄을 몰랐다. 한

번 더 그걸 유진에게 건네주려던 참이었는데. 하지만 유진에게 주는 걸 잊어버린 일은 어쩌면 우연이 아닐지도 모른다는 생각이 들었다. 유진이 그것을 땅에 떨어뜨린 것처럼, 어쩌면 그 숄로도그가 있어야 할 곳은 땅인지도 모른다. 다만 나는 그것을 낙엽 사이에 떨구지는 않기로 했다. 나는 숄로도그를 절벽에 묻기로 결심했다. 그 생각은 커다랗고 또렷하게 마음속에 울려 퍼졌다. 알 수 없는 차분함이 나를 감쌌다. 나는 주머니에 손을 넣고 그 작은 개를 꺼내 쥐었다. 무엇이든 할 준비가 된 듯 맹렬한 얼굴이 나를 마주 보았다.

"너는 버드 가까이에 있어야 하나 봐."

개에게 속삭였다. 내 얼굴에는 미소가 떠올랐다. 숄로도그는 침입자들과 악한 혼령들에게서 주인을 지키고, 주인의 사후 세계를 안내해 주는 개라는 이야기가 생각났기 때문이다. 혹시라도 버드가 집으로 오는 길을 찾는 데 도움이 필요할지도 모르니 말이다.

사실, 유진을 두 번째로 잃고 또 한번 마음이 텅 비어 버렸다. 하지만 이번에는 달랐다. 근접 쌍성의 별들은 동반성에 따라 영원히 변화한다. 그렇게 버드가 나를 바꾸었고, 유진이, 할아버지가 나를 바꾸었으며, 아직 만나지 못한 미래의 사람들 역시 그렇게 나를 바꿀 것이다. 제임슨 아주머니도 그렇다. 아주머니는 바로 그날 저녁 엄마에게 전화를 걸어, 빵집에 일손이 필요한데 함께 일하지 않겠느냐고 제안했다. 엄마와 아주머니가 근접 쌍성 관계는 아니지만, 다시 직장이 생겨 행복하고 신이 난 엄마에겐 분명 변화가 생긴 것이다. 제임슨 아주머니는 육즙 치킨이라든가 하는 엄마의 요리에 대해 전혀 모르는 게 분명하지만, 엄마가 뜨거운 오븐과 음식들 앞에서 어떻게 해 나가는지를 지켜보는 것도 흥미로울 것이다. 나는 엄마가 새로운 것을 배울 수 있다고 믿는다. 아니면 적어도 새로운 것을 배우기 위해 원래 요리 방식을 버릴 수도 있다고. 생각해 보면 경이로울 만큼 우리는 서로 연결되어 있고, 서로의 삶에 영향을 미치고 있다. 스스로 깨닫지도 못하는 사이에. 그리고 운이 좋으면, 깨닫기도 한다.

이런 생각을 하며 할아버지와 함께 뒷문 발코니에 앉아 있었다. 우리는 벌레 쫓는 스프레이 냄새를 맡으며, 엄마가 취업을 기념하여 사 온 아이스크림을 먹고 있었다. 엄마와 아빠가 잠자리에 든 뒤, 할아버지와 나는 슬쩍 아이스크림 몇 덩이를 더 퍼 가지고 나왔다. 페르세우스자리 유성우는 끝났지만 다시 올 것이다. 유진이 그렇게 말했다. 언제나 다시 온다.

"할아버지?"

"왜, 주얼?"

할아버지는 숟가락으로 아이스크림을 뜨며 말했다. 나는 할아버지가 내 이름을 부르는 게 좋다.

"저번에 연주하신 그 상자는 이름이 뭐예요?"

바닐라가 차갑게 목구멍 속을 흘러내려갔다. 입 안에도 들러붙었다.

"룸바 박스란다. 멘토 박스라고도 하고."

다리를 거의 맞대고 할아버지 피부의 온기가 느껴지도록 나란히 앉은 것도 좋다. 서늘해지는 밤공기 속에서도 무척이나 안전하고 따뜻한 느낌이다.

"처음으로 노래 부르신 건 몇 살 때였어요?"

할아버지는 소리 내어 웃었다. 이제 할아버지의 웃음소리는 자연스럽고 부드러웠다.

"거의 엄마 뱃속에서 나오면서부터 노래를 불렀지. 어머니, 그러니까 네 증조할머니 말로는 내가 세상에 나온 그날 밤부터 불렀다고 했어."

"정말요?"

할아버지는 고개를 끄덕였다.

거의 가득 찬 달이 우리를 바라보고 있어서인지, 나는 갑자기 용감해지는 기분이었다.

"저한테 노래 불러 주실 수 있어요?"

나는 조심스럽게 물었다.

놀랍게도, 할아버지는 부르기 시작했다.

# 옮긴이 주

1 바나나와 비슷하지만 더 크고 단단하며, 요리 재료로 쓰는 열매.

2 열대 아시아 지역이 원산지로, 고온다습한 기후에서 자라는 박과 식물.

3 석회암으로 이루어진 지형에서 관찰되는, 원형 또는 타원형의 움푹 파인 땅.

4 구불구불한 하천 줄기에서 일부가 분리되어 생긴, 초승달 혹은 쇠뿔 모양의 호수.

5 반지름이 태양의 100배 이상인 매우 크고 밝은 별.

6 미국의 고급 자동차 상표 중 하나.

7 별처럼 보이지만 사실은 수천 내지 수만 개의 별로 이루어진 은하로, 지구에서 관측할 수 있는 가장 먼 천체이다. 퀘이사라고도 한다.

8 국화과의 들풀로 미역취라고도 한다.

9 누군가가 죽게 될 것을 울음으로 예고한다는 아일랜드 민화 속 여자 요정.

# 감사의 말

저는 거인들의 어깨 위에 서 있습니다. 제 삶의 거인들을 소개합니다.

세상에서 가장 멋진 포옹을 선사한 캐시 아펠트, 이상적인 에이전트 에밀리 반 비크, 이해심과 편집에 대한 통찰력으로 감동을 주고 집필 초기부터 책의 멋진 미래를 예측한 남라타 트리파시, 지혜와 격려를 선사한 에밀리 코키, 멕시코에 관해 질문할 때마다 인내심 있게 대답해 주고 내가 누구인지를 끊임없이 떠올려 준 실비아 고메즈, 처음부터 늘 함께해 주고 제일 첫 이야기를 읽어 준 스테이시 제프, 좀비 버전의 비밀스런 결말을 만들기도 한 탐 클로우즈와 크리스틴 클로우즈, 한결같은 응원으로 기운을 건넨 에이치티 야오, 우리를 지켜 주는 예수회 마이클 스패로우 신부님, 내 사인이 담긴 초판본을 받게 될 재크 룰로프, 내가 꿈을 따라가도록 자신의 결혼식에는 참석하지 않아도 좋다고 해 준 브라이언 밸런틴, 처음으로 내 마음을 사로잡은 두 소녀 브렌다 로드리게즈와 미리엄 헤르난데즈, 이야기를 모두 읽고 자메이카에 관해 소중한 의견들을 준 크리스틴 브라운과 바버라 넬슨, 넘쳐나는 자메이카 질문에도 참을성 있게 답해 준 케론 블레어.

더불어 티모시 스미스, 케시 컨즈, 뎁 스페시오스-코노버, 에마 레드베터, 사이먼 & 슈스터의 담당 팀, 퀸 마크스테이너, 빌 골드버그, 제니퍼 뉴턴, 에스더 허센혼, 밥 라쿠글리아, 캐런 브루노, 토머스 린치, 에이미 자자코스키-울, 주디스 이에룰리, 에리카 혼덜, 로제인 린지, 게일 로젠그렌, 다시 패티슨, 가장 간절할 때 나를 안아 준 성 게르트루드 교구 공동체에 감사드립니다. 이 책 속에서 발견한 열정을 세계적으로 크게 키워 준 몰리 자파와 멜리사 사버에게도 감사드립니다. 시카고 로저스 파크에 있는 공공 도서관 사서 및 스태프 여러분께 감사드립니다. 이 모든 이야기들의 탄생지가 된 내 가족에게 특별한 감사의 마음을 보냅니다. 마지막으로, 형언하기 어려울 만큼 신비로우신 하느님, 마땅히 따라야 할 그분께 감사드립니다.

# 옮긴이 말

오빠가 사고로 세상을 떠난 날 세상에 태어난 주얼에게 생일이란 좀처럼 기뻐할 수 없는 날, 집 안에 흐르는 슬픔 어린 고요함이 더욱 무겁게 느껴지는 날이다. 하지만 주얼은 가족들 몰래 자신만의 장소를 찾아, 자신만의 방식으로 제 생일을 기념한다. 누구에게도 말할 수 없는 시간 속에서 비로소 '내가 되는' 기분을 느낀다.

혼자만의 시간인 듯하지만 실은 자신과, 그리고 온 세상과 소통하는 것 같은 시간들이 있다. 보드라운 흙을 만지며 돌멩이를 줍는 일이든, 음악을 듣거나 이야기를 읽는 일이든, 언어로 설명하건 하지 않건 마음에 위로나 힘, 기쁨을 다시 불러다 주는 일들 말이다. 이야기는 내게 그런 일들의 의미를 다시 생각하게 해 주었다.

이 이야기는 소통과 공유의 이야기로 다가오기도 했다. 주얼은 열세 번째 생일날 밤에 불쑥 다가온 한 아이, 그리고 늘 곁에 있지만 멀게만 느껴지던 사람과 나누지 못하리라 생각했던 것들을 나누게 된다. 그리고 사람을 알아 가는, 예측하기 어려운 모험처럼 느껴지는 시간 속에서 모두가 변화한다. 이전에 묻지 않던 것들을 묻고 답을 찾아 가는 주얼을 응원하며, 그리고 깊은 상처 때문에 더는 행복을 택하지 못하는 아픈 마음들에 오늘의 햇빛이 닿기를 바라며, 이 이야기를 읽었다.

많은 이야기들이 이 소설 속에 담겨 있다. 아마도 많은 감정과 생각들을 만나게 될 것이다. 또 많은 질문들도. 밑줄을 그어 놓고 곱씹어 보고 싶거나 마음을 울리는 문장들을 자꾸만 발견할지도 모른다. 나에게도 그랬듯이 말이다.

# 버드

초판 1쇄_ 2015년 4월 10일
지은이_크리스털 챈
옮긴이_강나은
펴낸이_유승희
편집_조지혜 마케팅_고진숙 관리_손미경
펴낸곳_도서출판 또하나의문화
주소_서울 마포구 와우산로 174-5 대재빌라 302호
전화_02-324-7486 팩스_02-323-2934
전자우편_tomoon@tomoon.com
누리집_www.tomoon.com
등록번호_제9-129호(1987.12.29.)

ISBN 978-89-85635-97-4 43840

* 이 도서의 국립중앙도서관 출판시도서목록(CIP)는 e-CIP 홈페이지(http://www.nl.go.kr/ecip)와 국가자료공동목록시스템(http://www.nl.go.kr/kolisnet)에서 이용하실 수 있습니다. (CIP 제어번호: CIP2015010083)